U0070831

閨女好辛苦 下

文創風 334

畫淺眉 著

目錄

第十四章　赴新城

幾日之後，洪水徹底退去，在盧檀和晏節的監督下，李栝咬著牙答應免了裘家村三年的租稅，盧檀則當即撥了一筆款子，用來重建裘家村。

被洪水沖垮的裘家村，在原址重新修建起來。村子裡的那些田地，因為泡了水，田裡的莊稼都廢了，必須下地將那些廢了的莊稼清除，等土質稍乾一些後，再重新將種子播種下去。

吞雲江畔的工程不能停，在沿岸的幾個村子都在進行重建的同時，造堰的工程也開始緊鑼密鼓地繼續。

這一回，李栝再無任何理由可以拖延；他如今唯恐官位不保，更是將五曹約束得老老實實，在得知周司兵私自命屠三帶人夜襲晏氏兄妹無果被抓後，更加不敢再表露出任何的不喜。

如此，倒是令晏節和盧檀做事方便了不少。

返回各自村莊的災民很多，卻也有很多家破人亡的，在開始新生活前，只能暫時先依靠救濟。

還有一些父母、家人都在洪水中喪命的孤兒，被盧檀安置在別處，有專人負責照料。

總之，黎焉縣內形勢漸漸轉好，所有的事都按部就班地進行著。

在李栝提心弔膽了好久，終於要放下心來的時候，朝廷來人了。

靳州治所黎焉縣洪水一事，皇帝已經得知，又耳聞了出事之後晏氏兄妹及黎焉縣縣令盧檀的作為，對於事後城裡城外的救災工作，表示滿意；加上隱戶之事，晏節和盧檀也做得並不差，因此加官晉爵不過是時間的早晚。

最令李栝心驚的是，來人不光說了晏節和盧檀很快將會陞職調走，更是帶了皇帝的聖旨——靳州刺史李栝遷至河間府，任左廂公事。

從靳州到河間府，從刺史調作左廂公事，根本就是實打實地左遷。

李栝接了旨，等人一走，當下將手邊的瓷器砸了個稀巴爛。換作平時，五曹早該在旁你一言我一語，接二連三地勸解起來，可這一回，五曹也遭了難，誰也沒心思在這時候還去討李栝的歡心，一個個灰頭土臉的，面色難看。

皇帝多少因為李栝之妻出身奉元士族的關係，給他留了臉面，並未將證據確鑿的那些罪行公布出來；但對五曹，皇帝絲毫沒留情面，直接將五人罷黜，並下旨終身不得再出仕為官。

李栝和五曹罪有應得，晏節這邊，顯然心情愉快。

朝廷派來的人動作很快，在黎焉城中設了悲田坊，收留那些因為天災人禍不幸殘疾或者生病而無處可去的人；又依照之前承諾的，將那些參與造堰的隱戶都造了冊，併入黎焉縣的戶籍，等三年過後，這些隱戶就得和普通的黎焉縣百姓一樣，向縣衙交稅。

同時，朝廷派了工匠，幫著一起督造吞雲江畔的堰堤。

半個月後，接任黎焉縣縣令的人到了。而盧檀和晏節遵照調令，一人遷至別處擔任刺史，另一人則因呑雲堰未成，不願離開太遠，因而並未調離靳州，僅從黎焉縣調去了榮安。

榮安是什麼地方？

攤開地圖看，黎焉縣位於掣江支流呑雲江畔，沿著呑雲江和黎焉縣向西不遠，就是晏節之後要去赴任的榮安縣了。

榮安此地，與廣寧府相接壤。廣寧位在大邯疆域的西南邊境，因開化較晚，也因缺少田地種植莊稼，居民大多在山中打獵維生，加以此處山脈與周邊各縣城土地相連，常年發生侵擾周邊縣城的事情。

在廣寧府設治所之前，榮安便是最容易被侵擾的縣；加上榮安土壤並不肥沃，不像黎焉既能種茶又能種出莊稼，以至於榮安時至今日，發展得並不好。這樣一個地方，自然也就常年發生縣衙被百姓砸了，或是商鋪被人一窩蜂哄搶的事。

要治理好這樣一個縣，晏節肩膀上的擔子，要比在黎焉時更重；更何況，他同時還要負責呑雲堰的督工。

榮安縣的縣令是個六十來歲的老頭，兩鬢斑白，大抵是因為武將出身的關係，身子骨兒倒還健朗，只是這些年下來，被縣裡的事愁得滿面滄桑，看起來竟是一副年近八十的模樣。

聽聞新官上任，老縣令早早將一切準備妥當，只等晏節一行到了榮安，便將此間事同他交接，之後便帶著妻兒回鄉養老去了。

榮安縣這地方，比起黎焉來說小上許多，更別同東籬比了，縱橫交錯只兩條大街，餘下的皆是寬寬窄窄的巷子，另有一條河渠穿過城中。

榮安雖東西南北各有城門，城牆卻不高，而且那城牆說難聽一些，絲毫沒有什麼防禦能力；再看守城的那些衛兵，老弱殘兵，彷彿一陣大風吹過，就能吹倒一片。

唯一還看得過去的，應當就數縣衙了——四進的院子，外大門便是縣衙的正門，正門後直面縣衙正堂，左右兩邊各有屋子用作辦公，往後又是一道內門，內門後頭便是內衙。內衙分正房、東西廂房、書房和後罩房。正房住晏節夫婦兩人，東、西廂房分別住晏驪和晏雉，下人一律住在後罩房，跟馬廄在一處。

晏節翻了翻縣衙的名冊，瞧見上頭大片的空缺，他忍不住揉了揉眉心。

老縣令在任時候，口碑一直不差，心腸又好，看不得城中百姓受苦。那些還在當著守城衛兵的老弱病殘，大部分都是投奔他的老兵，年紀大了，老家吃不飽飯，就奔著來了。重活、累活幹不了，就給了個衛兵的工作，只讓他們每日在城牆上下巡邏站崗，瞧見不對勁的敲個鑼提醒下。

不過老縣令顯然頭腦還是清楚的，這縣衙編制上空著那麼多的位置，他硬是沒將那些人添進來，足以說明還是分得清輕重的。

晏節揉了揉眉心，打算明日將文書喊來，瞭解瞭解這榮安縣中可有什麼讀書人能用上一用的。

再窮的地方，總還是會有那麼一、兩戶所謂的世家。在榮安安頓好沒幾日，便有不少拜帖送到晏節的案上，其中還夾著一份專門送給晏雉的請帖。

送來請帖的那戶人家姓燕，在榮安縣內算是一方大戶，燕氏本家在奉元城，和熊昊有些親戚關係，算起來，自然與晏雉也能搭上邊。

是以，得知新上任的縣令姓晏，正是東籬晏氏的嫡長子晏節，燕家便動了心思。

榮安這地方有些落後，像樣的馬車實在少，晏雉坐著自家的馬車在燕府門前停下，撩開車簾，她便愣住了。

燕府門前停著一排的牛車，此起彼伏的「哞哞」聲，實在讓她有些驚異。

有燕府的小廝，瞧見從馬車裡鑽出來個面貌姣好的小娘子，再看馬車上懸著的銘牌，清清楚楚一個「晏」字，當即殷切地迎了上來。

「是晏小娘子吧？」見晏雉頷首，那小廝趕緊說：「我家娘子吩咐了，小娘子一來，無須通報往裡走便是。小娘子這邊請。」

燕府的當家主母黎氏本身是個美人兒，當年未出嫁前，媒婆幾乎踏平了黎家的門檻，偏生她瞧上了姓燕的，也不顧辛苦，嫁到了榮安。這些年，內宅爭鬥得久了，再美的人也磨出了幾分滄桑。

晏雉進門，抬眼便瞧見了坐在主座上，正與客座的幾位娘子說笑的黎氏。

「四娘來了。」黎氏開口便笑，伸手拍了拍她身側的席位，請她過來同坐。「說來，咱們兩家也是緣分，妳倒是可以喊我一聲舅母。來，走近些，讓舅母瞧瞧。」

晏雉不慌不忙行了個禮，只往前走了幾步，卻不願坐到黎氏身旁。

待走得近了，黎氏眼底劃過驚嘆，面上也露出幾分欣賞來。「四娘倒是生了一副好容貌。」

晏雉的這張臉生得極好。

熊氏的容貌本身就是個拔尖的，晏雉得了熊氏的七分相貌，再加上這些年讀書養出的一身氣質，便是在奉元城，也是十分特出，更不用說來到這窮鄉僻壤般的榮安縣。

再者這幾年，晏雉也漸漸養出些肉來，十來歲的小娘子自是豐腴些的才好看。

她這副模樣，一眼看去便瞧得出來，是個被家裡人千恩萬寵捧著疼愛的小娘子。

黎氏當即收起了輕慢的心思——她本是對於丈夫要和晏節交好，命她先與晏家四娘親近有些反感，覺得她不過是個十來歲的小娘子，絲毫沒有結交的必要。

可如今看來，她之前的想法確實偏激了。

「四娘如今來榮安，可有哪裡覺得不便的，不如同舅母說說？」

黎氏將姿態努力放低，笑著詢問。

晏雉很給面子地叫了一聲「舅母」，然後在丫鬟匆匆搬來安置在黎氏下首的小墩子上坐下，回道：「榮安與黎焉風俗相近，倒也並無不適，只是新來乍到，仍有些陌生。」

見晏雉說話時，儀態得當，不卑不亢，黎氏不由自主地看了看客座上的娘子們。便是這些已經成了婚的娘子們，在面對她的時候，說話還會小心揣測，一副戰戰兢兢的模樣，似乎是怕說錯了話留下不好的印象；眼前這麼個小娘子，卻神色自若……黎氏想想，覺得到底是境遇不同。

人來得差不多了，黎氏便邀請眾人一道往花園走。園中已經佈置了席位、茶果，娘子們坐下，便又說說笑笑閒聊開，只是話題左右離不開晏雉。

不是詢問起新上任的這位晏縣令喜好如何，便是詢問其夫妻感情是否和睦，全然將眼前的晏雉當成不知事的小娘子。

黎氏神色略有尷尬，咳嗽兩聲。「聽聞四娘親歷了黎焉大水，不知如今百姓的生活可有恢復？」

她話音才落，周圍的娘子們也頓時沒了聲音。

實在是黎焉大水一事，早已傳遍蘄州，光是聽人帶回當時的消息，便能聽得人毛骨悚然，而今黎氏突然又提及，難免心底發怵。

晏雉點頭道：「確是親歷。當時山洪洶湧，被洪水捲入吞雲江中的百姓，幾乎無人能夠倖免於難；僥倖留下命的，也大多身上帶傷，只能進城避難。」

有娘子一聽說受難的村民進到城中避難，不由吃驚，掩著口鼻。「那豈不是又髒又臭？難民一下子湧進城中，怕是好長一段日子那裡的百姓要過得不安定吧？」

晏雉看她一眼，疑惑道：「怎會不安定？城中百姓自發為他們搭建了避難處，又有大戶人家的娘子們帶頭捐米、捐糧、捐衣物，不過是那段時日城中熱鬧了一些，並無旁的事發生。」

園中娘子們正說著話，園門外忽然喧鬧起來。

「怎麼回事？」黎氏神色不豫，向丫鬟使了個眼色。

丫鬟會意，匆匆往園外跑。

不一會兒，人跑了回來。「是大郎聽說來了個沒見過的小娘子，喝多了酒鬧著要來瞧一瞧。」

丫鬟說的大郎，正是榮安燕府的嫡長子，黎氏所出的大郎燕鶴。

「沒人攔著他？」

「被晏小娘子帶來的人打出去了。」

「咳咳……」

晏雉含了一口水，沒承想聽到這話，頓時咳了出來。慌忙間接過旁邊小娘子遞來的帕子，晏雉擦了擦嘴，低聲道：「人……現在怎樣了？」

自然被下人給抬回房間躺著了。

晏雉被人請到花園後，因園中多女眷，須彌一個陌生男子實不便留在其中，便一直在園外守著。

那些來來回回的丫鬟瞧見他身姿挺拔，年輕俊朗，難免多看了幾眼，尤其是瞧見他一雙異於常人的瞳色，更是覺得好奇。

須彌倒是習慣了這些目光，只管注意著周邊的動靜。

忽然，聽得不遠處傳來一聲大喊。「聽說家裡來了個好看的小表妹，讓我瞧瞧長什麼模樣！」

須彌循聲看去，一個年約二十五、六歲，身著赭色長衫的年輕男子滿臉通紅，搖搖晃晃地朝著花園走來。

兩旁的丫鬟趕緊行禮，喊了聲「大郎」，下一刻便有個小丫鬟被摸了一把，猝不及防地叫了一聲。

須彌眉心一皺，燕鸛已經滿身酒氣地走到了門口。他沒有說話，只微微動了動位置，將園門擋住，目不斜視。

「你誰啊？」燕鸛喝多了酒，說話有些咬著舌頭。「滾開！別擋道！」

須彌不動亦不語。

燕鸛氣結。「哪裡來的狗奴才？快給我滾開！」

燕鸛身旁的僕從當即狗腿地跑過去想把人拉開，沒承想，須彌紋絲不動。

「大郎，這人看著眼生！」

燕鸛酒氣還未散去，一聽這話，當即冷笑。「不長眼的東西，讓我好好教訓教訓你！」話罷，拳頭迎面而去，旁邊的丫鬟頓時大驚失色。還沒等拳頭挨到須彌的臉，丫鬟們便見自家大郎被人一腳踹在腿上，直接一屁股摔到地上。

這一摔，把人給摔懵了。

燕鸛呆愣愣地坐在地上，看著跟前人高馬大的青年，酒氣上湧，立刻從地上爬了起來，又是狠狠一拳揮了過去。

須彌張開手臂，一把抓住他的拳頭，另一手扣住肩膀，重重向下一壓。趁著燕鸛吃痛地曲起膝蓋，他鬆開扣住肩膀的手，握拳，一下捶在燕鸛的肚子上。

燕鸛打小習武，雖然文不成、武不就，但在榮安這個地方，也是有著小霸王之名的，眼下被須彌幾招制住，所有人都懵了。

小丫鬟們愣愣地湊上前，見燕鸛捂著肚子在地上打滾，嚇得發出一聲尖叫。

周圍的僕從這會兒全都嚇住了，猶豫著不敢上前，反倒是須彌扭頭，對著他們冷冰冰地說了句。「郎君醉了，還不趕緊扶回房間。」

那幾個僕從恍然回過神來，趕忙上前七手八腳地把疼得快要蜷成一團的燕鸛抬走。而此刻，黎氏的丫鬟也已經在旁目睹了這些事，不一會兒，便有人急匆匆過來要押走須彌。

「我帶來的人，可是做錯了什麼？」

正要押走須彌的家丁聞聲回頭，瞧見從園子裡走出一個嬌滴滴的小娘子，神色微動，心知這便是大郎喝多了喊著要見的小娘子了，忙恭恭敬敬地行了個禮。

「這人打了大郎……」

「難道不該打嗎?!」黎氏眼看著晏雉往花園外走，帶著人也趕緊跟了過去，才出園門，正巧聽見這話，當即冷下臉來怒斥。

家丁吃驚道：「娘子，被打的可是大郎……」

晏雉打量著須彌，見他從頭到腳毫髮無傷，便又扭頭，直直看著家丁。「明知花園中聚著各家女眷，甚至有不曾見過的小娘子，仍舊不聽勸阻要硬闖，這便是燕府的規矩？」

晏雉的話雖不是對著黎氏說的，可這質問的口吻，猶如錐子，狠狠敲在黎氏後腦。

黎氏臉色難堪，越發氣惱兒子的不學無術。「成日遊手好閒，跟著狐朋狗友四處喝酒，連最基本的規矩都忘了不成！怎麼，還要你們過來把客人帶走教訓？」她頓了頓，怒道：「打狗還得看主人，如此丟人現眼，說出去是要讓全榮安的人笑話咱們燕府沒規矩不成！」

自己的兒子被人打，黎氏儘管將錯推到兒子身上，話裡話外卻始終藏不住一股怒意。

她認為打人者不過是晏雉身旁的一個下人，隨隨便便處理了便是，說方才的那些話，不過是為了給晏雉一個面子。怎知她話音才落，晏雉的眼神就變了。

「是啊。」晏雉笑著向黎氏屈膝行禮，一字一句道：「這打狗也得看主人，沒道理咬人的瘋狗被打慘了還不准牠叫喚兩聲，找主人求救的。」

黎氏噎住，身後傳來娘子們壓低的嗤笑聲。

晏雉不願再多留，抱歉地拍了拍擠過來挽留的燕小娘子的手背，向眾位娘子告辭。

黎氏心知說錯了話，沒法再做挽留，只好命女兒好生將客送到門口。

從燕府出來後的晏雉，一直冷著臉坐在馬車裡。

她不知道燕鸛醒來後會有什麼問題，心頭就是揣著火，怎麼也壓不下；再看旁邊的須彌，人一如平時那樣，挺直身板，坐在一側，到最後，先開口說話的反倒還是晏雉。

「你不生氣嗎？」她抬起頭。

須彌看著晏雉，緩緩搖了搖頭。「在他們眼中，我的確是一條狗。」

「你明明……」晏雉有些急。

卻見須彌不慌不忙續道：「四娘待我不同，我心裡知道便足夠了。」

晏雉臉色微滯，低下頭，握緊拳頭。「若你能建功立業，是不是就再不會有人這麼看你？」

她這個決定已經猶豫了很久，一直壓在心底，捨不得，卻又明知必須放手一搏。

「須彌，你去做你想做的事吧，以你的能耐必定能夠功成名就，興許再過幾年你就能像東海……」

那最後一個「王」字，突然間就梗在了晏雉的喉間。

那位在她前世記憶中，並非皇族，卻被封為王的東海王，從一介奴隸走到了將軍之位，又從將軍得以封為異姓王。

她望著身前的須彌，恍惚間想到了什麼，呆呆地伸出手，想去摸他的臉龐。

「我找到的竟然是你……」

如果是真的……如果須彌真的能夠建功立業，是不是就意味著，須彌就是她所知道的那位東海王？

那個差點就要脫口而出的「王」字，雖被晏雉嚥了回去，須彌的神色卻微微變了。

東海王……

他有多久沒再聽到過這個稱謂？

算一算，大概也有四、五年了。

五年前，須彌還是那個披盔戴甲在戰場上廝殺的東海王，半生戎馬在塞外，得封異姓王，封地江南。

然而，在得到這些富貴之前，他所經歷的苦難，無人能知。所有人只用了最簡單的一句話，就將那些年的血與汗一筆帶過——東海王曾經是個遭人販賣的奴隸。

從奴隸到將軍，再從將軍到異姓王，須彌所付出的努力，比旁人都要多。即便這麼多年過去了，榮華富貴也已來臨，他始終忘不掉的，依然是自己最狼狽的那年。

那年他仍是奴隸，和其他奴隸一起被拉到集市上販賣。

因為他長得高大，價格便提得格外高。那些前來挑奴隸的大戶，幾番問價，最後都打消了念頭，直說花那麼高的價錢買個奴隸實在不值。

那個販賣奴隸的人這次拉來七、八個奴隸，一心想著要靠須彌賺上一筆大錢，誰知道在集市上站了這麼久，才終於賣出幾個容貌俊美的奴隸。

剩下個須彌，長得人高馬大，身強體健，卻怎麼也賣不出去。

那人心裡團著火，隨手拿起鞭子，顧不上還在集市，周圍還站著許多好奇地打量奴隸的百姓，揚起鞭子就狠狠地往須彌身上抽了幾下。

沾了鹽水的皮鞭抽在身上，饒是須彌，當時也吃痛地皺了眉頭。

須彌仍記得，他那時候身上本就有傷，幾鞭子下來，原本的傷口頓時裂開了。

如果不是那小娘子突然出現，鞭子還會繼續落下。

小娘子年紀看著不大，才及笄的模樣，卻已經梳了個婦人髻。

三月的集市，身穿桃花纏枝暗花緞襖、湖藍雲錦寬裙的小婦人，如同她身上的桃花，明豔動人。

小婦人並未多言，命丫鬟掏出荷包，徑直將人贖了身。

須彌本是要跟著小婦人走的，誰知，那小婦人含笑看著他，緩緩開口道：「從今往後，你便是自由身，天高地闊，任君遨遊。」

多年後他已經拚得一身軍功，得封東海王。在一次宮中酒宴上，他終於再度見到當年那位小婦人，直到那時，他才知，當年為自己贖身的這位婦人，夫家姓熊，閨名晏雉。

重生前的記憶，如同走馬燈一般，在腦海中慢慢輪轉。

看著身前已經靜下心來的小娘子，須彌在心底苦笑。

那年宮宴後，他命人打探晏雉的消息，方才得知，她自出嫁後便一直夫妻感情不睦，她的夫君更是花名在外，蓄養了無數美豔姬妾。

他不忍心，安排了人一直看顧著熊家，卻除了到封地最有名的寺廟中，為晏雉點上一盞長明燈外，沒有再多的辦法。漢人看重女子的名節，無論婚否，名節沒了，女子的一生便即毀了。於是，他只能遠遠地看著，默默打聽她所有的消息。

那日，長明燈熄，消息傳回戰場。他親耳聽到心腹所言，得知晏雉病逝，心口猝不及防地大慟。

戰場失利，他重傷在身。臨終前，他才恍然發覺，不管軍營還是東海王府，都是空蕩蕩的，永遠只有他一人。

直到眼皮再也睜不開的那刻，他都在想，這一世已命不久矣，只盼若能重活一世，必然再不讓她一生寂寥。

也許是上蒼保佑。

須彌看著面容依舊稚嫩的晏雉，心下升起暖意。他從沒想過，上蒼竟然真的給了他這個機會得以重生。

須彌還記得，睜開眼睛發現一切重來的那天，他又回到了曾經苦難的記憶裡。

終於有一天，他掙脫開束縛，殺了奴隸主，渾身是傷地從囚禁奴隸的地方逃了出來。

突然下雪的奉元城的夏天，彷彿是上蒼的恩賜，讓他從昏迷中醒來，見到了千辛萬苦尋覓的小娘子。

須彌一直記得，那年在凝玄寺醒來，才八歲的小娘子低笑著說了句「你長得真好看，幸好臉上沒傷，不然多可惜」。

她似乎一直喜歡漂亮的東西，不管是人還是物，她喜歡那些好看的、養眼的。

然而那時候，最讓須彌覺得驚訝的，是這個小娘子的大膽——明知道自己救回來的這個人渾身是傷，似乎還殺過人，卻依舊秉持著「救人一命，勝造七級浮屠」的善意。

他很想握著她的手，告訴她，妳不是東郭先生，他也絕對不是那頭白眼狼。

若是可以，他只想就這樣守在她的身邊，看著她無病無災度過一生；卻更希望能建得豐功偉業，只為風光娶她過門。然而這一切，如今還不能告訴她，怕她疏遠，怕她逃避，怕從此天各一方……

須彌嚥下口中苦澀，挺直脊背，握緊拳頭，似乎有什麼決定已在心中扎根發芽。

在榮安的日子過得飛快，東籬晏府的家書送到的時候，已經到了冬日。

榮安下著雪，一夜過去，窗子就被整夜的大雪堵得嚴嚴實實。每天清早，衙內的丫鬟、僕從就得在院中灑掃，將縣衙前後統統都清掃一遍，省得郎君、娘子們一不小心滑倒。

這日清早，丫鬟們開始清掃院中的積雪，內衙仍是寂靜的一片。

慈姑搓著手進屋，才掀開厚重的簾子，便有暖意撲面而來。內室裡，小郎君正蜷縮著睡在小娘子的床榻上，而小娘子，則坐在案前，認真地做著功課。

案桌旁，豆蔻正侍立在側，安靜地研磨濃墨，見慈姑進屋，食指抵唇，輕輕噓了一聲。

昨夜風雪大作，晏驪有些害怕，一個人抱著枕頭就奔到了晏雉的屋外，央著要一塊兒睡。晏雉陪他睡了一晚，天還沒亮，就起來了。

慈姑頷首，安靜地站在屋內一側。

「東西可都收拾妥當了？」晏雉擱下筆，隨口問道。

慈姑老實地道：「都已經收拾妥當了。阿郎已經吩咐下去，等到雪停了這就送小娘子出城。」

幾天前，東籬的家書送到。看著家書中熊氏對兄妹倆的思念，兄妹倆最後決定，由晏雉做代表，帶上黎焉和榮安的禮物，返回東籬過年。

然而，晏雉決定回東籬，除了要回去過年外，最重要的事，是要將賀毓秀請到榮安。

屋外的風雪稍歇，慈姑和豆蔻已經收拾好全部行裝，隨時準備啟程。

臨行前，晏節因衙中有事，只能將晏雉送至衙門口，仔細吩咐道：「我另外命了幾人護送妳回東籬，這一路上妳須得小心。到東籬後，先生若是願意來榮安便一道回來，若是不願，妳亦不可勉強。」

晏雉仔細應下，這才帶著人上了馬車。

馬車迎著刺骨的寒風出了榮安城門，晏雉掀開車簾一角，望著天邊的黑色陰霾，微微出神。

從上車開始，晏雉的心裡便不怎麼平靜。

她其實並不是很願意回東籬，回東籬後的這個臘月，她即將迎來十一歲的生辰。

十一歲的生辰，意味著什麼？

在很多大戶人家眼裡，小娘子到了這個年紀，差不多是可以帶出去讓人相看的時候，如果能早些和合適的小郎君訂親，不必等到及笄就可以出嫁。

晏雉有些心緒不寧地想起當年嫁給熊戊時的情景，臉色變得越發蒼白。

「暴風雪就要來了。」

晏雉回頭，看著身側同樣抬頭看天的須彌。青年俊朗堅毅的面容上，兩道劍眉微微擰起。

果真，一路上風聲呼呼地響，他們很快就迎來了暴風雪，馬車幾乎不能移動。

外面的風聲如同野獸在號叫，一聲一聲，在漸漸暗下的天色中，顯得有些毛骨悚然。

晏雉裹緊了身上的裘衣，又將手爐揣在懷中，迷迷糊糊間靠在車窗邊上打起盹來。

晏雉乘的馬車，是原先從東籬帶出來的那一輛。車內十分寬敞，四壁也較普通的馬車更厚實，即便是到了寒冬，也不會被寒意侵透車壁。晏雉出行，殷氏、豆蔻與慈姑自然是跟隨的，須彌也陪坐在一旁。

馬車後還跟著一輛小車，裝的都是要送給東籬晏氏族人的禮物。

一前一後兩輛馬車，在風雪中艱難地往前行。

直至風雪越來越大，馬車在空曠的官道上進退不能，不得已，車伕只好吃力地將馬車停在官道旁的一片樹林裡。

車伕頂著風雪在外面喊道：「小娘子！風雪太大，走不了了！要麼，先在這樹林子裡歇一會兒，等風雪停了再走！」

晏雉睜開眼，小心地掀開車簾一角，瞬間被凜冽的寒風吹得打了個冷戰。「就先在這歇一會兒，你們也先回車上，別凍壞了！」

車伕在外面重重地哎了一聲，窸窸窣窣地合力給拉車的幾匹馬蓋上厚厚的氈毛毯子，這才爬上後面的那輛馬車避風雪。

殷氏有些擔心，提議要不先回榮安，等天氣好些再出發。

晏雉搖了搖頭。

他們出城已經很久了，現在被困在風雪中，別說往前走，就是想回榮安都已經不是容易的事，倒不如歇一歇，興許這場風雪很快就能過去了。

然而風雪實在太大，呼嘯聲吵得晏雉在馬車內頭疼不已，不得已坐了起來，裹緊身上的裘衣打量車內幾人。

豆蔻和慈姑相互靠著，已經被暖烘烘的爐子熏得睡了過去，乳娘殷氏，也靠在一旁疲憊地閉著眼；唯獨須彌，還跪坐在側，原本閉著的眼睛，似乎感覺到她的視線，驀然睜開。

須彌身上的衣服不怎麼厚實，晏雉看著他，從懷中掏出手爐正要往他懷中塞，馬車外隱隱約約有馬蹄聲由遠及近而來。

風雪中哪裡來的馬蹄聲？

晏雉以為是和他們一樣趕路的車隊，可聽著馬蹄聲漸漸靠近，忽然覺得有些不安。

須彌已經騰地站了起來。

「主人家可在？我們是附近縣衙的衙差，辦案歸來瞧見你們這車隊，可是被風雪困住了？我們帶你們先去縣衙避避吧！」

陌生的聲音三三兩兩在外面高聲大喊。

豆蔻、慈姑都已經醒來，殷氏也滿臉喜色，晏雉的神情卻有些不大好。「實不必煩勞幾位差爺……」

「小心！是附近山裡的山匪！」

車伕在外面突然大喊，那些「衙差」頓時變了臉色，翻身下馬，衝向晏雉所在的馬車。

車簾被猛地掀開的一瞬間，他們所見的並非是嬌滴滴說話的小娘子，而是明晃晃的一刀迎面劈來。

這群山匪原本在路上伺機搶劫過往商隊，誰知風雪大作，很多商隊在過路的客棧或縣城裡暫住了下來。山匪們正打算回山寨裡喝些暖酒，意外地在樹林裡躲避風雪時發現了兩輛看著就不簡單的馬車，當下靈機一動，生出幹一票再回山的想法。

誰知，看起來不簡單的馬車，也的確藏著不簡單的人。

須彌的那一刀正對掀開車簾的山匪，毫不留情地砍在他的脖子上，拔刀的時候，鮮血噴得很高，嚇得車內的豆蔻和慈姑捂著嘴縮進角落裡。

狂噴的鮮血沒有嚇著晏雉，她從短暫的錯愕中回過神來，一把從座位底下的箱子裡拿出她的弓弩，那些隨行的護衛這時候也都衝了上來。

山匪大多是亡命之徒，見兄弟被殺，自然滿腔怒火，登時也不想留下活口好再威脅贖金，揮舞著砍刀要將須彌砍倒。

須彌身手敏捷，當即將一人砍倒，一腳踹上那人的臉，手上的刀順勢從身側撲來的山匪當胸一砍。

不知不覺間，那些山匪已經將馬車團團圍住，跟來的護衛們此刻也緊緊靠著馬車，與那些山匪戰成一團。因為人數差異，幾下交手，山匪們很快發現這些護衛中，身手最好的人正是先前以刀砍死自家兄弟的青年，當即分出人來圍攻他。

須彌被三、五山匪團團圍住，顧得住左右，卻難以分出神顧及背後。眼見著有個山匪舉刀砍向須彌的後背，一支羽箭嗖的飛了過來，須彌踹翻身前幾人，猛然回身的時候，發現破空而來的那支熟悉羽箭先行射穿了山匪胸膛，一串鮮豔的血花在眼前迸射開。

倒下的山匪後，露出了站在馬車上，脫下裘衣，背上搭著箭囊，動作索利地抽箭、搭箭、拉弓、瞄準，然後一氣呵成將逼近的山匪直接射倒的少女。

「四娘。」慈姑從馬車內鑽出，雖然被外面的場景嚇得臉色慘白，卻仍舊咬著牙，拿起帕子給晏雉擦了擦臉上濺到的血跡。

「妳們在車裡，別出來！」晏雉一抹臉，直接跳下馬車。「將人全部拿下！如若再反抗，無須留情！」

「是！」

雪停了，寒風也似乎暫時歇了，然而風雪一停，氣溫就比之前還要冷上許多。

樹林在經過漫長的混亂後，終於重歸平靜，只有粗粗的喘息聲分外明顯。

鮮血將雪地染紅，受傷的護衛們在慈姑和豆蔻的幫助下，簡單地包紮好傷口，將凌亂一地的東西重新裝回馬車。殷氏拿出牛皮水壺澆濕帕子，給晏雉擦了擦臉和手。

須彌抬頭看了眼天色。「不能再留著，暴風雪還沒完全結束。」

「怎麼？」

晏雉抬頭去看他，須彌已經翻身騎上山匪留下的一匹馬，雙腿一夾馬肚，大喊：「我去前面看看，風雪再來，只怕大家都撐不下去了！」

看著騎馬遠走的須彌，晏雉回身，命人將馬車上的東西全部紮緊，然後原地等候須彌回來。

須彌還沒回來，暴風雪再度來臨，與此同時，天色看著也已經快傍晚了。從天邊席捲而來的風雪，頃刻間將地上的血跡掩埋。風聲大作，樹葉飛捲的聲音嘈雜地像是有巨獸在咆哮。

遲遲不見須彌回來，晏雉有些擔心，車伕也從後面跑上來，在馬車外大喊：「小娘子，不如我們先往前走幾步，興許能找到個暫時落腳的地方！這要是再等下去，別說這幾匹馬要凍死了，就我們這些人，只怕都難熬！」

眼看著風雪越來越大，須彌卻還沒回來，晏雉實在不能對底下人置之不理，咬咬牙。「好，先往前走幾步。」

在樹林裡停留了很久，車輪終於再度滾動起來。厚厚的積雪，被車轂轆劃出深深的印跡，馬蹄抬起落下間，又留下一連串印子。

這一路向前，風雪中，世界是白茫茫的一片，已經完全看不清前路，也辨不清方向。

風雪越來越大，幾匹馬開始局促不安，不願再往前，馬鼻子呼出的熱氣大團大團地飄散開，仔細去看，還能看到結了冰的馬睫毛。

好不容易終於讓他們找到了一間破廟。

破敗的廟門，快被暴風雪吹垮的馬廄，還有遮擋不住風雪的屋簷。即便是這樣的破廟，也比在馬車上安全一些。

幾個護衛在破廟周圍拾了些柴火，在廟裡趕緊點起火堆。殷氏她們從車上搬下乾糧，片刻後燒開熱水，仔細端到晏雉手上。「四娘趕緊喝些暖暖身子。」

晏雉接過碗，吹了吹熱氣，低頭喝了一口。

護衛們和車伕一起坐在另外一堆火周圍，正低頭狼吞虎嚥啃著乾糧，見小娘子這邊心事重重的模樣，忙有人小心翼翼地安撫道：「小娘子莫要擔心，等會兒我們就去前面看看，興許人很快就回來了。」

晏雉點點頭。

這些年，須彌陪在她的身邊，一起經歷了太多的事，如果有一天，他出了事，晏雉在想，她會怎樣？

也許是再也找不到一個人，能像他那樣，不管怎樣，永遠都守在自己身邊。

晏雉端著碗的手忍不住發顫，心底更是慢慢生出擔憂來。

不能嚴嚴實實遮擋風雪的破廟，風一灌入廟裡，似乎還能聞到之前砍殺的那些山匪的血腥味。

本就透風的廟門，忽然傳來砰的一聲。廟裡的人登時齊齊看向門扉。

幾個護衛反應最快，幾步擋在晏雉身前，右手都放到腰側，倘若門外的是歹人，一旦衝進來，他們就會上前與其殊死搏鬥，就連豆蔻、慈姑，也在瞬間警覺起來。

門又被重重拍了一下，聲響顯然不是來自大風。

晏雉突然站了起來，顧不上去拿近在身側的弓弩，直接衝到門前。

被晏雉猛地打開的門外，站著滿身是雪的高大青年，被凍得有些發青的臉上，琉璃色的眼睛帶著驚惶褪去後漸漸鎮定下來的安心。

須彌探完路回到原地，車馬早已不見，經過了一番尋找，這才找到了這處破廟。外面的暴風雪極大，好像多待一刻就能被吹掀在地，瞬間遭大雪埋葬。他被風雪吹了一路，早已凍得臉色發青，好在終於找到了人，這才稍稍放下心來。

晏雉伸手拉住他，心下一驚，忙抓著他的手就往自己的臉頰上放。

青年眼底劃過驚愕，手下意識地要掙脫開，方才發現手竟然已經僵得不行，被晏雉緊緊按住。掌心下，屬於少女細嫩肌膚的觸感，帶著溫暖，傳遍四肢。

晏雉掃了眼須彌身後的那匹馬，那馬被山匪餵養得極好，卻也禁不住須彌的折騰，這會兒已經累得搖頭晃腦，主動鑽進馬廄，跟其他的馬擠在一起取暖，啃食起糧草來。

「四娘？」

大約是看他倆在門口遲遲不動，殷氏的聲音從背後傳來。晏雉回過神，放下須彌的手，一前一後進了屋內。

關上門的瞬間，暴風雪的寒意總算遮擋住一些。

大抵是因為人回來了，晏雉終於安下心，靠著殷氏迷迷糊糊便睡了過去。

睡到半夜，柴火有些熄了，她被凍醒，卻忽然發現須彌不見了。

她在廟中輕手輕腳地轉了一圈，才在佛龕後找到了人。

這廟太破，不知棄用了多久，他們先前只顧著找地方躲避風雪，生火取暖，壓根兒沒注意到佛龕後竟還有一破洞；而須彌竟就那樣拿自己的背堵著破洞，雙手抱臂，閉著眼沈沈睡去。

須彌的臉上不知在哪裡蹭到了積灰，看起來有些滑稽。晏雉蹲在一旁，伸手輕輕擦去，藉著廟裡已經不大明亮的火光，注視著他熟睡的面容。

視線從額頭一路慢慢滑到他的唇，晏雉微微出神，待回過神來的時候，已不知不覺身體前傾湊上去吻了吻他的唇。

沒人知道，在看見他回來的那一瞬間，她整顆心都活了，滿心滿眼想的都是：真好，你回來了。

第十五章 時時歸

這一路又是風、又是雪的，馬車終於緩緩到了東籬。熊氏早已得了消息，在門口等著。晏雉才下馬車，正要給熊氏行禮，就被她給抱住，當即愣住了，等回過神來，兩人眼眶都已經有些發紅，晏稚靠在熊氏懷中，低低喚了聲「阿娘」。

「走了這許多日子，竟是都不想阿娘不成？也不回家一趟，外頭的生活真這麼有趣？」對熊氏來說，這是女兒第一次離開東籬這麼久，也怪不得她一得知晏雉會回來，就開始忙裡忙外。

晏雉其實也十分想念熊氏。重生前的那一世，她有多寡親緣，這一世就有多珍惜與家人的感情；無論是那一世被沈六娘斬斷的兄妹感情，還是生疏的母女之情，重生這一世，晏雉都緊緊抓在手裡，不願鬆開。

「想，女兒可想阿娘了！」

晏雉摟住熊氏的腰，嬌哼兩聲，撒起嬌來。

母女兩人走回府院，才剛坐定，晏雉便將禮單拿過，直接向熊氏奉上。「這是大哥、大嫂備好的禮單，阿娘莫要因大哥不能回來，責怪他們。大哥如今才到榮安當縣令，又要兼顧造堰之事，實在無法脫身回東籬探望阿爹、阿娘，所以才讓我帶著禮回來了。阿娘若是有什麼要大哥做的事，儘管讓我做便是了。」

熊氏看著禮單，笑道：「妳大哥他們有心了，既然公務繁忙，不回來也是理所當然的事，妳能回來，阿娘便已經十分高興了。」她笑著伸手摸了摸晏雉的頭，仔細打量女兒。「倒是長大了不少。驪兒現今如何了？」

晏雉笑道：「長胖了許多，胖乎乎的，長得越發好看了。大哥正準備給他請先生，好好識字讀書。阿娘身體可好？女兒不在身邊，阿娘身子若有什麼不適，可一定要同人說。」

熊氏點點頭。母女倆又坐在一塊兒，親熱地說了會兒話，話題漸漸轉到了晏雉就快到的生辰上。

晏雉生在臘月，離過年不過才三、五日，熊氏盤算著屆時要在府裡設宴，請城中一些有名望的娘子們過來吃酒，也算是給女兒引薦引薦，方便過幾年相看人家。

晏雉心知熊氏的打算，並不打算多說什麼，便由著她做了決定，定在生辰當日在府中設宴。

說話間，晏畈和晏筠也結伴從學堂回來，得知四娘已經回來了，急匆匆便往院子裡跑。兄妹三人一見面，又是摟著一頓搓揉笑鬧。

晏畈如今還在學堂讀書，準備再考一年科舉，若是仍舊不成，便安心繼承家業。晏筠則一直在等候朝廷的調令，尚且不知會被安排去哪個地方任職。

兄弟兩人許久不見最疼愛的妹妹，甚是想念，見著人了，甚至將她直接抱著扛在肩上，作勢要帶出去玩。

二郎、三郎的動作太快，嚇得熊氏臉色都要白了，瞪圓了眼睛，低斥道：「多大的人了，怎地還這般胡鬧，萬一摔著四娘可怎麼辦？」

晏筠吐了吐舌頭，趕緊給了晏昄一胳膊肘子，讓他把晏雉放下。兄妹三人乖乖站成一排，在熊氏跟前低了頭。

見三人這副知錯就改的模樣，熊氏忍不住掩唇笑了起來。「行了，這一招裝可憐可用了好些年。四娘才回來，舟車勞頓的，讓她今日先好好歇息，明日你們兄弟倆想帶她去哪兒轉轉都行。」

熊氏都這般說了，兄弟兩人自然連連點頭，又摸著四娘的頭，這才戀戀不捨地回各自院子去了。

入夜，屋子裡點起了熟悉的熏香。

晏雉從緊閉的窗戶上，還能看見外頭的月亮，她披上氅衣，開了門往外走。

傍晚用膳的時候得知，阿爹隨船出海已經數日，晏雉心裡計劃著，要趁著這時候，趕緊同先生說好，等過完年就一起回榮安。

她敲了須彌的門，門一開，張口便道：「明早你同我一道去學堂拜見先生。」

等話音落下，晏雉騰地鬧了個大紅臉。

須彌上身赤裸，寬厚的胸膛上還淌著水珠，顯然方才是在屋裡擦身，聽見敲門聲，顧不上穿衣就過來開門了。

晏雉輕咳兩聲，別過頭去。「先生有治國治民的雄才大略，卻一直只願當個閒雲野鶴。

大哥雖說萬事不可強求，但先生若是不願跟我回榮安，不如就……」

「將人綁了強帶回去嗎？」須彌看著身前滿臉通紅的小娘子，眼底浮現笑意，聲音也帶了隱隱的好笑。

晏雉愣了愣，回頭看他，短暫的錯愕後，竟當真思考起這主意的可行性。末了，到底還是長嘆一聲。「我先同先生說說吧，真不行，那你就幫忙將先生綁了，捆結實一些，等過完年，咱們就立即回榮安。」

這話，顯然是玩笑話。

只是等到第二日天明，主僕兩人上了馬車，須彌一個側身跪坐下來，晏雉眼前閃過異樣的東西，凝神一看，樂了。

她指著須彌掛在腰間的一捆麻繩，笑道：「你真要把先生捆了？」

須彌道：「嗯。」

晏雉笑嘻嘻道：「別鬧，我昨晚說著玩的。」

須彌眼底劃過猶豫，左手按在腰間，想拿下卻似乎又覺得可能用得著，到底還是放下手，讓那捆繩子先掛著了。

晏雉也不再勸，掀開車簾向外張望。馬車外，晏畈和晏筠正騎著馬，一前一後慢慢地和馬車一道往前走。

昨晚熊氏答應了等晏雉休息好，就讓兄弟倆帶著晏雉出去逛逛。晏雉起早說要去學堂拜見賀毓秀，兄弟兩人自然二話不說陪著一起去。

坐上馬車走了不一會兒，便到了學堂。須彌先下了車，在兄弟兩人伸手前，先一步將晏雉扶下馬車。兄弟兩人愣了愣，卻見晏雉抬頭笑道：「哥哥們做什麼發呆？」

晏筠摸了摸鼻子。「行吧，先生見著妳，估計要高興壞了，我去外頭買些酒。」

「大白天的吃什麼酒，想罰抄書了？」

門口傳來熟悉的揶揄聲，晏雉抬頭一看，門口可不正站著賀毓秀。

想來也是，晏雉回東籬的消息一出，東籬城中誰不是想著看一看，當年有著「神童」名號的晏四娘，是不是還那麼的聰慧；畢竟，在所有人眼中，小娘子與郎君們是不同的，這年少時再怎麼「神童」，稍大一些總歸是要變得平庸的。

賀毓秀自然也聽到了些消息，是故早早讓小僮在門外候著，要遠遠瞧見晏府的馬車就趕緊回去告訴他。

進了書房，賀毓秀落坐，晏雉旋即跪下，恭敬地磕了個頭。

「靳州的生活可好？」賀毓秀命晏雉起身看座，一旁的小僮已經端了茶水上前。

晏雉在旁邊坐下，喝了口茶。「挺好的。」她和兄長商量過了，靳州的事太多、太亂，不必告訴阿爹、阿娘，旁的事也儘量挑好的說。

然而賀毓秀卻不是什麼好糊弄的，當下挑了眉。「黎焉大水，這麼大的事，挺好的？」

不好。

一場大水，死了那麼多人，垮了那麼多村子的房屋，晏雉一點都不覺得哪裡好；但那些危險的場景，晏雉實在不願提及，只是頂著賀毓秀的目光久了有些吃力，最後還是不得不將事情從頭講了一遍。

話音落，晏雉低了頭，不再吭聲。

賀毓秀捋著鬍子。「你們兄妹兩人該做的都做了，也無須再難過什麼。」

晏雉拱了拱手。「萬物始於道，先生是懂大道理的人，不如等過完年，和徒兒一起回榮安。」

這話的意思很明顯，就是想請賀毓秀一道去榮安。晏家兄妹兩人都是大有抱負之人，必然對此後的仕途已經做好了打算。

賀毓秀從前也曾被人邀著做幕僚，幹了幾年，鼎鼎大名的松壽先生撂攤子不幹了。於是在那之後，賀毓秀就當起了獨行俠，悠悠然做著屬於自己的名士。

這名士做久了，賀毓秀看到的東西也變得比從前給人做幕僚的時候更加多。

年輕時候的滿腔熱血與抱負，其實從未熄滅。在收下這對兄妹做徒弟的時候，賀毓秀就隱隱覺得，興許很快，他這散漫悠閒的名士生活就要結束了。

當真聽到晏雉說出這番話後，賀毓秀心底卻絲毫不覺得無奈，反倒是……有些興致勃勃的。

「好。」

晏雉抬頭看去，賀毓秀捋著鬍子，點了點頭。「等年過了，先生這就跟妳赴榮安。」

臘月，寒梅開了一院子。

晏府門外，車水馬龍，那些得了請帖的大戶人家帶著妻女紛紛來訪。這些年，晏氏在東籬的名望越來越高，無人敢輕視。單看著門庭高大，房屋雕樑畫棟，院中景色秀麗，便知家底殷實，並非是尋常商賈人家可以比擬的。

晏雉生辰，晏府早早給城中世家和大戶遞了請帖。那些收到帖子的人家裡，自然也有熊家，只是自從出過那些事後，熊家如今的態度倒是收斂了不少。

熊氏坐在上首，綰了端莊的髮髻，髻上插著水頭兒極好的白玉梅花簪，身上的褙子紋飾端莊，顏色也好看。

下首坐著幾戶人家的大、小娘子，正與熊氏交談甚歡，微微一側頭，就能瞧見一側的晏四娘，一身淡黃織錦襦裙，外頭套了淡綠色的褙子，繡紋清雅，瞧著整個人十分有禮優美。

晏雉此刻正與蘇寶珠說笑，小娘子生得有些圓潤富態，脾氣十分爽朗。晏雉自在熊家與她相交，分別這麼些日子，倒也的確想念得很。

兩人說了會兒話，正要往晏雉的院子去，才出門，遇上了被玉髓帶進來的一行幾人。晏雉瞧見是自己認得的旁支的一位娘子，忙福身行了一禮，再抬頭，就撞上了娘子身後的少年的目光。

十三、四歲的少年，容貌清俊，瞧見晏雉向自己看來，竟還騰地紅了臉。

屋裡有人注意到這邊的動靜，見這少年滿臉通紅，掩唇笑了笑。

再看晏雉和蘇寶珠這邊，一個身材漸長，肌膚嫩白，眉目如畫，一個珠圓玉潤，嬌俏可愛，眼神靈動，都是十分好看的容貌。這麼左右一看，倒是就連年紀也相仿。

晏雉朝晏瑾行禮後，便拉著蘇寶珠一道出了門，絲毫不知，她倆走後，熊氏將晏瑾仔細介紹給了蘇家娘子，將晏瑾說得滿面通紅。

那蘇家娘子正是蘇寶珠的阿娘，知這晏瑾雖只是晏氏旁支，但身上既有功名，又生就一副好容貌，蘇寶珠的阿娘當下有些心動，隨即與晏瑾他娘攀談起來，隱隱一副親家的模樣。

另一廂，蘇寶珠到了晏雉的院子，正見滿院梅花開，伸手折了一枝，歡喜得不行。

「妳這院子裡的梅花真好看！」蘇寶珠笑著接過丫鬟遞來的一杯茶水，低頭喝了一口。「方才那小郎君是誰，看著好生奇怪，竟盯著妳一直看。」

晏雉道：「是我旁支的一位堂兄，年紀與妳我相仿，性子極好，就是太內向了一些，從前還被阿熊欺侮過。」

蘇寶珠瞪圓了眼睛。想想那少年清瘦儒雅的模樣，她覺得彷彿可以看到他被熊黛欺負時的場景。

蘇寶珠趕緊小聲問：「他怎地就被阿熊欺負了？」

晏雉托腮，笑咪咪地盯著蘇寶珠看。「他脾氣好，自然就被阿熊欺負了。」

蘇寶珠心道，這般好模樣的小郎君也要欺負，阿熊果真不是個脾氣好的。

待回過神來，就見晏雉笑得一臉意味深長，嚇了一跳。「妳做什麼笑成這副模樣，怪瘆人的。」

晏雉忍笑，擺擺手。

生辰宴過得很快。宴罷，晏雉親自將赴宴的娘子們送出門，站在門口恭恭敬敬地依次送行。

蘇寶珠臨上車前，還拉著晏雉的手有些依依不捨，奈何蘇家娘子催得有些緊，不得已撇撇嘴，伏在晏雉耳邊低語了一句，然後讓丫鬟扶著上了馬車。

晏雉揮手送她離開，兩頰還有些發紅，回過身的時候，一眼就撞上了一直站在不遠處的須彌。

「妳走到哪兒，妳身邊那個家僕的眼睛就跟著妳到哪兒，他是不是喜歡妳？」

如果說這話的人不是天真爛漫如蘇寶珠，晏雉一定會覺得是有人有意要毀她名聲，可蘇寶珠向來單純，也從不和她藏著掖著說話，自然沒別的意思，不過是實話實說而已。

晏雉看著須彌，越發覺得兩頰發燙。

她自那日暴風雪後，便已明白自己的心意，然而她始終不敢將這分心意告知須彌。前世和熊戊的親事，累她一世，她不知一分感情該如何循序漸進，更不知須彌心中又究竟做什麼想法，哪怕蘇寶珠說得令她滿心歡悅，也難擋壓在心底的一絲遲疑。

晏雉想著，慢下回房的腳步，只想著這條路能夠長一點，再長一點，只想著兩個人能夠有更多的時間，就這樣安靜地在一起。

除夕前夜，管姨娘滿面春風，撫著肚子說是懷孕了。

管姨娘原先懷的那一胎，一如晏雉記憶中的那樣，八個月時掉了，據說是去廟裡參拜時跟別人家的夫人撞了。那孩子落了胎，一看是個女娃，晏暹原本的傷心頓時去了大半，稍稍安撫了下管姨娘，便頭也不回地去了外頭。

晏雉分明記得，管姨娘這一胎掉了之後，就再不能生養，卻不知她究竟是找了怎樣厲害的大夫，竟很快調理好身子，追著人就出了晏府，如今不僅好好地跟著晏暹回來了，更再度懷上身孕。

晏暹高興得不行，過年祭祖的時候更是有些失禮地在祖宗牌位前報喜，聽得幾位族老臉色都不大好看。得知四娘代替遠在蘄州為官的大郎回來，趕緊將人招呼過來說話，話裡話外，透露著對晏暹的種種不滿。

晏雉滿臉堆笑，只當聽不懂。

原本晏雉是打算過完元宵、賞完燈會就回榮安的。

可祭祖之後，晏暹不知為何下令，將晏雉的院子看管了起來，就連豆蔻、慈姑進出院子，都要被人緊緊盯著，似乎生怕她離開。再三追問之下才得知，晏暹竟不願放她走，說是留她在府裡好輔助熊氏。

熊氏幾次拍案，晏暹也咬著牙不肯鬆口，只說是為了妻女好。

熊氏卻是冷笑。

偌大一個晏府，自她重掌後從未出過什麼事，根本沒什麼一個人忙碌不過來的說法。晏暹之所以看管著晏雉，不過是耳根子軟，被管姨娘咬著耳朵教唆幾句，覺得女兒大了卻依舊在外遊歷，丟了晏家的臉面。

吵過幾次之後，熊氏忽然就沒了動靜，晏雉看起來也似乎老實了，成天不是在院子裡看書，就是彈琴練畫。

晏遲終於放下心來，安心陪著管姨娘養胎。

然而，晏遲再怎麼也沒想到，晏雉很快又幹了一件讓整個晏府在東籬「聲名大噪」的事。

這日起早，晏遲正摟著管姨娘溫存，門外突然響起大喊聲。管姨娘眉頭一皺，立即有丫鬟虎著臉出門吼道：「吵什麼？」

那人也是真有要事，見門開了，扯著嗓子就喊。「阿郎！四娘跑了！」

晏雉的確跑了。

等晏遲急匆匆趕到晏雉的院子，早已人去樓空，找遍全府，竟然連服侍晏雉的人都沒找著一個，整個院子根本就成了個空殼，似乎是打定主意再也不回來的意思。

晏遲這下慌了神，這時候晏畈和晏筠兄弟兩人從學堂回來了，一看空落落的院子，當下臉色有異。

「怎麼回來了？」晏遲心裡直打鼓，可仍舊在兒子面前撐著，只是，等晏筠說完話，他是直接就懵了。

「先生留書走了。」

晏遲頓時明白，他這女兒之所以回東籬，過生辰、過年都不過是順帶的，真正的目的是為了遊說賀毓秀同行。

晏遲原本還想斥責熊氏教女無方，可熊氏冷著臉，站在屋簷下，目光掃過底下恭敬站著的下人，揮袖道：「四娘只是回大郎身邊，不用擔心。眼下管姨娘有了身子，懷孕生養多有不便，理應好生在房中養胎，旁的事情自有人打理。來人，還不將管姨娘伺候好！」

說是伺候，實則是軟禁。

眼看著管姨娘掙扎著被軟禁了起來，二郎卻面無表情絲毫不打算說情，自己的妻子又擺明不會再給自己好臉色，晏暹心灰意冷，想要出門借酒澆愁，卻又被門外的家丁攔了回來。

直到這時，他終於明白。

這一回，妻子真的動怒了。

「晏家的產業怎麼辦？」

他試圖說服熊氏，不想熊氏笑了笑，說道：「二郎如今還有空閒，正適合跟著鋪子的掌櫃們多學學。」

晏雉自重生之後，就不是個信命的人，自然也不會願意被阿爹就這樣折斷雙翼，重新囚禁在籠子裡。

須彌身手了得，進出晏府不費吹灰之力，很快晏雉便借由他的手，和賀毓秀策劃好了一切。

那日天沒亮，晏雉院子裡所有下人都被聚集起來，須彌就像提小雞仔一般，一次一個、兩個的，將人陸續送出了府。

等晏雉最後從晏府出來，那些仍有些驚慌的下人都被遞到眼前的賣身契怔住了。

自熊氏管家以來，便將晏雉院中丫鬟、僕從們的賣身契全都交給她保管。如今她從府中逃走，若是留下他們，說不定怒火中燒的阿爹會遷怒於他們；晏雉不忍拖累無辜，將人全部帶出來，給了賣身契和一些盤纏，放他們自由。

拿了賣身契，三三兩兩地走了不少人，晏雉也不管他們之中是不是有人會再回晏府，坐上馬車直奔學堂，在角門處接了賀毓秀跟他貼身服侍的小僮，趕在被人發現前走了。

他們這一路，跑得比來時要快，顧不上帶些東籬的特產回榮安；倒是賀毓秀準備得仔細，途中停車休憩的時候，晏雉去向他請安，卻見得車裡裝了好些禮物。

賀毓秀這輩子沒收過幾個徒弟，得意的兩個還都從身邊走遠了，終歸顯得寂寞。他既答應了晏雉要去榮安，自然會將一切打點妥當。在得知他的小徒弟被晏暹那匹夫關在了家裡，賀毓秀更是堅定了要拋下整個學堂，去當大徒弟幕僚的想法。

這一路上，馬車走走停停，賀毓秀從晏雉那兒瞭解了不少蘄州的事，師徒兩人又就榮安的時局仔細討論了一番。

馬車才在榮安縣衙角門處停下，晏雉先一步下了車，賀毓秀還坐在車裡，就聽見晏雉帶笑的聲音雀躍地響起來。「大哥，我同你說件事。」

「妳又做了什麼？」晏節的聲音透著笑，顯然知道晏雉會這麼說定然不會有什麼好事。

「也沒什麼，就是阿爹把我關在家裡，我偷偷摸摸跑出來了，順便把一院子的下人全放走了。」

晏節差點手一抖把自個兒妹妹揍了，好在正準備捲袖子的時候，眼睛一抬，瞧見了掀開車簾彎腰走出來的賀毓秀。晏節連忙放下衣袖，疾步上前，抬手行了一禮。

賀毓秀捋著鬍子嗯了一聲，看了晏雉一眼，微微抬了抬下巴，晏雉當即吐著舌頭溜回自己屋裡，等晏節回過神來，門口除了沈宜還有幾個下人，哪裡還瞧得見晏四娘的蹤影。

「你阿爹這事做得不厚道。」進了門，賀毓秀直接道。

晏節後腦勺有些發疼，低頭應道：「即便如此，四娘這丫頭也實在不該……」

「我倒是覺得該。」

「先生為何這麼覺得？」

賀毓秀捋著鬍子。「你那爹就是個不靠譜的，四娘要是不想別的法子，可就真要被關在晏府，一直熬到出嫁了。」

晏節愣了愣。

賀毓秀手一擺，將事情的原委通通跟自己這個有些呆愣的大徒弟一說，就瞧見大徒弟臉色頓時大變，氣惱道：「阿爹今次這事，做得委實過了！」

晏節隨即也不覺得晏雉又惹禍了，將賀毓秀安頓好，回房研墨，當即寫下家書一封，命人送回東籬。

信裡洋洋灑灑一通筆墨，自稱不孝子，卻將晏暹拐彎抹角數落了一遍；又另附一信給晏畈，囑託他在府中好生照看熊氏，也多多跟著掌櫃的學一學，如若不能考中功名，就要儘早做好接手晏家生意的打算。

這事，晏雉自然是不知的，她有遠比這事更重要的事情要做。

晏雉才回內衙，正想著要去逗逗晏驪，不料才進院子，就瞧見肉團子正費勁地張開兩條短腿，扎著姿態古怪的馬步，小臉上布滿了汗，十分吃力的模樣。

晏雉有些愣住，耳後突然有拳風襲來，她下意識往旁邊一躲，轉身就要看看是誰偷襲。回身一看，晏雉吃了一驚。只見須彌已飛快地與來人交戰在一起，拳腳來往間，晏雉費了好一番力氣，才認清那人的臉，當下吃驚道：「屠三?!」

須彌是最先認出來人身分的，他同屠三在黎焉的時候就交過手，知曉對方拳腳究竟有幾分功夫。方才擋下的那一拳，拳風雖勁，卻收了力道，顯然只是為了嚇唬嚇唬四娘，至於現在這幾下，卻運足了力氣，是想與自己比一個高低。

須彌眼神一沈，有意往遠處挪了幾步，看著似乎被屠三壓制住，可當拳腳遠離了可能會誤傷晏雉的範圍，他立即反撲。

「屠先生跟須彌比，誰更厲害？」

晏雉呆愣愣地看著須彌跟屠三交手，不知何時，晏驪偷懶地湊了過來，拉著她的腰，探頭探腦地盯著那兩人看。

一聽這小子喊屠三「先生」，晏雉便猜到了大概，當即伸手捏了捏他的耳朵，追問道：「你阿爹說給你找先生，就讓你拜了這人？」

她用了點力氣，晏驪被捏住耳朵疼得噷了一聲，哼道：「那天阿爹散衙回來，領了先生來說日後留在府裡當護衛，又說我既然想學武功，就先跟先生學個基礎，等大一些再學厲害的。」

這話倒不是糊弄人的。

晏雉鬆了手，將小子拎到身邊，命他站直了身子，隨後喝道：「別將內侕拆了，榮安地小，找不著別的地方讓縣令住的。」

屠三低笑一聲停了手，須彌緊跟著收手，眼睛卻緊緊盯著他。

屠三也不惱，樂呵地走到晏雉身前，姿勢彆扭地給她行了一禮，又衝著晏驪虎臉。「一炷香的時辰到了？」

晏驪唉叫一聲，回到方才站的位置，老老實實邁開腿，依舊還是那個古怪的姿勢，哀怨地扎起馬步。

晏驪如今正是調皮貪玩的年紀，哪裡真能堅持著扎這麼久的馬步，等過了一會兒，果不其然又開始偷起懶來。

這一回，倒不用屠三再說話，反倒是晏雉眼睛一橫，呵斥道：「蹲著！」

晏驪不怕阿爹、不怕阿娘，最怕的是這個姑姑，當即吐了吐舌頭，乖乖站回去。

晏雉見他如此，滿意地頷首，回頭繼續與屠三說話。

得知自己離開榮安那日，正好是屠三投奔兄長的日子，晏雉忍不住皺了皺眉頭。

「西院那些人命都在你的身上，你倒也膽大，如此大張旗鼓地就從黎焉找到了榮安。」

晏雉心裡始終記著黎焉那夜的大火，沖天的火光幾乎能將半邊天燒紅，至今似乎仍有哭號聲在耳邊響著。從廂房中抬出來的屍體，有的是因窒息而死，有的則渾身焦黑，分明是被活活燒死的。

那些人，儘管都是帶了賣身契的家僕，但都是一個個鮮活的生命，閉眼睜眼的工夫，就這樣被一把火毫不留情地奪走。

而今放火之人卻毫無愧意地出現在眼前，面上帶笑，似乎那些事當真就這般輕易地過去，晏雉心裡又如何能夠平靜。

「我這一輩子注定洗不乾淨這雙手，又何必成天想著那些已經死了的人。」屠三狀似毫不在意地揮了揮手，袖口有什麼長長的東西晃了下。

晏雉有些氣惱，想要立刻去找晏節，好好問清楚為什麼會留這樣一個殺人凶手在縣衙。

然而，她才邁出步子，手臂忽地被人抓住，扭頭去看，卻見須彌沈默地搖了搖頭。

「你……」她張了張嘴，話還沒說出口，須彌的目光已經轉向了屠三。

方才兩人交手，若非場地受限，只怕當真會拚個孰強孰弱來。

「為什麼戴佛珠？」須彌的聲音，一如既往的低沈。晏雉聞聲微微一怔，便又聽得他緩緩續道：「方才與你交手的時候，便有所察覺。」

屠三神色微微一變，霍然大笑。「哈哈，你這小子，不光拳腳功夫不差，眼力也好得很。」他索性將袖子往上一捲，露出左手手腕，一串檀木珠串在手腕上繞了兩圈。

晏雉看著那串佛珠，眼底劃過錯愕，而後咬了咬唇。「你這是在懺悔？」

屠三眼神微沈，面上隱隱透著愧疚。「人既已死，絕不會再活了過來，我一生殺人無數，以後可能也會繼續殺人，能做的只有在心底為過去的行為懺悔，日後絕不向無辜的百姓下手。」

話到這裡，已經可以打住了。

晏雉比誰都清楚兄長的打算——榮安這地方太窮，能用的人又太少，然而一縣之令不是坐在衙內拍拍驚堂木就夠的，手下沒有得用的人，又如何能治理得好整個縣。

現階段縣衙內能用的自己人少得可憐，即便是賀毓秀也跟著來了，那也只能出謀劃策，做一個幕僚，旁的事還得有人做才是。晏節之所以將屠三留下，想必就是謀劃到了這一齣。

當殺之人，仍須殺之。

這是晏雉回屋前扔下的最後一句話。

屠三先是一愣，而後摸著後腦勺，大聲笑了幾下，又朝須彌喊了幾聲約戰。

須彌鄭重地點了頭。

「先生。」瞧見姑姑已經走了，一直閉嘴不說話的晏驪終於出了聲。「我可以歇歇了吧？」

屠三低頭，瞧著跟前的小娃娃，虎著臉。「不成，繼續扎馬步。」

「先生！」

卻說東籬那邊，自晏雉帶著賀毓秀逃出城後，晏府便被熊氏緊緊握在手裡。

晏氏的族老們拄著枴杖趕到東籬，氣呼呼地站在晏府門前，將熊氏大罵了一頓。

熊氏施施然走到門口，看著氣得都已經失態了的族老們，並未將那些辱罵記在心裡，反倒是有禮地將人請進門內，又請上座，又敬茶。

族老們也不是糊塗人，見熊氏這副模樣，心底的火氣消了一些，面上依舊板著，等到聽熊氏將晏暹做的那些糊塗事說了個清楚，當下就砸了杯子，扔下話，氣惱地回了。

「把那小子好好看起來！晏氏的臉都要被他丟光了！」

族老們本是聽說熊氏軟禁晏暹，奪權掌家，這才上門質問，結果得知晏暹不願放松壽先生去榮安協助長子的理由，竟不是為了學堂，而是想給還未出世的孩子留個先生，日後光宗耀祖；再者，還要嫡出的女兒留下，照看懷孕的小妾。族老們只覺得臉面被這麼個嫡庶不分的混蛋丟了個乾淨。

大有作為的長子不去管，卻心心念念那還隔著肚皮連是男是女都不知的一團肉，晏暹落得被妻兒軟禁的下場，不過是咎由自取。

左右晏氏的家業落不到外人頭上，他們便也不再搭理，氣沖沖地回了鄉下。

熊氏在門外目送族老們的馬車晃晃悠悠，還沒駛遠，就見得一輛馬車在門前停下，車上走下的正是晏瑾。

「阿瑾來了。」熊氏笑著招呼了他。

晏瑾規規矩矩地朝著熊氏拜了拜。

熊氏打量了眼跟在馬車後頭的板車，問道：「阿瑾這是要去何處？」

晏瑾行禮道：「小姪欲往斬州，投奔大郎。」

熊氏微微吃驚，再細問，方才得知晏瑾雖得了進士出身，卻一直未謀得一官半職，家中自然有人開始覺得不喜，又催他早些成家。

晏瑾一向乖順，此番卻難得叛逆了一回，同家裡爹娘爭執許久，終於得到應允，忙不迭地收拾行囊，帶上家僕，驅車要往蘄州投奔晏節。

臨行前，他特地來晏府，同熊氏辭行。

熊氏自然是知曉晏瑾心裡那點對四娘的意思，奈何同姓者不可通婚，晏瑾的心思也只能是心思。

「到了榮安，代我同四娘說一聲，萬事切記多思多想，不可隨興。」

晏瑾拱手稱是，隨即重登馬車。

第十六章　敵來襲

賀毓秀從東籬來到滎安之後，晏節簡直如虎添翼，恭恭敬敬地將先生奉為上賓，然而他手下依舊缺人缺得厲害。

當他召集眾人商討政務時，小吏們無不好奇地看著和他一同出場的晏雉。

儘管那些目光很奇怪，但晏雉對此的解釋卻顯得十分簡單。「大邯雖明令不許女子入朝為官，卻從未言明不許女子做幕僚的。」

而就在此時，晏瑾到了滎安。

晏瑾這人，在一干旁支子弟中，算是比較出眾的，難得的是考中進士後，依舊不驕不躁，沈默得像是什麼變化都沒有。

他會突然投奔自己，晏節顯然沒有料到。

只是人既然來了，晏節心底還是覺得高興的；更何況，他如今本就缺人手，這縣衙之內，能用的人不過小貓一、兩隻，其中主簿一位，一直空缺著。

看著面前文雅少年，晏節拍案，決意聘請晏瑾做他的主簿。

晏瑾全然沒想到自己這一投奔，竟然就成了敬仰的兄長的主簿，當即面色赤紅，有些激動。

當夜晏節做主，在內衙為晏瑾接風洗塵，至於聘請晏瑾為主簿所要走的流程，已然由幕僚之一的晏四娘一手包辦了。

對於晏雉以女兒身入幕僚一事，晏瑾有些吃驚，可打量著跟前的小娘子，他到底還是壓下驚訝，不發一言。

晏節鮮少喝酒，今夜卻實在是有些高興，舉杯對晏瑾道：「阿瑾願來此窮鄉僻壤投奔為兄，為兄實在高興，這杯酒，敬你！」

晏瑾忙舉杯回道：「良禽擇木而棲。阿兄有大才，小弟不才，以良禽自居。」

晏節頷首，仰頭喝酒。

酒過三巡，晏節再看晏瑾，少年的臉色已經通紅，顯然不勝酒力，微微低頭，一晃一晃，一個踉蹌就要往地上倒。

晏節還沒叫出聲來，後頭已然有人快走了兩步，一把抓著晏瑾的胳膊，大概是有些用力了，晏瑾忍不住吃痛地叫出聲來。

須彌垂著眼簾，鬆開手，低沈的聲音緩緩道：「抱歉。」

晏節眉頭一皺，卻聽見晏雉的聲音頗有些歡快。「你輕些，阿瑾要被你捏壞了。」

原本醉得有些迷糊的晏瑾，先是被須彌大力地抓了把胳膊，又聽見晏雉帶笑的說話聲，頓時酒氣去了三分，抬頭，慌道：「我、我沒事！」

晏節哭笑不得，正要數落妹妹，又聽見自己那最近越發好動的兒子跟著叫了一句。「看著好疼！」

疼不疼只有晏瑾自己知道，只是此刻看起來，他的臉色不大好。晏節忙擺手，丫鬟趕緊將人扶回房間，又囑咐阿桑去廚房督促廚子煮些醒酒湯。

等這一桌酒宴散了，晏節方才伸手敲了敲晏雉的腦門。「阿瑾為人老實，如今在衙內任主簿，妳可不許欺負他。」

晏雉吐吐舌頭，笑笑轉身推著須彌回屋。晏節一看她這舉動，當即瞪圓了眼睛，氣惱地同沈宜把話說了說。

原以為能得到妻子的附和，不想一向有禮守節的沈宜，此刻卻是搖頭嗔怪道：「四娘這性子，可不就是夫君慣出來的。我瞧著那須彌的模樣，倒是對四娘上了心，四娘年紀雖小，可過幾年也該議親了。」

沈宜頓了頓，似乎有些難以啟齒。「若是夫君覺得此人可用，便給他尋個正經的差事，遠遠打發出去，別污了四娘的名聲。他一介奴隸，實在和四娘身分懸殊。」

想起那兩人這些年的相處，想起須彌偶爾一抬眼時藏在目光中的情思，晏節搖了搖頭。「只怕是，已經晚了。」

吞雲堰完工時，時節已過中秋。

榮安城中中秋所搭的戲臺子還沒來得及拆，聽聞晏縣令督工的吞雲堰已經竣工了，城中百姓們頓時你一份、我一份地湊了一筆錢，央著戲班主又留下唱了三天的戲，好生慶祝了一番。

這吞雲堰竣工，造福的可不單單是黎焉一縣的百姓，周邊幾縣實則全都受到了恩惠。沿江的百姓們得知消息後，自然個個心情激動，更有人在江邊造了一座廟，廟裡供奉的正是督工晏節的塑像。

從文書那兒得知廟宇的事，晏節哭笑不得。

自任榮安縣令以來，晏節肩上的擔子的確相較於從前在黎焉時更重了一些，只是這一刻，得知百姓如此感恩戴德，他忽然覺得，一切的辛苦都是值得的。

然而這樣高興的消息傳來不過幾日，另有一個消息似長了羽翼，飛快傳遍整個榮安。

「廣寧靖安蠻叛？」

晏雉錯愕地看向前來通報的兵卒。來人一身鎧甲，血跡斑斑，自事發後，奉命與弟兄一道從靖安殺出重圍，一路沿途預警，如今到榮安不過只停留些許時辰，便又要出行。

「是！」那人來不及奇怪為何在縣令與幕僚議事的時候，屋內會坐著這麼一位小娘子，拱手便道：「那夥蠻夷，手段殘忍，雁過拔毛，姦淫擄掠，無惡不作！」

晏節皺眉，當即吩咐，命人加強城門防衛。

他早已將守城的衛兵換了一批，將那些老弱殘兵另外安置好，如今擔任衛兵的大多是縣內的青壯年，加之平日又有專人負責訓練，較之從前靠譜了許多。

吩咐好全城警戒後，晏節再看來人，不由勸道：「你等不如留下，這一路快馬加鞭，只怕你們都已經撐不住了，餘下的事，交由我們。」

那人有些遲疑，然而下一刻，面前忽地就遞來一封書信。信上，是乾脆索利的筆法，筆鋒堅毅，落筆沈穩，再細看信上的內容，與他之前所說無二。

那人抬頭，面前的小娘子收回書信，火漆密封，轉交給身側早已候著的信差，低聲吩咐道：「快馬加鞭送往奉元城，不得延誤。」

話罷，小娘子轉回頭來，目光中帶著悲憫，卻又很快被其他情緒掩蓋。「你等留下養傷，你們的將軍還在前面撐著，你們養好傷方才可以回去助將軍一臂之力。」

待那幾個兵卒被帶下治傷後，屋內的氣氛頓時冷凝。

晏節的眉頭緊緊皺著，就連賀毓秀此刻也不住捋著鬍子，心神不寧。

「靖安蠻叛，榮安可能會被波及。」

良久之後，晏瑾咬牙吐出這句如巨石一般壓在一屋人心頭的話。

榮安此地，與廣寧府相接壤，廣寧府又在大邯疆域的西南邊境。廣寧府治所宿州，與榮安最近，再過去，便是與邊境接壤的靖安。

而靖安這地方，因整體開發較晚，很多百姓根本不識字，是靠山吃山的一個地方，加上與外族接觸多，時局本就比其他地方都要混亂，三不五時就會發生劫掠的事情。

此次靖安蠻叛，想來是裡應外合之故。

無論原因究竟是什麼，這一股勢力不容小覷。晏節緊急召人商議對策，直至聽到更伕敲著三更天的鑼遠遠走過，這才熄了燈火，各自回房休息。

須彌一直守在門外。

晏雉推開門的時候，就看見他抱臂站在簷下，目光注視著遠處，聽見聲音，他方回過頭來。

晏雉上前，臉色不大好，啞聲道：「走吧。」

她才往前走了一步，晏瑾喊了一聲。「四娘。」

主僕兩人一齊回頭。被兩雙眼睛齊齊盯著，晏瑾愣了愣，到底還是說出了關心的話。「靖安那股蠻夷，如果不能在宿州被攔下，勢必會來榮安……四娘，妳近日少出門。」

晏雉知道他這是關心自己，彎了彎唇角，算是答應了；可事實上，她的心跳如擂鼓，心底越發堅定的想法，就是一定要將那些蠻夷拿下。

「四娘。」

直到走回院子前，突然聽到須彌的聲音，晏雉有些疑惑地抬起頭來看他。須彌面容沈靜，嗓音低沈。「不會有事的。」

晏雉怎麼也沒想到須彌會突然安慰自己，看著他那雙琉璃色的眸子，方才還躁動不安的心，忽然間平復了下來。她沒有多想，伸手抓住了須彌的手掌，緊緊握住。

嘉佑二年，秋。

廣寧靖安蠻叛，殺宿州守、將官，占宿州城燒殺搶掠，閉城大賀。

數日之後的城門上，整整齊齊掛了一排宿州守、將官及家中兒郎的項上人頭，女眷則一概被抓住充當歌舞伎，負責陪酒縱慾。幾夜工夫，滿城百姓，妻離子散，所有人心裡都惶恐不安，生怕下一刻項上人頭就會被那些蠻人砍下。

戰戰兢兢的日子，已經不知何時才能到頭，所有人都盼著，盼著有人能夠及時出現，將這些蠻子打出宿州。

一天後。

晏節摔了杯子，臉上是擋不住的怒意，桌面上由蘄州新任刺史命人送來的信更是被茶水浸了大半。

「如今情勢緊急，他竟還想著將各縣縣令聚集一起商談抗蠻之事！一縣之令不在，若是那些蠻子打了過來，由誰來主持抗蠻？」

晏節簡直氣得恨不能立時將方才手中的熱茶，直接潑在那新上任的蘄州刺史臉上。

賀毓秀捋著鬍子，眉頭緊緊皺著。「這事無論怎樣，你還是得去一趟治所，不然若是蠻子當真打過來，榮安但凡出一點事，你頭上的罪名就不會小。」

晏節自然也是清楚這個道理的。

「兄長儘管去，」晏瑾想了想，開口道：「縣內的兵力還足夠抵擋蠻子，只是倘若蠻子當真來了，只怕仍舊需要其他支援。」

「我即刻啟程。」晏節嘆道：「希望能從治所借些兵力，不然，以榮安和宿州的遠近來看，極有可能會成為下一個目標。」

靖安這些年，蠻子的侵犯從不曾停止，只是向來都是小範圍的掠奪，入侵的蠻子也只是一小隊人馬，不像此次竟是大批人馬一齊攻進城來，顯然這些蠻子是有備而來，目的絕不僅僅只是簡單的劫掠。

賀毓秀道：「你去便是，只是路上小心。」

晏節當即應下。

縣令一走，賀毓秀與晏瑾便緊鑼密鼓地將滎安城中的防衛又提升了一些，同時向轄內各村通告了蠻叛之事，提醒所有村民謹慎提防最近在村子附近遊走的陌生面孔。

與此同時，晏雉也開始在城中奔忙。

滎安縣城本就不大，蠻叛的消息傳開時，城中百姓們都有些惶惶不安，幾日之後，似乎又意識到滎安這麼個貧瘠的地方，實在沒什麼能夠讓人劫掠的東西，百姓們竟也漸漸地放鬆了警惕。

只是百姓怎麼想無所謂，晏雉卻依舊提著心。

因為衙內眾人不放心，便讓晏節帶了部分衙差沿途保護，一起去了黎焉。人一走，留在衙內的衙差便只剩十餘人，加上城中守衛百餘人，不過也只是百來人而已。

賀毓秀雖掛心城中防務，卻又與晏瑾忙於政務，此事便全數交由晏雉安排。一時間，全滎安都知道了，晏縣令有一嫡親妹妹，如今正在忙著安排城中防務。

再小的地方，總會有一些古板的人，得知此事後，表示十分不滿，甚至當街攔下晏雉的馬，怒斥她身為小娘子不該拋頭露面。

晏雉高坐馬背，低頭冷冷看著那人，揚鞭一指，怒斥道：「拋的是我的頭，露的是我的面，與你又有何干係？既然有這閒工夫，不如你也出一分力，穿上戰甲，守在城門提防蠻子來犯！」

那人哪知自己招惹的並非是尋常人家的小娘子，被數落上一、兩句，當場能紅了眼眶，哭著跑走。這會兒聽見晏雉冰冷的聲音，又看與她並排騎馬的高大青年當真翻身下馬，神情冷峻地朝自己走來，當下腿軟，癱坐在地，連連擺手喊著。「別，別」。

晏雉本就心裡不快，這會兒哪裡還會由著這人，當真讓須彌把人抓著送去了城門。

那人被押著穿上沈重的戰甲，站在高高的城牆上，嚇得連話也說不清了。

晏雉卻沒那個心思去管他的感想，依舊緊緊盯著整個榮安縣的防務。

晏節離開的第二天晚上，從宿州再度傳來消息——蠻子忽然增兵，似乎有再往裡侵略的打算，一時間，榮安城內的百姓，又都慌亂了起來，甚至有轄內村子的百姓，拉家帶口地連夜趕到城門外，儘管城門緊閉，仍舊大喊著請求放他們進城。

守城的衛兵一時心軟開了城門，頓時湧進很多人，城內百姓因為這些突然前來求助的村民，緊張害怕了起來。

亂烘烘的榮安城，燈火通明。

「是誰開的城門？」

賀毓秀大怒。文書心知縣令的這位幕僚，實則是他們兄妹兩人的先生，當即畢恭畢敬道：「小的已經去問過了，只是衛兵一時心軟開了城門，沒承想城外會有這麼多村民，所以……」

「那他可有想過，如果這些前來尋求庇護的村民中，混著蠻子呢？」一向好脾氣的晏瑾，此刻臉色也有些不好。「想要幫人是好事，可如果引狼入室，到時候丟的就是全榮安城百姓的性命。」

文書此刻也發覺問題的嚴重性，當下臉色發白。

門外忽地傳來急促的腳步聲，下一刻就聽見慈姑慌慌張張的聲音大聲喊叫。「四娘……四娘跑出去了！」

「她這時候出去做什麼？」

賀毓秀拍案而起，晏瑾也急了，起身推門而出，見著慈姑張口便問：「身邊可有人跟著？」

慈姑臉色發白，慌忙點頭。「有，須彌跟著，可是……可是四娘火燒火燎地就出去了，外頭又那麼亂……」

此刻不光是城門處亂糟糟的，縣衙門外更是已經聚集了許多人。晏雉這時候出去，一旦被人發現身分，勢必會被人群圍住，到時候一片混亂，也不知會發生何事。

賀毓秀此刻簡直氣惱小徒弟的膽大，換作別人家的小娘子，此刻怎會跑出縣衙。

「先生，」晏瑾見賀毓秀臉色難看，急忙勸道：「四娘身邊有須彌在，理應無事。她應該是已經得知了此刻城中之事，怕蠻子混進城內，所以才急著出了外頭。」

他又怎會不知。

賀毓秀想著嘆了口氣。晏瑾見狀，趕緊喊來家僕，命人從角門出去，看看小娘子此刻去到何處，又在做些什麼。

無星無月的夜，如濃墨一般，本該是萬籟俱寂的榮安城，燈火通明，此時偏偏還有雨，淅淅瀝瀝地開始下了起來。

儘管如此，城中奔相走告的百姓卻絲毫沒打算避雨，縣衙門口的人越聚越多，紛紛吵嚷著要縣令出來說話。晏節出城那日，城中許多百姓都是親眼見著的，這分明是有意鬧事。

那些人口中叫喊著要求縣令開門提供庇護，可榮安城的縣衙才這麼點大，光是住下如今這些人，就已顯得有些吃緊了，哪裡還能為城中百姓提供庇護。

晏雉從角門出來，身側只跟了須彌一人。

因是夜裡，門前吵嚷的群眾並未注意到從另一側出來的主僕兩人。

秋夜的雨打在身上，透著微涼。

須彌解開身上的披風，將身側的晏雉遮住，眼神冰冷地掃過不遠處聚攏在縣衙門前的百姓。

城牆上，那些衛兵手握槍戟站在城垛後，微微一低頭，就能看見腳下吵嚷不停的村民，舉目再往遠處看，星星點點的燈火猶如一條長龍，由遠及近地朝著城門靠攏。

一個身量最小的衛兵，扶了扶略大的頭盔，緊張地握住手裡的槍戟，吞了吞口水，然而底下又傳來重重一下撞門的聲音，還有村民難聽的謾罵，衛兵有些畏懼地晃了晃身子。

「什麼人？」

城牆下忽地傳來大喝聲，隨即便又聽到鏗鏘幾聲戰甲碰撞的聲音，方才大喝的人又道：「大晚上的小娘子怎地來了這裡？」

沒有聽到回答的聲響，反倒是有急促的腳步聲，自城牆下走近。

衛兵們下意識地扭頭去看。沿著臺階走上城牆的人影，漸漸露出臉來。

這張臉孔，衛兵們大多很熟悉，只因這一位雖是女兒身，卻時常在城中到處露臉，加之年前在黎焉縣時的事更是令她聲名大噪。

「小娘子。」

衛兵們紛紛行禮。縣令這個妹妹的容貌本就生得好，加上被雨水打得忽明忽暗的燈火照映下，越發顯得好看，雖時候有些不對，卻依舊令人忍不住在心底暗讚兩句。

「城門是誰開的？」

晏雉微微一笑，目光掃向由遠及近而來的燈火長龍，開門見山道。

衛兵們心下一緊，站直了身體。

「城門是誰開的？」晏雉這點耐心還是有的。

城門下的謾罵依舊，越來越多的周邊村民聚集在底下，隱隱約約間還能聽見有人高喊著說城門開過，但是又關上的事。那些因為恐慌而逃離家園的村民，幾乎不用多少工夫，就被煽動起來，憤怒地大喊大叫，要求打開城門，讓他們進城避難。

大概是終於受不了城門外的謾罵，和來自身前小娘子嫣然的問話，有人開了口。

聲音很輕，輕得就像是從地底發出的一般。

「人……人已經被帶走了。」

說話的是方才那小衛兵，頭盔壓得他腦袋發沈，忍不住拿手扶了扶，一往上抬，就對上了晏雉瞧不出喜怒的深邃眼神。

「從關上城門開始，這些人就沒離開過？」晏雉問道。

少年老實地搖了搖頭。「有些人離開了，還有人留著。」少年抬手，回身指了指燈火長龍。「然後有更多的人往這邊過來。」

晏雉往遠處看。雨已經小了許多，燭火便在夜色中顯得越發顯眼，那長龍一般的燈火，漸漸聚攏在城門外。

榮安沒有禁軍，有的只是一些鄉兵。這些鄉兵來自周邊的村莊，論武力，雖然也許能鎮壓下這些百姓，但是民心就徹底地沒了。

晏雉不敢拿兄長的官位冒險，可也不會輕易地就讓衛兵將城門打開，放那些混雜在村民之中的隱患進城。

「盯住那幾個人。」

她驀然開口，身側的衛兵都是一愣，而後便聽到一個低沈的聲音應了聲「好」。直到此刻，衛兵們才注意到一直站在晏四娘身側的青年。

須彌脫下披風，動作輕柔地蓋在晏雉頭上，下一刻卻倏忽從城牆上縱身躍下，幾個翻滾，躲進牆外一側的樹叢後。

即便榮安城的城牆並不高，可這般功夫仍舊看得衛兵們目瞪口呆，還不等他們驚嘆夠，晏雉忽地道：「傳令下去，開城門。」

小娘子的話音才落，城牆上的衛兵全都怔住了——這時候打開城門，放進來的人誰知道會不會混著蠻子？

「開城門！」晏雉道：「既然拉家帶口來求庇護，必然是帶了戶籍，去找兩個識字的在門口專門盯著看籍上的縣令印章，餘下的人，分成兩批。」

她將手一揮。「一批人繼續留在城牆上守衛，另一批人在打開城門後，嚴防村民發生擁擠、踩踏，隨時提防有人趁亂進城！」

沒有人在這個時候反駁晏雉的話。

十餘歲的小娘子，蓋著黑色的披風，額前的髮被雨水打濕，斜斜地貼著，一雙黑曜岩一般的明眸中，彷彿裝著整個星空，目光中的堅定，讓人嚮往。

就好像這些事，天生便該由她來管一般，所有人當即行動起來；尤其是，當他們看到剛才縱身躍下城牆的青年，也如此聽從晏雉的話後，更是壓下了最後一絲遲疑。

整齊劃一的腳步聲，從城牆上傳來。

城門外的村民一時間安靜了下來，面面相覷。

「怎麼回事？」

「好像那些衛兵下來了！」

「他們要做什麼？開城門？」

「可能是要趕我們走！」

「我們每年繳納那麼多的稅，他們要是敢趕我們走，我們就鬧到治所去！讓刺史評理！」

本來安靜的人群，有人高聲言論，不一會兒，村民的情緒又激動了起來，砰砰砰地砸門，聲音之大，簡直不像是拳頭砸在門上。

很快地，笨重的城門被人合力打開，門外的村民頓時就要爭先恐後地湧進，當前一隊衛兵神色一冷，手中的槍戟一橫，大聲地將晏雉方才叮囑他們的事複述了一遍。

村民一開始還有異議，可看著這些衛兵的神色不像作偽，面面相覷後，到底還是開始翻找戶籍。特地逃難的人，總會隨身攜帶一切重要的家當，其中自然也包括了戶籍——不是誰都願意當隱戶的，那並不是什麼有趣的身分。

戶籍無誤的村民，接二連三地被放入城內，然而城門外的村民卻是有增無減，時間長了，衛兵們的速度有些放慢，門外又開始冒出喧鬧聲。

「這是故意不讓我們進城！」

「我們走得急，沒帶戶籍，這是不讓我們進城嗎？」

「快讓我們進城！」

「我們要進城！」

高喊著的村民努力向著城門口衝，衛兵們費力地擋在城門前，攔得滿頭大汗，人群中高喊的聲音卻越來越大，絲毫不見轉小。

「小娘子……」

城牆之上，晏雉緊緊盯著底下的動靜，那些混在村民之中發出各種喧譁吵鬧的人，離得有些遠了，她看不大清楚容貌，卻瞧得見是哪幾個人。

身側的衛兵隊長有些緊張。他是縣令留下的老人，在這榮安城裡親歷過好幾回村民鬧事，此刻瞧見城門外的動靜，心裡也是慌亂得很，這萬一要是衝撞了晏縣令家的小娘子，他這衛兵隊長一職，也不用再幹了。

誰知晏雉似乎並未在意，只是眉頭一直緊緊皺著，目光不曾移開一會兒。

而後，她忽地一聲大喊。「須彌！」

小娘子的聲音帶了幾分嬌嫩，這一聲大喊，底下人興許還聽得並不清楚，然而樹叢後的須彌卻依然一躍而起。

城門外的村民僅僅只是聽到了一聲女兒家的呼喊，一時以為是哪家的小娘子，並未多在意；不想，忽然有道黑影從旁躥出，在人群裡幾進幾出，竟倏忽間抓出了好幾人。

村民們一時有些慌亂，卻聽見衛兵們高喊。「將戶籍拿出來，一個一個進城，再有人敢胡亂起鬨的，就留在外面！」

見那些被抓走的都是些不規矩的刁民，村民們這時候聽到衛兵們的喊話，頓時不敢再鬧，乖乖噤了聲。

被放進城內的村民，一時半刻難以得到安置，賀毓秀此時已經帶著人手開始安頓村民，晏瑾從旁協助，同樣也是四處奔忙；唯獨晏雉這時候，卻施施然回了縣衙。

「四娘可回來了。」

殷氏有些急，瞧見晏雉回來，趕緊上前。

晏雉頷首，回頭看了眼身後，須彌空手而來，站定後道：「人已經關在監牢了。」

晏雉道：「都查過了？」

「口中無藥丸，身上也並無凶器。四娘何時去審問？」

「我這就去。」

殷氏一聽晏雉還要去審問什麼人，當下臉色都變了。「阿郎雖不在衙內，可衙內還有松壽先生在，何故四娘也要去審問什麼犯人？外頭如今正亂，四娘還是莫要亂走了！」

晏雉擺手。「審問要緊，顧不上別的，嫂嫂若是問起，乳娘就說我去了別處，千萬別提審問。」

殷氏嘆了一聲，道：「四娘要去也可，只是萬事當心，別讓須彌離妳太遠。」

晏雉趕緊答應。不一會兒，賀毓秀與晏謹安頓好避難的村民，一前一後回了縣衙，三人一碰面，便又頭也不回地直奔縣衙監牢。

抓到的細作都被須彌關在縣衙的監牢裡。

榮安城內從來不少犯事的人，可這監牢裡卻向來鮮少關人。

老縣令在時，他老好人一個，雖然氣急了也會在縣衙裡拍桌子怒吼，但關人的事卻很少發生；到了晏節任縣令的時候，倒是往裡頭關過幾人，只是晏雉此番往裡頭關的人，實在是比以往晏節關的，只多不少。

這些被須彌從村民中抓出來的細作，大多是靖安百姓與邊境蠻子通婚後生下的，一個個身材高大，看著卻和漢人無異。

這些人此刻都被捆綁住手腳，口中也塞了布條。

賀毓秀站在監牢外，揹著手打量牢內那幾人。「這些人，恐怕是宿州那邊有意派來蹚渾水的。」

晏瑾瞧了眼那幾個人高馬大的細作，擦把汗道：「這幾人，口風極緊，先生，可要動刑？」

賀毓秀看了身側的晏雉，笑問：「四娘，可要動刑？」

晏雉頭也不抬。「自然。」

這些細作嘴硬得很，哪是這麼容易就招了的，動刑是必然的事。

牢內的獄卒早已候著，這時候聽聞要動刑，一個個全都躍躍欲試，試圖在人前表現一二，也好日後得縣令的賞識。

那幾個細作本就是被人故意送到榮安的，又怎會是幾個獄卒動動刑就能老實招了的。晏雉見他們絲毫沒個反應，眉頭微微皺起。

「倒是忠心。」賀毓秀捋了捋鬍子，嘆道。

「我去試試。」

須彌忽地開口，晏雉回身看他，見他點頭，便知成竹在胸。

須彌是自小在奴隸群中長大的，販賣奴隸的人是如何折磨他們的，即便再世為人，須彌也永生記得。

獄卒的動刑，在須彌眼中，不過是小小責罰而已。他的一頓刑罰下來，再強硬的細作也渾身是汗，嚇得臉色蒼白，奈何嘴裡塞著布條，哭喊不出聲來，只能嗚嗚叫著。

須彌停手，將手中沾血的短劍擲在地上，劍尖穩穩扎入地面，血水混著劍刃緩緩流下。

須彌道：「可願老實交代？」

他聲音低沈，不開口時看起來便已有幾分威儀，一說話更令人驚恐。此刻話音才落，便見那幾個細作慌亂地直點頭。

那幾人被摘除掉口中布條後，急忙將計劃中的事全數說了出來，說完連連叩首，盼著能得到一條生路。

三人不語，只齊齊看著晏雉。

「四娘如何想？」

賀毓秀在得知晏雉今夜所為後，心下明瞭，便準備趁此機會，好生培養。此女聰慧，終有一日，必能大成。

「不老實。」

「嗯？」

晏雉笑。「到底是細作，說話不老實吶。」

自然是不老實了，這做細作的若是老老實實把計劃都說了，也就不足以稱之為細作。

須彌之後又動了手，一把短劍，劍劍削肉，將其中一人的手臂削得足見白骨後，終於又停了手。

最後到底還是老實了。

靖安蠻叛，實則是鄰國試探之意。那些蠻子一來苦求生計，二來又從鄰國得了好處，自然依著他們的意思，從靖安一路打到宿州，又試圖往別的地方繼續。

這群蠻子下一個目標，便是榮安。

榮安雖貧瘠，可也是去到靳州治所黎焉的必經之路，要想將黎焉拿下，必然要先拿下榮安。只是這些先行被派來的細作，不料卻在這裡，碰上了一顆名叫晏雉的釘子，雖老老實實交代了一切，這些人卻也依舊被賀毓秀下令處死，不得輕饒。

晏瑾有些不解，可看著師徒兩人轉而就商議起城防一事，想問的話，最後不得已還是嚥下了。

次日天明，從各自家中出來的百姓，很快發覺榮安城的城防比往常都嚴實了許多，而昨夜聚集在縣衙門前的百姓，此刻也早已被賀毓秀派人好生安撫了下去。

緊張佈置了兩日，早早被賀毓秀派去偵查的一小隊鄉兵火燒火燎地騎馬衝進城來。

「先生！縣令遇襲，被困在榮安城南面的樹林裡了！」

晏瑾慌亂間，摔了手中狼毫。賀毓秀扭頭看他，只見他滿臉震驚，身體還在不住顫抖，心下嘆了口氣，轉而吩咐道：「可知對方有多少人馬？」

晏節身邊跟著屠三，若是碰上尋常的山匪，自然不用畏懼，可碰上有備而來的蠻子，卻多了三分的危險。

晏雉當機立斷，命須彌帶人前往救助，一面又吩咐身邊人不許將此事往內衙傳。

只是話還沒說完，又有人急匆匆奔來，才進門當即便是撲通一跪。

「那些蠻子……那些蠻子就要渡江到滎安了！」
那人的聲音裡發著抖，臉色也是煞白。
書房內，一片死寂。
良久之後，緊緊握拳的晏雉，終於鬆了手。「命人加緊防備，安撫好城中百姓，除了大哥回來，誰來也不許將城門打開！」
事到如今，想要再瞞住沈宜，已是難事，縣衙又不可無人，晏瑾隨即被師徒兩人留下；等到沈宜得知消息，匆匆從內衙趕到前面，想要細問的時候，晏雉與賀毓秀已然頂著秋風，站在了城牆上。
滎安城的鄉兵，除去被賀毓秀派去支援晏節的，餘下之人此刻全都在城牆上下守著。城牆上，弓箭手已然就緒，只消有蠻子往前踏出一步，便會在頃刻間被射成刺蝟。
蠻子就要殺過來的消息，怎麼都瞞不過這城中百姓。那日聚集在城門處吵嚷著要進城避難的村民，雖手裡都拿著戶籍，可又有誰知道，這裡頭還有哪幾個是被蠻子早早買通了的。
賀毓秀早已防著這點，除了在城中傳遞消息，引起百姓驚恐，這幾人被緊緊盯著，做不出裡應外合之事。因此，當消息眨眼間傳開後，這幾人就已經先後被抓，關入監牢。
「可有把握？」
賀毓秀望著遠處，身後城裡是炸開了鍋一般喧鬧的百姓。
晏雉心裡怦怦亂跳。她哪裡有什麼把握，紙上談兵的事，說說便夠了，當那些蠻子隨著滾滾煙塵而來，晏雉有些遲疑了。

她沒領過兵，賀毓秀和晏瑾同樣也沒有領兵的經驗，就算想要仰仗衛兵隊長，可看他們幾人蒼白的臉色，心裡明白到底還是得靠自己。

「看準時機，護送城中老幼離開。」晏雉的聲音有些發抖，但仍舊努力壓著。

賀毓秀道：「四娘……」

「先生……」晏雉笑。「徒兒無把握能夠贏了這些蠻子，但是如果真要城破，徒兒定會替兄長鎮守榮安。」

賀毓秀卻覺得她是悲觀了，捋著鬍子笑道：「何懼蠻子，打了便是。」

他抬手，遙指遠處。「妳之所學，足夠應對這些人，他們不過只是另一群人的棋子，殺一殺這些棋子的威風，四娘，以妳的才智還是無須畏懼的。」

遠處的煙塵越發逼近，晏雉心底的不安，隨著煙塵靠近，緩緩沈靜了下來。

她抓著弓箭，搭弓拉弦，對準城外。

她放箭之時，聲音也隨之揚起。「放箭！」

蠻子離城門還有些距離，恰好就在弓箭射程之中，晏雉一聲令下，弓箭手齊齊發箭。

那群蠻子在靖安起事，又在宿州大殺四方，享受夠了酒色，如今正是心高氣傲的時候，哪裡想到才至榮安城，就遭此攻擊，頗有些措手不及。

有蠻子抬頭一看，瞧見城牆上成排的弓箭手，大叫。「當心放箭！」

話音才落，又是一排利箭射出，嗖嗖嗖的，當即有幾人被射中落馬。

那些蠻子，從宿州搶掠了相當多的軍備，能被箭射下馬來的，不過寥寥幾人；但晏雉此刻倒是不慌了，只消有弓箭手存在，能讓這些蠻子稍稍生出忌諱來，這點時間便足夠城中百姓撤離。

榮安的鄉兵，武力不足以抵擋這些向來心狠手辣的蠻子，城門很快就被人攻了進來，然而蠻子很快發覺，這已然是一座空城，就連城牆上的衛兵，此刻也不見蹤影。

蠻子頭目氣惱，當即命手下人趕緊搜城。

早聽說榮安縣令晏節被招去了黎焉，方才來榮安的路上探聽到消息，當下就命人在林中將晏節圍住。這時候十有八九已有援兵去救助了，如果救助成功，此刻那些人恐怕就要殺回來。

若不趁著此時搜城，掠奪財物早早離開，就怕之前的那些人馬沒有走遠，令自己腹背受敵。

只是下一刻，當蠻子們準備四散開來搜刮財物的時候，忽又聽到一聲怒吼。「圍攏！放箭！」

「是！」

榮安城小，蠻子入城，便只能聚攏在同一處。那一聲令下，緊接著便是戰甲磨擦發出的聲響，蠻子們循著聲音，抬頭四處張望，就見得夾道兩側的屋頂上，竟在頃刻間站滿了弓箭手。

蠻子頭目大呼不好，冒出一串番語，大喊著要人趕緊後退出城。

只是進城容易出城難，晏雉既已命人將滿城百姓撤離，便是想好了甕中捉鱉之計。亂箭齊發，唉叫連連，有馬受驚，慌不擇路就要在城中衝撞奔跑。然而前路不過跑了數步，只見有人從四面奔出，手持長刀，俯身揮動，順勢砍向馬腿，從馬背上摔下地的蠻子還沒來得及爬起，就又被人撲倒，橫刀砍斷脖子。

雖未曾領過兵，晏雉也是讀過兵書之人，賀毓秀更是對諸子百家倒背如流，這空城計加上甕中捉鱉，自然也少不了最後的補刀才能穩妥收場。

師徒兩人聯手，很快便將這幫蠻子殺了大半。

餘下的蠻子，此時大為光火，已然到了魚死網破之時，與此同時，城外又來人馬，徹底將城門堵死，斷絕了蠻子們退出榮安城的意圖。

望見堵住城門的人馬，晏雉長長吁了口氣──領頭兩人，不是旁人，正是晏節和須彌。

「莫要輕敵。」賀毓秀抬手，敲了敲晏雉的後腦勺。「不到最後一刻，萬不能鬆懈。」

晏雉神色一變，立馬將目光收回，重新看向戰場。

這些蠻子大多是與漢人通婚後所生的後代，從體格上來講，雖有塞外民族的強悍，卻無他們的功夫；但儘管如此，鄉兵這邊人力卻依舊折損嚴重。

好在，須彌回來了。

第十七章 戰有功

師徒兩人抵禦來敵之時，城中百姓已隨著縣衙眾人通過旁門陸續撤離出滎安城了。

「僅憑城中那些鄉兵，當真能夠擋下那些蠻子？」

沈宜抱著晏驌，憂心忡忡道。

晏瑾一面指揮衙差將百姓往山上遷，一面向沈宜勸道：「娘子還是先跟著百姓避入山中來得安全！以四娘和先生的才智，擋住那些蠻子，應當不在話下。」

他其實也不敢托大，畢竟，晏雉到底只是一介女流，而且這女流才不過十餘歲，再聰慧也可能無法憑藉一己之力對抗頑敵。

只是，面對滿面憂容的沈宜，和身邊這些惶恐不安的百姓，這些話晏瑾不敢說出口。

好在躲入山中不久，望風的文書大步地跑進藏人的山洞大喊。「城中發出信號了！」

師徒兩人早與衙內眾人約定，城中危險解除後，即刻命人放出信號，告知平安。

「這是可以回去了？」

「我們可以回城了？」

「可以回城了！」

「蠻子被打跑了，我們可以回城了！」

躲藏在山洞之中的百姓被狂喜席捲，又哭又笑。他們生於滎安，長於滎安，滎安城能夠脫困，他們就不必離鄉背井逃難。

「這是……沒事了？」沈宜有些微愣。

晏瑾回過神來，趕忙道：「文書瞧見了從城內發出的信號，應當是無礙了。」

晏瑾唯恐有異，將衙差分成兩撥，一撥留守在山中，一撥與他一道下山回城打探情況。

一行人滿身狼狽地下了山，還未進城，便又遇上了一小隊青衣鐵甲的士兵。兩方人馬碰面後稍一試探，這些人乃是兵部侍郎熊昊的兵馬。

很快，那些山上的百姓，也陸陸續續下了山。

城中一片狼藉，正中的這一條街上，殷紅的鮮血流了滿地，乾涸後的血色發烏，已有人在費力地清掃，卻似乎並不容易。

回城的百姓看著這滿地的血色，和來來往往抬走的屍首，臉色都有些不大好。有膽子稍大的，還往路邊一具屍體上狠狠踹了幾腳，以解心頭之恨。再當看見站在城中正指揮著士兵的縣令，回城的百姓之中，頓時爆發出呼喊。「晏縣令！」

晏節回首，見百姓一擁而上，身側立即有士兵上前將他左右護住。

「你們之中，可有人受傷？」晏節詢問道。

見百姓無事，晏節又道：「家中若是遭到了這些蠻子的搶掠，便到縣衙稟告，視情況將得賠償。回家吧，不用在街上看著了。」

待百姓四散，一側的屠三上前拱手。「阿郎可要回縣衙？」

望著凌亂的街道，晏節抬手，捏了捏眉心。「回去吧。」

他這一路從黎焉顛簸而回，才入滎安境內，便在林中迎面遇上了一撥蠻子；儘管他身邊有個屠三，奈何蠻子人多勢眾，屠三也差點被他們傷了，好在須彌率人趕來，方才脫了困境，到現在，他其實已然疲累得快要睜不開眼來。

「四娘呢？」晏節一踏進縣衙，立即朝著迎上前來的晏瑾問道。

晏瑾一愣。「這個時辰，四娘理該是睡了。」

「睡了？」

這一回，卻是輪到晏節愣住。

晏瑾道：「四娘與先生守了一夜，雖將那些蠻子折了大半，但心底其實惶恐得很，好不容易瞧見援兵，自然鬆了口氣，這會兒只怕睡得正熟，兄長若是要見四娘，我這就差人去喊她。」

晏節擺擺手。「不必了，你也守了一夜，回房休息吧，還不知晚些要忙到什麼時候，四娘那兒，我自己過去便好。」

晏節既然如此說了，晏瑾也不再勉強，拱手行禮罷便回房休整去了。

從前衙到內院不過幾步之遙，晏節醒了醒神，繞到晏雉房間，殷氏和幾個丫鬟並沒在門外候著，守在晏雉房門外的卻是須彌。

「為何不去休息？」

須彌原本閉著眼，抱劍靠柱而立，此刻聽到聲音，遂睜開眼，恭敬地行了一禮。「尚且不知滎安城方圓百里之外有無蠻子藏匿，須彌不敢鬆懈。」

晏節點頭，又問：「四娘睡下多久了？」

「不足半炷香。」須彌話罷，又接了句。「阿郎不如先去探望娘子。四娘自小習武，膽識比尋常女子大了一些，倒是娘子經此一事，怕是心中不安。」

晏節有些尷尬地摸了摸鼻子。「四娘這邊你好生看著，若是醒了，便說我找她。」

須彌應了，等晏節轉身走遠，才又出聲道：「既然醒著，四娘為何不願開門見一見阿郎？」

門「吱呀」一聲開了一小半，從內探出個腦袋來。

須彌轉身，看著探出頭來的晏雉，唇角若有還無地彎了彎。

「睡得差不多了也就醒了，只是未曾梳洗打扮，不便見大哥，故而才沒開門。」

晏雉眼下心情很好。

須彌回城後，當下便指揮著鄉兵，將試圖反撲的蠻子全數斬殺，行事作風雷厲風行，絲毫不見猶豫遲疑。晏雉沒有那個慧眼，能瞧出什麼人是將才，什麼人不是，只是想到須彌或許便是日後的東海王，自然就沒了疑惑，當他是天生能夠行軍打仗之人，這才能指揮若定。

「你去睡吧。」晏雉伸手，拽了拽須彌的衣袖。「應當不會再出什麼意外了。」

須彌似有猶豫，但看著晏雉一臉期盼，到底還是點了頭。他也確實累了。自重生以來，就再沒聞到過那麼濃烈的血腥味，這一戰，他並未酣暢，卻有彷彿回到從前的感覺。等到結束，這具並沒上過戰場的身體，很快就被疲累侵襲，也的確該歇一歇了。

「四娘。」須彌頓了頓。「往後莫要再涉險了。」

想起甫一回城，瞧見少女高站城頂，搭弓射箭的模樣，須彌心底有些後怕——如果身邊的衛兵保護不周怎麼辦，如果摔下來怎麼辦？

「我曉得了。」晏雉笑。

卻說另一邊，被沈宜狠狠數落了一頓的晏節，尷尬地坐在小墩子上，就連兒子，這時候也不樂意靠在他身邊，瞧著倒是頗有幾分楚楚可憐的模樣。

「阿郎從前由著四娘，只當她是年歲小，不用計較太多，可昨日眾目睽睽之下，誰都瞧見站在城牆上指揮鄉兵的人是四娘了……」

「妳至今還將四娘當作尋常人家的女兒不成？」

方才還老老實實由著沈宜數落的晏節，這一回，臉色卻沈了下來。

「先生平素對妳評價極高，說妳不出閨門，而經史百家之言，亦略知大意，溫柔敦厚，頗有古人之風；可先生也說，妳終歸只是女流之輩。」

沈宜微怔，一時猜不透松壽先生這番評價的背後深意。

晏節將兒子招來懷中抱住，續道：「昨夜之事足以看出，四娘確如先生所說，是有大才的人；雖生為女子，卻不失雄才，我既然帶她離開了東籬，自然該給她曾允諾過的翱翔天空。四娘要走的路，四娘自己心裡清楚，妳不必再管。」

「這……長嫂如母，我若是不管，萬事由著四娘，待她及笄，哪裡去找可與她相配的郎君？」

「自有人早早便等著她了。」

話說到這裡，晏節已經疲了，沈宜雖還想再問，可見晏節不願再說的模樣，到底還是嚥下了口中的話，喊來丫鬟，服侍他更衣洗漱。

睡下前，晏節忽地又開了口。「四娘不是小孩子，妳別總為她擔驚受怕，多想想驪兒；驪兒有四娘這個姑姑在，只怕日後多半會被人拿來作比較，若是才智不及四娘，妳也莫要擔心。」

沈宜答應了一聲。

嘉佑二年，靖安蠻叛，殺掠無數，入滎安城，遭鄉兵頑抗，折半數人馬，又遇兵部侍郎熊昊，叛蠻全數傾覆，無一活口。

因平亂有功，兵部侍郎熊昊改任兵馬使兼經略安撫上護軍；滎安縣令晏節，遷至靖安，改任靖安縣令，命其招諭靖安諸蠻。

與此同時，須彌、屠三兩人也因平亂一事，分授陪戎都尉一職；賀毓秀則正式出仕，任縣丞，為晏節副手。

不日，一行人奔赴靖安。

馬車離開滎安城後不久，屠三和須彌兩人便發覺身後不遠處有另一行人跟著，隨即稟告兄妹兩人。

晏節正在車內與賀毓秀對弈，聽此詢問，正欲開口，卻見賀毓秀摁下一子，隨口道：「四娘，去瞧瞧來人是誰。」

晏雉擱下手裡茶盞，掀了簾子便往外鑽。

馬車應聲而停，晏雉下了車，翻身坐上須彌騎著的馬，主僕兩人調轉馬頭，直接往後頭去了。

走近了晏雉才發覺，那一行人不在少數，約莫有十餘人，光是馬車便有三輛，車前車後，還有家丁模樣的漢子騎馬跟著，瞧見晏雉過來，神色有些緊張。

晏雉不說話。

馬車裡傳來尷尬的咳嗽聲，而後，一隻手掀開簾子，從車內走出一人，面容有些許熟悉。

「小表妹……」

看清那人的面容後，晏雉忍不住眉頭微挑。「表兄？」

燕鸛難得老實地被晏雉帶回車上，將跟在車後的緣由仔細一說，晏節愣住了。

兩家的關係沒有多親近，但在榮安，燕鸛的大名簡直如雷貫耳——這樣一個放浪形骸的人突然提出想追隨晏節，謀求一官半職，委實有些出人意料。

只是看著眼前的燕鸛，絲毫不能和傳聞中那個榮安城的霸王聯想在一起。

「你想謀什麼官？」

賀毓秀心情不錯，捋著鬍子詢問道。

燕鸛自然也是聽說過松壽先生大名的，聞聲面上一喜，趕緊道：「學生不才，如今二十有餘，雖中過舉，卻一直未曾……」

「大郎身邊可還差了縣尉？」

燕鸛一愣。

「確是差了一位。」晏節點點頭。

這就定下了？

燕鸛還有些迷糊，晏雉卻已經笑開了。

縣尉一職，在縣衙之中極為重要。縣衙中，縣令為長，縣丞為副，主簿次之，至於縣尉則再末。晏節身邊有縣丞賀毓秀，主簿晏瑾，的確是缺了一個縣尉，專門負責執行縣令所下的政務。

晏節身邊本就人手不夠，好不容易在滎安招了幾人，沒承想這麼快就又接到調令，被調往更遠的地方。晏節一次比一次高升，儘管看著風光，背後卻有著太多難以言喻的艱苦——靖安那地方，既能發生一次蠻叛，自然可能生出第二次，第三次甚至更多。他急須能用的人，所以，當有人主動送上門來的時候，晏節簡直想也不想就答應了下來。

左右中過舉，學問上不會太差。

晏雉見燕鸛一臉驚愕，忍住笑，扳了扳手指。算上屠三和須彌，兄長身邊可用之人，如今是逐次地多了。

而後很快，嘉佑三年來臨了。

這一年，晏雉十二歲。

靖安此地，靠著邊關，出了西城門往外十里，便是塞外了。大漠孤煙，日落黃沙，要想看到肥沃的草原，還須得再往遠處，騎馬一個來回，約莫需要三個時辰。

靖安本不是邊防重地，但因蠻叛一事，朝廷格外重視，不光是將熊昊調任至宿州，更是調遣了三萬大軍常駐靖安，由戰功赫赫的定遠將軍曹赫掌管。

因著晏節雷厲風行的手段，靖安曾經混亂的場面被鎮壓了下來，如今的靖安，在極短的時間內，赫然朝著邊關商貿重地發展，隱隱有昌盛之勢。

為防止漢人與那些來自塞外的民族發生太多衝突，靖安城中學著皇都奉元，特地闢出一塊區域，專門用作商貿流通之用，名為「番市」。日升開市、日落閉市，又有專人打理，顯得比從前龍蛇混雜的境況好上許多。

然而，最讓靖安那些兩族通婚後生下的百姓，對新任縣令服氣的是，縣令身邊有一陪戎都尉，是漢胡混血。

須彌今年已然十九歲，放到漢人這，明年便該行冠禮，冠禮一過，便是成人了，理應娶妻生子。

從前無論是在東籬，還是黎焉和榮安，須彌只要一出現，都會因為混血的外貌引起別人的關注，卻從來沒人往婚配一事上想。

到了靖安，本地兩族通婚者本就多，他這樣的容貌不但不讓人覺得詫異，反倒是成了資本，已有多人拐彎抹角詢問須彌有無婚配。

只是，須彌本人似乎對婚配一事不曾放在心上，他依舊日出與屠三兩人先往營中點卯，操練過後再回縣衙，有時則會領著一小隊人馬在城中巡邏。

胡人女子多性情奔放，番市的酒壚大多有胡人女子賣酒歌舞，屠三和燕鸛閒時便去那兒飲酒，須彌雖不願，卻也無奈作陪。這日散衙，三人一前一後進了市中一酒壚，正要招呼胡女，燕鸛眼皮一抬，瞧見正笑盈盈看著他們的晏雉。

「表妹怎地在這？」

晏雉回頭，見慈姑已接過胡女遞來的一只錦盒，遂往前走了兩步。「阿娘生辰將近，聽聞這裡的胭脂好顏色，我想著不如買上一些送去東籬。」她說完話，目光帶笑，將燕鸛從頭到腳打量了幾眼。「昨日表嫂來信，說是憂心表兄在靖安無人照顧，遂送了兩個如花似玉的美嬌娘過來，怎地表兄竟不在家中，跑到酒壚來了？」

燕鸛摸了摸鼻子，實在有些難以啟齒。他從前在榮安，的確是個拈花惹草的主，不然也不會明明中了舉，卻仍舊一事無成。自跟了晏節，得知他成親多年，身邊卻始終只有正妻一人，並未納妾，更無什麼通房，當即決定也要學一學。

「表妹莫要笑話我了，人過幾日就送回榮安，都是身家清白的小娘子，哪能隨隨便便就給人做妾的。」

瞧見他這副模樣，晏雉也就好心不再戲弄，目光轉向須彌，又問：「明日可當差？」

「休沐。」

晏雉點頭。「明日東籬蘇家的商隊來靖安，阿蘇也跟著來了，你同我去城門口接他們。」她頓了頓，哭笑不得道：「原本我是想著讓阿瑾一道去的，不知是不是家書裡提及想與蘇家結親的事，阿瑾有些不願。」

那年生辰，蘇家娘子見過晏瑾後，當真就生出了想要兩家結親的想法。蘇寶珠年紀還小，天真爛漫，壓根兒沒想過自家阿娘已經開始謀劃嫁娶之事，這次跟著她阿爹遠行，也被她阿娘瞞了真正目的——哪裡是讓她出來玩的，分明是想讓蘇寶珠到靖安，與晏瑾熟悉熟悉的。

有晏雉在這，蘇家倒是一點兒也不擔心女兒跟外男碰面。

燕鸛是頭回從晏雉嘴裡聽說了別家小娘子，又聽她話裡的意思，那明日就要到靖安的小娘子，似乎還與晏瑾訂了親。一時間，燕鸛好奇心起，咳嗽兩聲，問道：「這蘇家小娘子……與阿瑾有婚約？」

晏雉搖頭。「只是兩家人有此意，還未訂下，表兄可別到處去講。」

燕鸛連連點頭，只越發好奇那蘇家小娘子。

須彌聽完晏雉的話，當即頷首。「好，明日出門前，四娘來喊我便是。」

他一答應，晏雉便點了頭，見屠三已在一旁同胡女說笑起來，抿了抿唇角，笑道：「我的胭脂也買好了，就不在這兒多留耽誤你們吃酒。」

她說著就出了酒壚，才走了沒兩步，轉身又道：「雖已散衙，但這酒還是少喝些，別喝得連回縣衙的路都走錯了；若是醉得實在厲害，讓當家的派個人來縣衙喊一聲，讓下人接你們回來，可別半路硬闖了別人家的門，打出來還是輕的，只是丟的可不光是縣衙的臉面。」

晏雉說完話便轉身離去，三人雖看不清她表情，卻清清楚楚聽到她壓不住的笑聲。

燕鸛頓時面紅耳赤。她這話說的，分明是那年還在榮安時，他喝多了酒硬要闖女眷齊聚的花園，最後被須彌打了一頓的事。

他心有餘悸地抬手摸了摸肚子，視線下意識地往須彌身上轉，卻見須彌扭頭看了自己一眼，又看了看已然坐下抓著胡女的手喝酒的屠三。

「我先回去了。」

「哎，這酒……」

燕鸛才開口，須彌已經轉身從酒壚走了出去，倒是身後的屠三，大口喝著酒，朗聲道：「燕縣尉，他的心思你還看不出來？來來來，喝酒，就讓他回去好了！」

燕鸛一句話堵在喉間，想了想，到底還是沒說出口。

晏家跟蘇家，算來倒也不是什麼世交，只是都在東籬做生意，打過交道；反倒是晏雉和蘇寶珠的交情要比長輩們好上許多，蘇家商隊要來靖安的事，也是蘇寶珠在來信中同晏雉提及的。

另一邊，晏雉也在幾天前收到了一封從東籬來的書信。信是熊氏寫的，提及了蘇家跟晏瑾爹娘的打算，特地囑咐晏雉好生招待蘇寶珠。

信裡不乏是一個母親對子女的諄諄教導，更多的是長久未見的關心。晏雉看完信，一面欣喜熊氏如今在晏家的地位，另一面卻又覺得內疚。

因此，她才搜羅了靖安城中可以買到的一堆稀奇古怪的東西，一股腦兒讓信使捎帶著送回東籬。

蘇家商隊到靖安的那日，正好颳著大風。夏天的靖安城，乾燥得很，一年也不見得能下多少雨，大夏天除了太陽，還真就看不到雲了。

蘇家商隊到了靖安城城門外，領隊一人恭恭敬敬報上通關文書，又辦理了手續，這才進了城。還沒走多遠，迎面奔來一匹快馬，只聽得馬上之人「吁」了一聲，那馬當即就停了下來，原地踩了幾步，噴了個響鼻。

商隊還有些遲疑，中間一輛馬車上，忽然傳來歡呼，而後被人猛地掀了車簾。「阿晏！」

「阿蘇。」

馬背上坐著的，正是晏雉。聽聞蘇寶珠的聲音，她翻身下馬，快走幾步到了車前。蘇寶珠站在車上，見她過來，忙要下車，身後的丫鬟一陣驚慌。

「妳坐著便是。」晏雉忍不住笑。「前面不遠就是靖安城中最大的客棧，商隊可以去那兒落腳，這些貨在那兒也安全，那客棧一向都是做往來客商生意的，想來不會誤事。」

蘇寶珠連連點頭，卻已坐不住了，喊來商隊一人吩咐了幾句，便在眾人瞠目結舌中提著裙子，跳下馬車。

大邯民風雖開放，卻始終不及這邊境小城。望著城中到處走動，穿著單薄，舉止嫵媚的胡女，蘇寶珠睜大了眼，不一會兒，一把掀開頭上戴著的紗帽，暢快地東張西望起來。

蘇家商隊帶來的雲錦、綾羅明日才會擺上集市，這會兒商隊已經去了客棧落腳，蘇寶珠同晏雉一道，正在街上四處閒逛。

須彌跟在身後，手裡頭牽著兩匹馬的轡繩。

「這裡的東西真多。」蘇寶珠越看越覺得新奇，只覺得集市上珍寶無數，看得目不暇給，又生怕一個不小心跟丟了，忙勾著晏雉的手，一邊走一邊晃。「阿爹說靖安這裡貧瘠得很，說妳在信上說的估摸著都是為了哄騙我才說的；可現下跟著阿晏妳在集市上走，這兒好多寶貝啊，哪裡像阿爹說的那樣。」

如今的靖安自然與蘇寶珠她爹口中說的那一個相差甚遠。

這地方從前是什麼模樣？曾經的胡漢混雜之地，三天兩頭便會有打架鬥毆的現象，時不時還會受到外族的侵擾。從前雖有商隊經過，帶走商貨，但因時常被那些蠻子打劫，來來往往的商隊若是沒個能耐的，倒是都避開了此地。

直到晏節調任靖安縣令後，這裡才發生了變化。

自然並不是從一上任就立即改變的。最開始的時候，依舊是三天兩頭打上一架，不打得雙方頭破血流，絕不罷手。晏節也不客氣，一聽說哪裡有人打架了，便讓報信的人領著屠三這尊煞神過去，三、五拳把惹事的人撂倒後，拖回縣衙審理。有時候屠三一人不夠，就再加上須彌，如此幾番下來，惹事的人漸漸就少了。

「妳可有喜歡的，我買了送妳當作禮物可好？」晏雉站定，好笑地看著四下張望的蘇寶珠。

蘇寶珠難得靦覥一笑。「阿娘說了，妳大哥在靖安當縣令，俸祿應當不高，我若是纏著妳玩鬧，不許花妳的銀子，得替妳省著才是。」

蘇家娘子的原意，是想讓蘇寶珠在人前含蓄一些，尤其是在晏家兄妹面前，這樣多少能給晏瑾留個好印象。她是生怕被嬌養慣了的女兒出個院門，花錢大手大腳惹人閒話，萬一把相看好的女婿嚇跑了可如何是好。

晏節的俸祿的確不高，平日裡雖有晏畈寄來銀子，可他大多都將那些錢投入到靖安的改建中，為能添補家用，晏雉自己倒是在城中謀了私活。

平素賺得雖然不多，給蘇寶珠買東西倒也充裕，實在是在蘇寶珠眼裡十分珍稀的這些寶貝，在靖安的價格相當便宜。

蘇寶珠也不多要，仔細問過價錢後，心滿意足地捧了兩塊沙狐皮，笑嘻嘻地說要帶回去給阿娘做個圍脖。

哪知颳來一陣大風，她沒能拿穩，手裡頭的沙狐皮直接就被吹掀了。

「哎！」蘇寶珠叫了一聲，伸手就要去抓，晏雉和須彌正說話尚未回過神來，聽到聲音，轉頭一看，忍不住都笑了——蘇寶珠手再快，也只趁著毛皮落地前抓住一塊，另一塊卻是被風吹著直接撲到了後面走來的一人臉上。

這人站定，抬手拿下毛皮，露出來的漂亮臉孔，赫然正是晏瑾。

晏瑾自是知道晏、蘇兩家結親的意思，瞧見站在晏雉身旁的蘇寶珠，難免有些窘迫，又聽得耳畔傳來的低笑，一側頭，瞧見晏雉滿臉笑意地朝自己擺了擺手，忙咳嗽兩聲道：「四娘也在這兒。」

晏雉壓不下嘴角的笑，只好咳嗽道：「阿瑾怎地在此？」

「四娘還不知。」晏瑾臉色一變，輕聲嘆道：「方才四娘出門後，有信差送來消息，說是宮裡頭那位怕是不好了。」

宮裡頭那位自然指的是皇帝。

當今皇帝自登基以來，勵精圖治，倒也不失是位明君，只可惜膝下子嗣單薄，後宮妃嬪中能誕下皇子的，寥寥無幾。儘管這幾年，皇帝一直廣納後宮，可能誕下健康皇子的卻不出幾人；反倒是公主，除去早夭的，倒養出了幾位。

嘉佑初年，幼太子亡故，之後幾位皇子，也因先天不足，陸續病故，就連皇后後來所生的么兒也不例外；到如今，皇帝膝下竟是連一個皇子都沒了，更別提立儲一事，如果真是不行了，只怕到時候奉元城將要大亂。

歷史果然變得和重生前的那一世不同了。

晏雉清楚地記得，嘉佑這個年號，在前世總共用了八年，直到皇帝晏駕，新君登基，方才改了國號。

得知皇帝病重的消息後，晏雉對逛街的興致已經降到最低。

她並非是因為時局即將變動一事，只是因此事，她恍然想起了一件，被她自己忘在腦後的事——

前世的時候，即是在嘉佑三年，沈六娘心機深重，還未等到晏雉及笄，便將她嫁進了熊家。

這件事，晏雉本該永生不會忘記的，可似乎，那些曾經苦難的日子在不知不覺間已從腦海中消失無蹤，如果不是因為晏瑾今日提及皇帝病重一事，晏雉根本就忘了當年的婚嫁。

「阿晏。」

蘇寶珠伸手在她面前揮了揮，見她終於眼神微凝，回神看向自己，笑問：「阿晏，妳方才在想些什麼，怎麼喊妳都不回話？」

晏雉略顯尷尬地笑了笑，見此刻已經將整個集市走了一圈，忙道：「大嫂聽說阿蘇妳要來，特地親自下廚做了些糕點，若是不嫌棄，不如跟我回去嚐嚐。」

一聽說是沈宜親自下廚做的，蘇寶珠睜大了眼，哪裡有嫌棄的意思。「當然要去！我阿娘常說，若我有沈姊姊一半的容貌才情和手藝，她也不至於頭疼要給我找一位怎樣的郎君嫁了。」

蘇寶珠說話天真，所思所想流於神色。她欽佩沈宜，面上自然是一片嚮往之色。晏雉心情大好，牽過她的手便道：「那好，妳同我回去，等吃夠了再放妳回客棧。」

兩人回了縣衙，沈宜果真準備了不少糕點，樣樣精巧別致，入口即化。蘇寶珠一邊同沈宜說笑，一邊吃了幾塊糕點，臉上的神色開心極了。

晏雉卻笑著笑著，沈下心來。

皇帝膝下無子，除非臨終前過繼一子，立為太子，否則宮中必將大亂。可立儲一事，事關重大。她有些擔心，萬一儲君定下，那些封地在外，手握兵權的王爺會起兵造反；又或者，等到新皇帝登基那日，得了消息的塞外諸國，是否又能繼續蟄伏。

一旦塞外諸國有異動，邊關的這些城鎮最容易遭到侵略，靖安……必然逃不過大劫。

晏雉此番並非杞人憂天。在她所通讀的那些史書中，光是有具體史料記載的，因新帝登基而引發的邊關異動，便不在少數。

戰爭起，傷的永遠是民，而民，則是國之根本。

沈宜一直在同蘇寶珠說笑。這個年紀的小娘子，理應如蘇寶珠這般天真爛漫，即便不是，也應當溫婉儒雅，做些琴棋書畫之事。每每想到這些，再看晏雉，沈宜心底便忍不住嘆息。

並非是早慧不好，只是正如自己當年所說，慧極必傷。晏雉便是太過聰敏了，這才多思多想，如今晏節不光是答應了讓她入幕僚一事，政務上更是事事都不瞞她，身邊的人，一個、兩個都沒將她當作尋常小娘子對待，一想起這些，沈宜便覺得頭疼。

眼下奉元城那有些驚人的消息又傳到了靖安，看晏雉這又神遊了的表情，沈宜便知，那幾個大男人也沒瞞著她，不然，又如何糕點吃著吃著，好端端就去想別的事了，還一臉的嚴肅。

沈宜想著，咳嗽了兩聲，見晏雉回過神來，忍不住唏噓。「妳心底若是放心不下，便去找先生和妳大哥，莫要坐在這兒發呆了。」說完，瞋怪地看了晏雉一眼。「去吧去吧，別坐著發呆了，看著就想攆妳。」

晏雉摸了摸鼻子，吐舌。「那大嫂在這兒陪阿蘇，我去前頭了。」

她說完話，乾脆俐落地起身就往外走。沈宜瞪了瞪眼，回過頭來衝著蘇寶珠哭笑不得道：「四娘這性子，讓小娘子見笑了。」

蘇寶珠趕緊嚥下嘴裡的糕點，甜甜的味道還在齒間，她忍不住伸舌頭舔了舔，見沈宜看著自己溫和的笑，臉上發燙，連連擺手。「沒有沒有，阿晏很好的，我要是能像阿晏這麼聰明厲害，阿爹、阿娘一定笑得晚上都睡不著了。」

她這話出自真心，可一派天真的模樣實在可愛，沈宜忍不住彎了唇角，眉眼間充滿喜愛。

晏節正與文書議事，賀毓秀也坐在一旁，蹙眉聽著。聽見門外傳來小跑的聲音，幾人停下話來，轉頭去看，不一會兒便瞧見晏雉提著裙子，跑進門來。

晏節當即讓文書退下，阿桑、阿羿關上門，候在門外。

屋內除了晏節外，還有賀毓秀、晏瑾、燕鸛、須彌跟屠三。方才晏雉回衙的時候，須彌便去了前衙議事；至於本該在營中練兵的屠三，則是因為聽到在營中盛傳的皇帝身體有恙的消息，當即被有心試探晏節心思的定遠將軍放了回來。

「當真要過繼？」

「自然。」晏節說：「陛下膝下無子，大邯又無公主稱帝的前例，陛下除了過繼，別無他法。」

晏雉不語，賀毓秀捋著鬍子，看向沈思的晏瑾和燕鸛，問道：「你兩人可有什麼想法？」

晏瑾搖了搖頭，他為人謹慎，心中雖有疑惑，卻並未說出口。燕鸛聽見賀毓秀問話，當即便道：「陛下一共六位兄弟，陛下若是要過繼六位王爺中任一位的子嗣，只怕要鬧上許久。」

晏雉問：「與陛下一母同胞的，可是魏王？」

賀毓秀應道：「確是魏王。」

「六位王爺中，能讓陛下動了過繼心思的，應當不止魏王一人，只是魏王勝算最大。」晏雉沈吟道：「先不說這一母同胞，便是其餘五位王爺的封地所在，便能管中窺豹，看出一二。」

正如晏雉所說，先皇在世時給幾位皇子的封地，足以看出在先皇心目中的地位。魏王為先皇最小的皇子，又與皇帝一母同胞，皇帝登基後不久，魏王及冠，皇帝劃給魏王的封地土地富饒，又是距離奉元城最近的一片，方便魏王時不時進奉元城和皇兄一聚。

論感情，論血緣，的確是魏王勝算最大。

晏雉想的是這一方面，賀毓秀卻是提及別處。「魏王為人本分，只是有些愚鈍。膝下幾位小郎君，論才學，尚不及驪王之子。」

「驪王膝下只一子，單字曙，是先皇臨終前取的名，其意深遠。」

賀毓秀話音才落，須彌的聲音這就響了起來。

眾人微怔，愣愣地看著他。須彌卻像絲毫沒注意到他們疑惑的目光一般，自顧自續道：

「驪王世子衛曙，在如今皇室子孫中，才學、容貌都是上佳，驪王早年就將封地的諸多事宜交予世子，如今的封地內甚至還傳出『不識驪王，只識世子曙』的童謠。」

眾人都有些吃驚。

晏雉心頭更是大震。前世她對這些朝廷之事從不關注，只知嘉佑八年，皇帝晏駕，新皇的確是過繼來的王爺之子，而這位幸運兒的身分若她並未記錯，理應是魏王之子才對。

然而再看須彌的神色，如此篤定，似乎除了這位世子曙，儲君之位別無他選。

實際上，正如須彌所說，驪王世子衛曙比之魏王之子，有著太多優越的特點。當年也正是這些優越的特點，令重病中的皇帝下詔命驪王世子進宮，侍奉榻前。然而此詔書下達不久，世子曙弒父奪權的消息傳回奉元，皇帝一口血噴出，責令嚴查此事，不多久，世子曙被貶庶民，充入軍戶，而儲君則落到了魏王之子的頭上。

此事須彌原先不知，只是在軍中曾遠遠見過世子曙，光風霽月之人，最後卻落得充入軍戶的下場，營中所有人都唏噓不已。

然而天家之事，又怎知誰說的真，誰說的假。直到須彌封為東海王後，才在進出皇宮時，無意間得知當年世子曙弒父奪權的真相，只不過是儲君之爭。

先皇早知太子身體羸弱，恐不能留下子嗣，又擔心兄弟相爭，故而早與太子議定，如果真不能留下子嗣繼承皇位，便過繼驪王之子。驪王雖不是皇后所出，但勝在其母位及貴妃，又無反心，只要世子曙為人正派，便可立為儲君。誰知，某位王爺使出狠毒之計，殺害驪王，設計世子曙。

鷸蚌相爭，漁翁得利。魏王因與皇帝一母同胞，素來兄弟和睦，令膝下世子順利立儲。

「若是世子曙，」賀毓秀看了須彌一眼，道：「只怕在立儲前，朝中就要鬧出事來。」

賀毓秀一語成讖。

半月後，消息再度傳來，皇帝果真要過繼，也當真相中驪王世子。如前世一般，很快鬧出了弒父奪權之事，只是這一回，與晏雉記憶中的前世不同，驪王世子雖未能躲過陷害，卻很快就抓出了真凶，還自己一個清白。

而後，冊立衛曙為儲君，入主東宮。

比這消息更讓晏雉覺得疑惑不解的，是這半月間，須彌不知與誰頻繁的書信往來。

第十八章　突發難

朝中的事，似乎並不能影響百姓的生活。只要沒有戰爭，任憑換誰做皇帝，對百姓而言，都只須擔心稅收的問題。畢竟，這皇帝的好壞，直接關係到是否會有苛捐雜稅；至於皇帝願意立誰為太子，那不是百姓會去考慮的事。

而此時，蘇家商隊已在靖安買了足夠的商貨，準備在回程時沿途販賣。臨行前，晏雉在靖安城內一家酒樓為蘇寶珠送行，一同赴宴的，還有兩耳通紅的晏瑾。

桌上的酒菜都是靖安當地的名菜，與塞外民族常用的菜餚。蘇家商隊的人都在樓下的大堂內吃飯，樓上雅間只坐了晏雉、蘇寶珠、晏瑾三人，幾個丫鬟、僕從都在門外候著。

蘇寶珠穿了一身天青色的雲紋裙，看上去十分清雅，說話時總喜歡眨著眼睛看人，晏瑾幾下就別過臉去，耳朵發紅，有些不知所措。

晏雉差點笑倒在桌旁，還是蘇寶珠從旁輕輕扶了一把，才沒跌倒。

「阿蘇。」晏雉咳嗽兩聲，有意問道：「妳阿娘可有說相中了哪家小郎君給妳做夫君的？」

這話其實並不適合像晏雉和蘇寶珠這般年紀的小娘子說，晏瑾眼珠子都快瞪出來了，正要出聲提醒，卻聽蘇寶珠當真接了話。

「阿娘說了，若能找這個才學出眾的，便讓我跟著去當個官家娘子；若是沒讀書的本事，家境一般的，倒可以跟著阿爹好生學學怎麼經營綢緞莊。蘇家開綢緞莊這麼多年，積攢了不少家業，只要是個心性好的，總歸短不了我倆吃喝。」

蘇寶珠這話不假，蘇家雖然沒晏氏這麼多的基業，但生意做得也算不錯，多養個人並不在話下。

晏雉聞言目光盈盈地轉向一側低頭喝茶的晏瑾。比起尚不知情的蘇寶珠，晏瑾可是知道這門婚事的，瞧見他那副臉紅得快要能炸了的模樣，晏雉面上的笑意越發藏不住。

「阿晏，妳莫要說我，妳又要怎樣的郎君？」蘇寶珠笑嘻嘻反問：「我倒是忘了，妳身邊可有個人在，哪裡還需要別的什麼小郎君。」

因是私下裡的玩笑話，蘇寶珠毫不遮掩，反倒是晏瑾一聽，臉色騰地就變了。

晏雉和須彌的事，到如今，他們心下雖有些明瞭，卻也不曾擺在明面上說清楚，多少都還存了門不當、戶不對的心思。再者，晏雉並未表現出什麼兒女情長，與須彌的往來也同從前無二，此時將這事忽地挑明說，晏瑾有些擔心她受到驚嚇。

然而晏雉是什麼人，別說她從前就自蘇寶珠口中聽到過這些驚人之語，便是沒有聽過，此刻聞言也不過是略微驚詫；但瞧見晏瑾的態度，晏雉心裡不說流過暖意便是作假了。

她若是當真喜歡一人，便絕不會顧忌旁人的想法。她與須彌，在別人眼中自然是門不當、戶不對，可那又如何，她願意喜歡這個人，這個人也值得她喜歡。

這就夠了。

可倘若能得到家人的祝福，卻是最好不過的事。

晏雉想著，正要開口，不想，樓下忽地傳來一陣乒乒乓乓的聲響。

「外頭何事？」

門外一陣腳步聲跑走，又急匆匆跑了回來。

「回四娘，樓下來了一夥蠻子，正在砸店。」

如今這靖安城中太平日子要比從前多了不少，換作以前，這隔三差五的便會出來這麼一夥人，今天砸了街頭的酒樓，明天燒了巷子裡的賭坊，後天便可能是殺了誰家的小娘子。

這好端端的怎麼突然闖來一夥蠻子砸店？

晏雉挑了眉頭。「我去看看。」她說著就要起身。

晏瑾哪裡有膽讓她冒險。「四娘還是留在屋內照顧蘇小娘子，我去看看。」

蘇寶珠卻一拍手。「一起去看看便得了。」

晏雉哭笑不得。「蠻子的事，說大不大，說小也不小，妳還是留在屋裡，別跟著我們冒險了。」

蘇寶珠一揚頭。「若這夥蠻子一路砸上來，我留在屋子裡也是不安全，倒不如跟著你們。阿晏妳的箭術和拳腳功夫都好，還護不了我嗎？」

「自然護得住。」晏雉笑道：「那妳當心些。」

三人開了門出去，門外的丫鬟、僕從一臉擔憂，見主子們打算下樓，慈姑搶先一步擋在樓梯口。

「樓下危險，四娘莫要下去。」

晏雉不語，站在走廊上，低頭望了眼樓下大堂——的確是一夥蠻子，人數約莫八、九人，個個人高馬大，凶神惡煞，一看便知不是什麼善茬；再看這夥人的動作，分明是有意破壞。

坐在大堂內的食客大多已經被嚇得連跌帶爬，跑出了酒樓，幾個胡人小二被打得鼻青臉腫，老闆更是在一旁哭天喊地的求饒。

即便如此，這夥蠻子顯然不打算罷手，依舊見了什麼砸什麼，桌子、椅子、瓷碗、茶盞，甚至連筷子，都要從竹筒裡抓出來一把折斷。

晏雉蹙眉，目光在樓下大堂內掃看了一圈。

蘇家商隊的人本該都在大堂用膳，出事後理應要通知尚在二樓的他們，只是此刻一圈掃視下來，卻不見了人影。

思量間，隔壁雅間推開了門，喝得酩酊大醉的男男女女摟抱著走了出來，搖搖晃晃，醉態萬千，似乎壓根兒沒聽到樓下的動靜，直接往樓梯口走去。

慈姑想要勸，卻被喝醉了的幾人一把推開，好在蘇寶珠的丫鬟在旁邊一把拉住，不然非得摔下樓去不可。

晏雉頓時收下想要提醒的心，目送著這群人往大堂走。

「這是幹什麼？」

喝醉了酒的男人半睜著眼，吆五喝六道：「哪裡來的雜種，敢擋我的路！」

話音才落，站他身前的蠻子手起刀落，竟直接一刀砍在他的脖子上。

「殺……殺人啦！」

原本還醉醺醺的另外幾人，這會兒，徹底清醒了。

鮮血幾乎是噴濺出來的，那殺人的蠻子抬手冷冷地抹了把噴濺了半張臉的血，大拇指揩過嘴角，舌尖舔了舔。

他嘰哩咕嚕不知說了些什麼，那幾人哭號得更加厲害。

「胡語？」晏雉壓低了聲音問。

「嗯。」晏瑾微微頷首，眉頭緊緊皺著。「可惜我並不懂其意。」

晏雉點頭，深呼吸，邁步走下樓梯。

晏瑾吃了一驚，趕緊要追過去，卻被蘇寶珠一把拉住衣袖，回頭一看，她緩緩搖了搖頭。「阿晏能解決的。」

晏雉從樓梯上走下來的時候，大堂內的所有蠻子都停了動作，目光凶狠地緊緊將她盯住。看她走下樓的每一步，看似輕盈，實則腳力沈重。當她最後一個腳步踏上大堂，有蠻子動了動，晏雉抬眼，眼神不輕不重地掠過他們，轉而走到酒樓老闆身前，半蹲下身來。「老闆可能幫我一個忙？」

番市做生意的胡人大多認識晏雉，老闆自然也知道，眼前跟自己說話的小娘子是晏縣令的妹妹，當下心裡更是後怕。這小娘子萬一在他酒樓裡出了事，即便事情的起因與自己無關，只怕日後也不好過了。

晏雉安撫道：「老闆莫怕，我只是想同他們談談，不過，我不懂胡語，不知該如何與他們交談，老闆若是聽得懂，不妨幫我這個忙。」

胡人不過是統稱。邊關往外，多的是外族，只是對大邯子民而言，他們統統是胡人。所謂胡語，也不是特定某個外族的語言。晏雉不懂胡語，只能求助看起來也許懂得的胡人老闆了。

那老闆有些猶豫，但瞧著這小娘子從下樓開始，這夥蠻子便沒什麼動靜，忍不住抬眼往那幾人身上打量。「我……我試試……」

老闆哆哆嗦嗦地站起身來，跟在晏雉身後走到堂中。

晏雉簡單地向人行過禮後，便開口詢問起砸店之事來。老闆操著胡語，向著蠻子重複了一遍。

方才殺人的蠻子留著絡腮鬍，鼻梁高挺，一雙眼睛將晏雉上下打量了一番，開口回了一串話。

「他……他說，這人欠了他們族人十萬黃金，前些日子族中發生瘟疫，好多人因為沒錢，不能進城買草藥病死了，拿他一條……一條狗命，便宜他了……」話說到這，老闆差點就要哭出聲來，那幾個跟死了的男子一夥的男女聞言更是哭得淒慘。

「煩勞老闆再問，既然明知是此人欠債不還，又為何要砸了別人的店？縣令早已在城內、城外貼了告示，無論有何糾紛，都須向縣衙稟告，由縣令解決。」

晏雉這話說得老闆連連點頭，忙不迭地又用胡語向蠻子重複了一遍。

領頭說話的蠻子不語，反倒是身後另一人嘰哩呱啦地往前走了幾步。老闆嚇得趕緊退到晏雉身後，哆嗦著用胡語說了另外的話。

晏雉聽不懂，但是約莫能猜得出來這是在解釋方才那些話是她要問的。

「胡漢貿易多年，互惠互利的事從來不少，但不能否認的確會有那麼幾個害群之馬；只是貿然殺人委實凶殘，更何況，你們進門先是砸了酒樓，又嚇跑了食客，對老闆而言，也是不小的損失，這一筆，又該如何清算？」

這話老闆是怎麼也不敢轉述了。眼看著領頭的蠻子往小娘子面前走過來，臉上的血跡還沒乾，凶神惡煞的樣子看來實在嚇人。老闆腿一軟，一屁股坐到了地上。

晏瑾和蘇寶珠此時也緊張地要往樓下跑。

晏雉卻紋絲不動，定定地看著走近的蠻子。

倏忽間，門外傳來一聲大喝。「別碰她！」一支箭從眼前劃過，擦過蠻子向她伸來的手，穩穩地射進牆面。

晏雉側頭，大開的門外，須彌騎在馬背上，手裡拿著弓，弓弦仍在顫動。

須彌今日本該在營中當差。

大約是因為平日裡話不多，又踏實肯幹，為人沈穩，定遠將軍曹赫頗有些偏愛他。是以，當有人傳話來，說番市的胡人酒樓出事的時候，曹赫見須彌的那張冰山臉忽然變了，當即擺手放他出營。

須彌二話不說，抱拳行禮，一把掀開營帳門簾，翻身騎上他的馬，徑直往城裡跑。半途遇上找人求救的蘇家商隊，得知晏雉正在其中，當下揚鞭猛抽馬臀。

酒樓的門敞開著，須彌一抬眼，就看見了站在大堂正中的晏雉，還有躺著的屍體，再看朝著晏雉走近的男人，他當即取下掛在一側的弓，搭箭張弓，將手中的箭射了出去。

晏雉瞧見須彌來了，面上雖不動聲色，心底卻是長長舒了口氣。方才蘇家商隊的人一個人影都不見，想來該是出去搬救兵了，這會兒看見跟在須彌身後，跑到酒樓門前大口喘氣的幾張臉，晏雉知道自己沒猜錯。

須彌翻身下馬，大步走進酒樓。

他本就是漢人和胡人的混血，面容要比旁人俊朗，五官更顯深邃。他一走進大堂，晏雉就發覺那幾個蠻子的眼睛似乎亮了下。

須彌走到晏雉身前，確定她並無受到驚嚇，身上也沒有傷處後，凝重的臉色方才好一些。轉過身，他將晏雉擋在身後，面對著那些蠻子，用胡語不知說了些什麼。

那些蠻子不知為何，竟變得有些好說話起來，掃了眼旁邊哭號的幾人，冷笑著一前一後出了酒樓，往老闆面前丟了一個錢袋子，是順手從死去男子身上摸出來的。不遠處圍觀的人看見他們一夥人出來，頓時作鳥獸散。

「就讓他們這麼走了？」晏瑾跑到人前，看著流了一地血的屍體。「那這些人怎麼辦？」

晏瑾指的是酒樓裡因為男子而受到牽連的人。須彌掃了眼大堂，見老闆呆呆地捧著錢袋子，似乎是剛剛數清了裡頭裝了多少銀子。「錢袋裡的銀子應當夠賠償今日的損失了；至於屍體，縣衙已經派人去找死者家屬了，稍後就會有人過來抬走。」

話雖這麼說，但是大堂裡躺著具屍體，怎麼看都有些觸目驚心。老闆捧著錢袋子，看了看屍體，看了看一片狼藉的大堂，再看了看自家那些被打得鼻青臉腫的小二，咬咬牙，只能認栽了。

事情一結束，蘇家商隊清點好人數，立即就要出城。晏雉送蘇寶珠上車，回頭就瞧見原本已回縣衙的晏瑾，騎著馬又回來了。

「我去送他們……」晏瑾臉色發紅，咳嗽兩聲，驅馬跟上商隊出了城。

晏雉笑著轉身，不用抬頭，就能看見牽著馬站在身後不遠處的須彌，當下彎了彎唇角，揹著手，笑盈盈地走上前。

「你這樣跑來，將軍知道嗎？」晏雉看了眼須彌牽著的馬，膘肥體壯，一看就是軍馬，不像家裡養的。

「知道。」

須彌一如既往的沈默寡言，晏雉卻絲毫不覺得不悅，反倒是笑得更加開心。「嗯，那你等下還要回營中嗎？」

須彌低頭，目光中裹帶著暖暖的笑意。「不必了。」

「那我們回衙。」

「嗯，回去了。」

沒有騎馬，也沒有坐馬車、轎子，兩人並肩，慢悠悠地從城門口往縣衙方向走。慈姑和豆蔻遠遠跟在身後，四目相對，只是看著那越走越遠的主僕兩人，到底還是選擇將喉間的話壓在了肚子裡。

從城門到縣衙，這一條路，並不遙遠，晏雉和須彌卻走得相當慢，一路上並沒有說什麼話，氣氛卻相當的好。

然而，兩人才在縣衙門口停下腳步，後頭就有人策馬狂奔而來。

「小娘子不好了！」

「出了何事？」

「蘇家商隊才出城不久，就被人劫道了！蘇家小娘子和送行的晏主簿下落不明！」

從離開靖安城後，蘇家商隊走的便都是相對而言比較安全的官道，但是，再安全的地方，有時候也會遇見鬼。晏瑾護送蘇家商隊一段路後，忽然神色一變，勒馬停住。

「喂，怎麼了？」

儘管蘇寶珠趴在馬車窗口喊話，晏瑾卻依舊不語，只是神色微凝，一直看著遠方。

隱隱約約，有馬蹄聲奔近。

走在隊伍最前頭的人最先看到來人，頓時一聲大喊。「是蠻子！蠻子來了！」

慘叫聲幾乎是在同時猛然傳來，晏瑾的臉色這時候徹底白了，他倏地扭頭去看蘇寶珠。

商隊這一路過來，順風順水，蘇寶珠此刻得知自己竟然遇上了經常聽人說起過的劫商，頓時臉色發白，緊緊抓著車簾的手則不由自主地發抖。

晏瑾自問沒有須彌的好本事，不能像他保護晏雉那樣，保護好蘇寶珠，縱使曾修習武藝，不過也只是花拳繡腿，強身健體之用。此時此刻，晏瑾也被眼前的情景驚駭得差點摔下馬，但他握了握拳頭。「寶珠，上馬！」

顧不上去在意晏瑾有些失禮地呼喊了自己的閨名，蘇寶珠紅著眼眶，被乳娘和丫鬟合力扶上了馬背。

被鞭子猛抽了一下的驚馬，嘶鳴著載著兩人從商隊逃離。沒有時間思考男女大防，蘇寶珠低著頭，緊緊抱住晏瑾的腰，屏住呼吸，不敢回頭再看一眼商隊的情況。

蠻子的叫喊聲越來越大，雜亂的砍殺，聽不懂的語言，夾帶的是難掩的血腥味。

晏瑾沒有回頭看。

他的手在發抖，額頭上也不斷地滲出冷汗，他怕極了，可是為了此刻懷中的蘇寶珠，他不能膽怯。

只是那一夥蠻子很快發現他們，晏瑾眼見後有追兵，情急之下狂抽馬臀，不料馬蹄一個打滑，竟連人帶馬摔下懸崖。

該說是老天保佑，山中起霧，擋住了蠻子站在懸崖上向下看去的視線。那崖下被雲霧遮掩處，有一老松樹，不知無聲無息地在這崖壁上生長了多少年，枝繁葉茂，正好將兩人接住。

蘇寶珠微微抬起頭。因為摔下懸崖時，晏瑾的緊緊一抱，她被護得結結實實，除了頭髮凌亂，身上的傷處並不多。

看著身下緊緊閉著眼，臉色鐵青的晏瑾，蘇寶珠抽了抽鼻子，小心翼翼地爬起來，想要挪開身子生怕壓壞了他，可是一動就發覺，若是一不小心，他們極有可能從這棵救命的老松樹上掉下去。

「妳，別動……」

晏瑾吃力地抬起一條胳膊，抓著蘇寶珠的肩膀，將她重新按回懷裡。「妳別動……太危險了……」

蘇寶珠嗯了聲，伏在他的懷中，聲音有些哽咽。「阿娘說，大難不死必有後福。我倆掉下山崖都沒死，以後一定有大福氣。」

晏瑾閉著眼笑。「嗯，有大福氣……」

「你得撐著，商隊在官道上出事，消息瞞不住的，阿晏那麼厲害，一定會找到我們，救我們回去。」

「嗯……」

不知道在這棵老松樹上究竟待了多久，從很遠很遠的地方，傳來喧鬧的聲音，有人高喊著兩人的名字。蘇寶珠愣了愣，低頭看著晏瑾，卻見他已然撐不了多久，當即慌了神，仰頭大喊。「阿晏！阿晏！」

蘇寶珠幾乎是抓著晏瑾在哭喊，她從小錦衣玉食，被好好寵著、照顧著，從不曾遭遇過這些，能一直撐著直到現在才掉眼淚，已經到了極限。

等到救援的人將他們兩人先後救上崖，蘇寶珠落地的時候，踉蹌了幾步，差點摔倒，身前一人伸手，二話不說，將她緊緊抱住。

「阿晏——」熟悉的氣味環繞周身，蘇寶珠的眼淚撲簌簌地落下。

「我在，我在的。」晏雉也是難過得厲害。

「我沒事了……」蘇寶珠正要笑，視線掃過晏雉身後，卻見著一地殷紅，當即瞳孔驀地收縮，下意識地發出尖叫。

「阿蘇！阿蘇！」晏雉趕緊抬手去捂她的眼睛，不住地安撫。「沒事了，那些人都被抓走了，已經沒事了，別怕！」

那麼多的血，鮮紅地彷彿能刺瞎她的眼睛。蘇寶珠無助地躲在晏雉懷中大哭，聲嘶力竭，將之前壓住的所有恐懼，全然釋放了出來。

晏雉眼眶通紅，恨不能將那些先一步被縣衙的人帶走的蠻子一個個撕碎。「我們回去了，妳阿爹只是受了點小傷，沒大影響，我們回去報平安好不好？」她小心翼翼地勸慰，見蘇寶珠哭著點了頭，便將人扶起，慢慢往回走。

回城的路上，蘇寶珠的眼淚漸漸止住，眼皮哭得發腫，眼眶也是通紅的。蘇寶珠一路上都被晏雉抱著，兩顆腦袋親密無間地靠在一起，似乎在彼此分享著悲傷。

「阿晏……」

沈默了很久之後，蘇寶珠的聲音已經趨於平靜。「晏瑾他……會沒事的吧？」

晏雉愣了愣，重重點了頭。「阿瑾他不會有事的。」

回到縣衙，得知那些活捉的蠻子都已經被關入牢中，晏雉稍稍鬆了口氣，扶著蘇寶珠先回自己的房間。

殷氏和慈姑、豆蔻早已準備好了熱水，只等人一進屋，便上前服侍她洗漱。晏雉簡單地換了身衣服，回過頭來蘇寶珠已經被人扶著躺在床上。

晏雉在床頭坐下，給她掖了掖被角，阿桑這時領著大夫匆匆趕了過來。

「這位小娘子並無大礙，只是四肢有些擦傷，抹兩天生肌的膏藥就好了。」老大夫說著，隨手開了副方子。「這是壓驚的，給小娘子熬了喝幾副，好好睡上一覺，明天就好了。」

慈姑接過方子，當即就往廚房走。晏雉見蘇寶珠面上流露出憂色，心知她掛心著別人，忙又問道：「其他人的傷勢可還好？」

老大夫搖搖頭。「有幾個傷得太重，沒能救回來。小娘子的父親倒是輕傷，只要在床上養幾日，就好了。」

「方才送來的另一人呢？」

「那位小郎君鎖骨骨裂，右腿的骨頭也受了傷，好好養養，興許日後還能正常走路，不然就瘸了。」

老大夫說著嘆了口氣。「年紀輕輕的，這萬一要真是瘸了，可如何是好。」

晏雉聞言，身子一震，慌忙回頭去看蘇寶珠。

「大夫，你能治好他的吧？」晏雉顧不上安撫蘇寶珠，朝著老大夫鄭重一拜。「他是個進士，日後指不定還能做上高官，可如果瘸了腿……」

並非沒有因為身體的殘缺而影響仕途的先例，儘管晏瑾的情況並非打娘胎便有，但極有可能會因此而改變一生。

「全看他這段日子怎麼休養了。」

殷氏送老大夫離開後，晏雉重新坐回到床頭。蘇寶珠轉身靠過來，抱住晏雉的腰，低聲道：「我不嫌棄他的……就算瘸了，我也嫁。」

晏雉嗯了一聲。「不會瘸的。」

此事結束三日後，宿州那邊的消息傳了回來。

殺人償命本是理所當然的事，卻因此事涉及外族，晏節不能擅自做出處置，只好請示宿州方面。

然而那邊的意思，卻有些讓人難以意料。

「放了他們？」

晏雉差點打翻了手裡的茶盞，愣愣地看著晏節。

晏節無奈，將手中的信轉遞給賀毓秀。晏雉放下茶盞，直接走到賀毓秀身側，探頭去看信上的內容。

因那夥蠻子來自關外，不住在靖安，縱使在酒樓殺人、在關道劫商傷人，宿州那邊說是考慮到兩國邦交，要晏節將人放出邊關。

信上的字跡，字字有力，晏雉一點一點往下看，在最後的落款處，看到了熊昊的名字。

是了，新任兵馬使兼經略安撫上將軍，可不就是熊昊嗎。

「先不說他們在酒樓裡殺的那人是不是死有餘辜，就說襲擊商隊的事，難道就不能拿下他們嗎？」晏雉握拳，心口窩著一團火。

晏瑾如今還在床上休養，晏雉幾次私下詢問老大夫，得到的回答都是搖頭，晏瑾的腿……十有八九是難好了。而蘇家商隊在這場劫難中，死了不少人，那些都是活生生的人命，橫死他鄉，原想等得到律法的公正制裁，卻被置之不顧。

晏雉無論如何都忍不下這口氣。

「按兵馬使的意思是，靖安要維持穩定，就不能拿下這些犯事的蠻子，畢竟他們不屬於大邯子民，大邯律法無權約束。」

賀毓秀看罷信，揉成團扔到地上。「如此維安，只會助長胡人氣焰，漢人和胡人若想共處，必然要有嚴謹的律法，不得偏頗任何一方。」

晏節自然對此也是心知肚明，不由得嘆了口氣。「既是宿州的意思，我也只能將人放了。」他頓了頓。「先生，四娘，此事我自會另有應對，總是要對那些死難者做個解釋的。」

晏雉疑惑地看著他，卻見兄長淺笑搖頭，不願明說。

一直沈默的燕鸛，此刻突然出了聲。「阿瑾的腿，可是好不了了？」自晏瑾出事後，他一人做兩人事，白天忙著在城中奔忙，夜裡洗漱後也沒力氣做別的事，往往倒下即睡。眼下得知宿州方面的意思，不由得替晏瑾覺得委屈。

「許是好不了了。」晏節嘆氣道：「雖然掉在樹上撿回來一條命，腿骨到底傷得厲害，日後，至多只能做些文職，城中奔忙的事，已不適合。」
晏節的話說到這，已經是極其清楚地表示了晏瑾之後的路充滿了艱辛，晏雉越聽越覺得那些蠻子不可原諒，臉色十分難看。

這日，縣衙的牢門打開了。
那夥蠻子被放出牢，大搖大擺地往關外走。沿路的百姓雖聽說了幾日前酒樓殺人的事，也知道有夥蠻子在靖安城外劫了商隊，但沒人知道那些蠻子的長相，瞧見路上有這麼一群陌生的人，只是好奇地多打量了幾眼。
關外黃沙遍地，日頭西落，蠻子騎著馬在沙丘間緩緩朝著部落所在的綠洲行去。
風吹黃沙揚，沙丘一座連著一座，蠻子們遮著臉，習以為常地繼續在風沙中前行，循著太陽西落的方向，一路向前，看似一切平靜。遠處，有沙狼的長嘯，蠻子們還來不及辨認聲音傳來的方向，一支羽箭飛來，刺穿了其中一人的胸膛，血花濺開，身軀笨重地栽下馬來。
領頭的蠻子用胡語大喊「什麼人」，緊張地向四面張望。一時間，幾個蠻子迅速調整隊伍，馬屁股向內，圍成一圈，每個人都盯著一個方向，生怕不知從何處又飛來羽箭。
沙丘後，忽地有人一躍而起，長弓連射幾箭，射倒了距離自己最近的幾個蠻子。
發現弓箭手方向後，蠻子們立刻驅趕馬匹揮刀砍向那人。
「別只看一個方向！」
他們才衝上沙丘，身後又傳來一道略顯嬌嫩的聲音，回頭的瞬間，又是幾箭射來。

那個嬌嫩聲音的主人身穿勁裝，坐在一匹棗紅色的駿馬背上，她彎弓搭箭，又是一箭快如閃電射出，當即又有一人中箭落馬。

「殺人償命，別想輕易離開。」

還活著的蠻子雖然聽不懂這兩人的話，但眼色還是有的，當即知道這是來報仇的。他們分成兩隊，揮刀砍向那一前一後的兩人。

沙丘上的男人棄弓，一把奪過砍過來的刀，反手一橫，當胸砍中一個蠻子，狠狠一腳將人踹在地上打了幾個滾才徹底斷了氣。

那一邊，看似柔弱的少女，卻是一箭連著一箭，不知是故意還是沒射中目標，飛出的羽箭大多射中蠻子的肩頭和腿。

慌亂中，不少蠻子跌下馬，被受驚的馬匹狠狠踢中胸腹，雖沒死，卻也是吐了好些血。蠻子們大喊了一聲，須彌當即喊道：「他們要拚死一搏了！」

晏雉應聲。「那就看他們搏不搏得了了！」

「哈哈，三人圍剿，還怕他們插了翅膀飛走不成！」

屠三來得最晚，手裡拿著的刀卻是最大的，當即將幾個蠻子的胳膊砍斷。「小娘子推算的極是，這夥人要回部落，必然要經過這裡。」

晏雉唇角一彎，眼神卻依舊冷凝。「那男子是死有餘辜，可這夥人也不是什麼好貨色，他們如果只是因為那人欠債，只須告知縣衙，大哥自然會為他們主持公道，萬不該前一刻才建議他們去縣衙，後一刻就跑去官道上劫商。」

她搭弓射箭，又是射中一人肩頭。「阿蘇身上的傷，阿瑾的腿，還有蘇家商隊被殺的人跟丟失的貨品，任何一樣都該讓這些人嚐到苦頭。」她最後一箭，射在一人腰腹。「舅舅想要放了他們，好啊，大哥的確是放了他們，可他們死在關外，關外多蠻寇，興許是招惹到了什麼人，所以才被殺的吧。」

等最後幾個活口死在須彌和屠三刀下，晏雉低頭，撫了撫馬脖子上的鬃毛，低聲道：「回去吧。」

他們此番出來半路截殺蠻子，用的是胡人常用的兵刃，就連晏雉的弓箭，也並非是她平日用的。三人丟下刀弓，騎上馬，雙腿一夾馬腹，拔足疾奔。

關外黃沙揚起，漸漸將那向著靖安城而去的長長馬蹄印蓋住。

第十九章 暫別離

半個月後，蘇家商隊再次啟程。

臨行前，蘇寶珠站在晏瑾房門外苦求，卻始終沒能見到他一面，不由得靠在晏雉的肩頭抽泣，直到商隊來人催促，這才被丫鬟扶上回程的馬車。

晏雉安撫她。「妳安心回東籬，阿瑾這邊我們會照顧好他的，妳別操心。」

蘇寶珠抹抹眼淚，有些不捨。「妳同他說，就說我在東籬等著晏家來提親，就算……就算不來，我也一直等著。及笄的時候，如果他還不來娶我，我就私奔來找他。」

晏雉愣了愣，知道蘇寶珠這是認定晏瑾了，心裡一時五味雜陳。晏瑾的確是個好的，可如今瘸了腿，蘇家興許會反悔，畢竟兩家如今尚未訂下親。只是……晏雉想起那夜偶爾撞見晏瑾咬牙練習走路時吃力的模樣，心裡明白，他的壓力到底有多大。

「回去吧。」晏雉想了想，到底還是笑道：「他會想明白的，妳不用等太久的。」

商隊緩緩出發，不一會兒，站在城門外，已經看不見蹤影了。晏雉轉身，一抬眼，卻怔在了那裡。

「阿瑾？」晏雉遲疑地看了看騎在馬背上臉色蒼白的晏瑾，又看了看一側牽馬的須彌，終究還是嘆了口氣。「你心裡既然放不下，為何不早些來？阿蘇她……她見不到你，哭了。」

晏瑾臉色變了變，低下頭。「回去了。」他握住韁繩，調轉馬頭。

須彌鬆了手，掃了眼身後跟來的家僕，那家僕趕緊牽過馬繩，送晏瑾回縣衙。

「他怕拖累了阿蘇。」

晏雉的聲音有些無奈。須彌低頭，看著還不到自己肩頭的晏雉，沈聲道：「在蘇小娘子的眼裡，救命之恩重如山。」

晏雉怔住。

是了，在蘇寶珠眼裡，晏瑾是救命恩人，並非是心儀的愛人，她年紀還小，興許還根本不懂情愛，這一離別，天高地遠，也許再見的時候，早就忘記了這時候的情深意重。

那麼她呢？

晏雉忍不住抬頭去看須彌。

身側的青年低著頭，依舊是面無表情的臉，高挺的鼻梁，硬朗的臉龐，琉璃色的雙眸卻有著溫柔的目光。

晏雉經常想問，會不會有一天，這分溫柔會因為另一人的出現離她遠去；可想起前世無妻無妾的東海王，晏雉幾次將這話吞回肚中。

就讓她多奢望幾年，奢望須彌這一生依舊不會因為什麼人動了情念，就這樣陪在自己身邊就好，永遠不要走開。

「四娘。」

也許是看懂了晏雉眼底的神色，須彌忽然伸手，想要撫上她蹙起的眉頭，卻又猶豫著，將抬起的手緩緩放下。

「四娘，妳再等等我。」

晏雉看著他。

「三日後，我將隨軍前往硫原殺蠻，這一去，也許一、兩年後方可回來。」他的聲音意外地有些發抖。「妳別嫁人，等我回來。」

這是第一次，第一次聽到須彌直白地將壓在心底的話說出口，那一瞬間，晏雉的心登時撲通撲通狂跳了起來，所有曾經有過的遲疑都被一掃而空。遲來的情愫，陌生地席捲四肢，漫上心頭，她愣愣地看著眼前的須彌，水霧漸漸遮住視野。

再沒有什麼，比自己所喜歡的人也喜歡著自己更美好的事了。

儘管，晏雉不止一次地問自己，是不是錯覺。可是當錯覺成真，須彌說出那句話的時候，她已經顧不上去詢問什麼，滿心滿眼只有一個想法：答應他。

她也的確答應了。

眼淚情不自禁，撲簌簌地往下落，晏雉捂著嘴，抽泣著重重點頭。

被晏雉帶人殺死在關外的蠻子，聽說讓部落的人找到時，屍骨已經被沙狼啃食得連致命的部位在哪都看不出來了。那部落的胡人將能找到的屍骨帶回族中安葬，之後也曾派人來靖安，在得知縣衙早已按照治所之令，將人放出城，失望地回了部落。

「這件事，四娘做得急了。」

晏節頭疼地嘆了口氣。

賀毓秀捋著鬍子，難得附和道：「她有心為親友報仇，也仔細進行了謀劃，只是不曾知會你，確實有些急躁了。」

「她心裡大概是怨著我的。」晏節哭笑不得地敲了敲桌子。「自那日之後，她就不曾來過書房，即便是議事，也拿陪蘇家小娘子當藉口推託開了。這兩日，更是和須彌同進同出，分明是故意氣我。」

「你怎知四娘和須彌同進同出就是氣你了？」

「這……」

賀毓秀的話，結結實實將晏節問住了。

「你心裡清楚，再過幾日就要開拔了，硫原不是靖安，硫原的那些蠻子不是幾下就能被打出關外，須彌這一走，不定要幾年時間才能回來。」賀毓秀微微瞇起眼，打開的半扇窗外，還能看見走過的主僕兩人。「等他從硫原回來，四娘大概也及笄了，到時候就定下來吧。」

「先生……」

「我想，你比我清楚，這人非池中物，早晚是有大出息的。胡漢混血又怎樣，奴隸出身又如何，晏家本就不是什麼百年世家，難不成還看不透這點身分差距？這人日後能帶來的潑天富貴，並能蓋過這裡所有的人；更何況，」賀毓秀笑。「這人自出現起，便奉四娘為主，這些年來從不見二心，這樣的人，何愁日後會辜負四娘。」

分別的日子，很快就來到了。

自從入了定遠將軍麾下後，除了休沐外，晏雉便不許須彌再給自己守夜；然而在今晚，儘管第二天清晨，須彌就要跟上開拔的軍隊，奔赴正被蠻子騷擾的硫原城，晏雉卻也沒再阻止他守在門外。

今晚本該是慈姑輪值，晏雉卻將人勸走，自己一人留在屋內，愣愣地坐在床沿上。窗外的月亮又大又圓，月光透過窗子灑到屋內地上，她站起身，掀開簾子走到外室。

隔著門，須彌站在門外廊下，月光中，猶如挺拔的松柏，頂天立地。

「早些睡吧。」晏雉到底有些不忍心。「明早就要開拔了。」

「不礙事。」須彌輕描淡寫地說：「我在這裡守著，妳睡吧。」

晏雉說：「這裡的守衛比從前在滎安的時候好多了，你不必……」

「我想再為妳守一晚。」

須彌的話一出，晏雉便不再言語了。她低頭，抵著門扉。「你會回來的，我等你回來。」

她話音落，似乎有什麼力道正壓在門扉上，忙抬起頭去看，卻見門上的影子高大挺拔，隱隱約約能看見他抬起一隻手，正按在門上。

「最多兩年，我就掙得軍功，回來娶妳。」

兩年之後，晏雉十四歲了，等訂了親事，過了流程，差不多也該十五及笄，正好可以出嫁。

其實更早出嫁，晏雉不是沒有經歷過，可那段回憶，對她來說並不是什麼幸福的過往，那個掀了她頭上喜帕的男人，當時用一種極度嫌惡的目光打量著她。

她猛地打開門。

門外，須彌似乎有些吃驚。

「我不求軍功。」晏雉的聲音有些啞。「你能回來就好。」

儘管重生過一回，可在晏雉記憶裡，關於東海王的所有消息，都僅僅是在他被封為異姓王後的內容。須彌在成為東海王前，曾經經歷過什麼，晏雉不知道；受過怎樣的苦難，晏雉也不知道；她更不知道，在從奴隸一步一步走到東海王這個位置的途中，他是不是曾經受過重傷，是不是曾命懸一線。

這些事，晏雉這幾日一直翻來覆去地在想。到了此刻，什麼軍功，什麼異姓王，都比不上他完好無缺地回來。

「別的我什麼都不求，你只要好好回來，這就夠了。」

須彌認真地看著晏雉，答道：「我要娶妳，便不會讓妳日後受了委屈。我會好好回來，軍功也會帶回來。」

他抬手，撫上了晏雉的臉頰，俯下身，在她額頭上，溫柔地落下一個吻。

儘管有些出格，卻美好得讓彼此都將這個吻，藏在了心裡。

嘉佑三年，七月。

皇帝晏駕，太子曙即位，改國號治平。

治平初年，十月。

因為新帝登基，大邯朝與邊境幾個胡人部族的關係變得緊張起來；不光是關外諸國和部族開始躁動，朝堂中黨羽之爭也越發激烈起來，似乎所有人都沒有將這位從驪王身邊過繼來的新帝，放在眼裡。

治平初年，十一月。

硫原蠻叛，與關外胡人勾結，企圖攻城掠地。因其勢凶猛，硫原司馬與定遠將軍曹赫聯合急奏朝廷，請求兵力支援。朝廷討論應對之法，新帝屬意攻打，卻遭到滿朝文武的反對，無奈下旨，命硫原城戒約兵將，勿與爭鋒。

治平初年，十一月末，朝廷下急詔，命定遠將軍棄城安蠻。

十二月，硫原城破，退兵至歸州。

治平二年，硫原蠻攻打歸州，將在外，不受軍令，定遠將軍遂率三萬曹家軍與原硫原城軍民、歸州守軍鎮守歸州。

同年，北胡勾結大邯屬國鹿粽，率兵攻打居安關，居安關只要攻破，便可輕易攻入靖安。

這一年，晏雉十四了。

關外的黃昏，日頭落在漠上，光線熾烈。有匹棗紅色的駿馬從居安關外疾奔入內，馬背上坐著個面容俊秀的少年，一身碧色勁裝，背後負一箭囊。

少年生著一雙漂亮的眼睛，入關時還朝著衛兵笑了笑。

從居安關到靖安，不過一炷香的工夫，少年來去如風，很快就又入了靖安城。

守城的衛兵看到少年，還有些愣神，卻聽得少年回身大喊了一句。「守好城門，不得鬆懈！」

燕鸛正送人出了縣衙，一抬眼，就瞧見一匹駿馬疾奔而來，少年勒馬揚踏，在人前停下，四蹄兜轉間，一雙眼已將燕鸛身側的人打量了仔細。

「四娘回來了。」

「嗯。」

因為要出關，晏雉便扮作小郎君的模樣。她與晏節模樣上本就有三分相像，如今作了男裝，看著更像了。

見她翻身下馬，燕鸛上前牽過馬繩。「這位，是從歸州來的陳副尉。」

一提起歸州，晏雉的神色就變了，忙問：「歸州如今境況如何？」

陳副尉道：「硫原城破後，歸州一直嚴防，那群胡人雖不時侵擾，倒是沒強攻，只是這安穩日子定然過不了多久。」

「朝廷……還是不願反擊？」

新帝登基已經一年多，朝中黨羽之爭卻是越演越烈，主戰派和保和派成天在朝中唇槍舌戰，新帝雖屬意攻打，奈何主戰派勢單力薄，被保和派壓得嚴實。硫原城已破，須彌跟著定遠將軍曹赫退兵歸州，也不知如何了。

陳副尉顯然沒料到這跟前女扮男裝的小娘子，竟還知曉朝廷政事，稍稍有些遲疑，見燕鸝點頭，這才應道：「是。小娘子若是擔心元副尉，不妨寫信，在下自會為小娘子帶到。」

須彌在曹赫身旁一年有餘，硫原城雖破，他身上卻已有軍功，曹赫為其討封賞時，問他可有全名。

須彌一名，雖有佛門深意，卻到底並非正式的名字。曹赫原想為他取名，須彌卻婉拒，直言要寫信回靖安，問一問晏雉的意思，曹赫知道他的身世，便也由著他提筆寫下家書。幾日後，從靖安送回的家書上，晏雉清秀娟麗的字跡寫下一個他所熟悉的名字——元貅。

這是重生前，東海王的名諱，也是須彌當年參軍後，自己取的名字。

元乃始意，貅則是傳說中的猛獸，專食猛獸邪靈。

當年，東海王元貅驍勇善戰，威名遠揚。

而今，重活一世，不管是晏雉還是須彌，都將這個名字重新取用起來。

晏雉將寫好的信封好口，轉交陳副尉，托其將信帶給元貅。燕鸝忍不住說了句。「妳倒是光明正大，好在靖安民風開放，若是在奉元城，妳此番所為，豈不是要被人戳著脊梁骨數落許久？」

晏雉恭敬送陳副尉離開，回身笑道：「不過是封信，能被人數落什麼？」晏雉心裡清楚，這些年她的所作所為早已影響到了自己的名聲。無論是黎焉大水、滎安守城，還是和奴隸私交過密，背後嘀嘀咕咕的人從來不曾少過，她過去也曾注意過，但有些事，到了如今，已經沒了再看別人眼色行事的必要了。

燕鸛聞言，摸了摸後腦勺。「行了，從來都說不過妳。妳去關外做了什麼？」

「我去看看最近的綠洲水草如何。」

今年雨水少，城中挖了幾條深渠，又打了水井，才勉強保證了全靖安的灌溉和生活用水。

關外諸國這幾年時局也是十分動盪，好在與鄰近他國邦交仍在，不至於內訌還未解決，便冒頭試圖跟著攻破疏原的蠻子來打大邯。但那幾個胡人部落是看水草說話的，晏雉起早便騎馬出了城，一路到居安關，已經發覺河道枯竭的現象，和那年在關外截殺蠻子的時候相比，今年是真的缺水。

等出了居安關，晏雉心裡一沈，大呼不好。

關外雖黃沙滿地，但一直往前走本有幾個綠洲，因地方不大，除了漠上生活的動物時常前往飲水外，並無部落居住。然而晏雉騎馬將那幾個綠洲統統繞了一遍，看到的卻是因為河水枯竭而枯死的植被。

「如果再不下大雨，居安關外的胡人部落可能要鬧事了。」

燕鸛愣了愣，隨即反應過來。「關外……已經缺水得這麼嚴重了？」

晏雉點頭。「缺水，就連漠上的動物都在遷徙找水源，他們如果再不搶奪些糧食和水，只怕整個部落的人都要少掉一大半。」

晏雉的擔心並非毫無道理，歷朝歷代邊關的民族，除了帶有擴張領土目的的侵略外，多是為了搶奪糧食和物資的掠殺。

水草豐沛，糧食生產正常的情況下，只有入冬的時候，邊疆才會發生掠奪現象。自晏雉隨著晏節來到靖安以來，就曾在隆冬的時候聽說過幾次胡人闖過居安關，試圖搶掠的事。

如果再不下雨，只怕除了硫原遭難外，居安關附近一帶的百姓，尤其是他們靖安城，都會再遇大劫。

晏雉進了縣衙，正巧遇上阿桑，問了才知兄長招了眾人，正在議事。當下，晏雉也不回房間了，直接將箭囊和弓交給阿桑，徑直去找晏節。

晏雉進門的時候，正聽到晏節拍桌子的聲音。

「新帝當年仍是驪王世子的時候，不是說才學上佳，更是將驪王封地打理得妥妥當當嗎？如今已是登基的第二年，可所下的聖旨，一道比一道令人心寒，再這樣下去，就算蠻子不打進大邯，各個封地的王爺和世子，也要起兵造反了！」

晏雉一隻腳才邁進門，聽到此話登時愣住。

而後又聽賀毓秀道：「他既能入先帝慧眼，入主東宮，而後又登基稱帝，自然有他的才幹；只是九五之尊並非自由身，先帝去得太早，未能為東宮留下可用之人，新帝沒有左膀右臂，只能遭朝中老臣的要脅。」

「即便如此，也不能不戰而降，拱手將好好的硫原城送了出去！」

賀毓秀扭頭，見是晏雉進屋，重重嘆了口氣。「朝中的那些骯髒事，你不曾親眼見過。整個朝堂就如一盤棋，楚漢河界，你左我右，或是為民請命，或是謀一己私利，除了分不出黑和白外，哪有人是置身事外的。」

「新帝如今是帥，還是將？」

賀毓秀微微蹙眉，緩緩搖了搖頭。「非帥非將。他仍在觀望，似乎是還撐著一口氣在等什麼人。」

話說到此，不光是晏雉，就連晏節和晏瑾，此刻聞言也愣住了。

一個還沒養出左膀右臂的皇帝，在賀毓秀的口中，似乎早就在等一個可用之人。

見他們兄妹三人一臉茫然，賀毓秀捋了捋鬍子，哼了一聲。「原以為晏氏到你們這，出了幾個靈光的，卻原來仍是呆子。」他說著，指了指手邊空了的茶盞。晏雉趕緊上前，恭敬地給斟滿。

「待元小子回來，四娘妳問他便知。」

見先生提及元貅，晏雉有些不解，可也知道自家先生的脾氣，話既然只說了一半，另一半說好了要人問元貅，就絕無可能再從他那兒套出後半段的話來。

晏雉壓下疑惑，不再細問，只將自己一早出關後看到的境況，同三人仔細說了一番。

晏節聽罷，半晌不說話，末了，長嘆一聲。

晏雉道：「大哥，曹將軍出征硫原前，在靖安留了多少兵員？萬一真出事，可撐得住？」

晏節意味深長地看著晏雉，片刻後說：「不足五萬。」

晏雉說：「一旦外敵入侵，宿州那邊，舅舅能支援我們多少人？這五萬兵員屆時必然要守衛居安關，後續的兵員只能從宿州抽調。」

「大約可抽調十萬人。」晏節道：「只是這十萬人經不經用，卻是不知。」

一口氣抽調十萬人並不是件多容易的事，更何況月前才徵了次兵，此時調過來的兵員中，不知有多少新兵。

晏雉沈吟片刻，說：「這是黎民百姓的性命，舅舅應當不會胡來。」

晏節搖了搖頭。「誰也料不準，倘若真到了那一天，我們這位舅舅是不是會站在新帝那邊。」如果熊昊也是保和派，那麼極有可能在胡人入侵居安關的時候，會選擇放棄靖安。硫原城破，都可兵退歸州，如果居安關破，放棄靖安，退守宿州也是意料之中的事。

晏雉握了握拳。「這都是國土啊……」

十四歲的小娘子，與從前相比，身量見長，容貌也越發明豔，儘管一身男裝，卻再難掩蓋姿容。

晏節看著她，想了想，終究還是開了口。

「四娘，如果胡人入侵，這一回，妳帶著妳嫂嫂和驪兒先走。」晏節說：「這一次，妳不准再留下涉險。」

與靖安如今的風平浪靜截然不同，歸州這裡，所有人都警醒注視著周圍一切風吹草動。

硫原城原本是不會破的。

硫原城與靖安相似，都在邊關，胡人入侵頻繁，硫原司馬數度請旨抽調兵力，加固防守。先帝當時重病在床，由新立東宮太子曙監國，朝中幾位老臣幾次駁回太子的打算後，總算下旨抽調定遠將軍曹赫，守衛硫原。

曹赫本是先帝在世時，調至靖安鎮守居安關，如今抽調走，意味著居安關無大將，曹將軍心中著實有些擔心。只是當他到達硫原後，先帝晏駕，新帝登基，然後便發生了硫原蠻勾結關外胡人侵略叛離一事。

硫原城加上曹將軍帶來的軍隊，總共十幾萬兵員，與不足十萬的胡人陷入了古怪的僵局。其實只要有援軍，硫原城完全可以保下，然而朝廷竟然下旨棄城安蠻。看著那些無辜的百姓，硫原司馬不忍離開，願做使者，與對方和談；不想，待退兵至歸州後，噩耗傳來——硫原司馬作為使者，被斬殺於胡人主將營帳外。

乾燥的風吹過城樓，吹來散不去的沈重的血腥味。

陳副尉騎馬走進城門，一抬頭，就看見站在城樓上瞭望遠處的男人。「元副尉！」城樓上的男人低頭，黑色的盔甲折射著落日的餘暉。「有你的家書！」

那一瞬間，如果陳副尉沒收回目光，定然就能瞧見男人孤狼一般的眼神中，忽然綻放開的不一樣的神色。

如今在軍中，再沒比能收到家書更振奮人心的事了。能收到家書，便證明自己還活著，還有人在身後惦記著，也就更有勇氣和毅力守住這座城，打敗那些入侵的敵人。

輪休的時候，陳副尉將信交給了元貅，末了，伸手一拳捶在他的肩頭，笑道：「你小子，平日裡不聲不響的，原來早在靖安藏了個小娘子，還是靖安縣令的妹妹，看模樣倒是漂亮。」

陳副尉這一拳沒用多少力道，更多的不過是調笑他幾句。陳副尉是硫原司馬的人，棄城之後，硫原城的所有兵員轉調入曹赫麾下，因此他並不知元貅的身世，只知道眼前的元貅，雖官階不高，卻是曹將軍的左膀右臂之一，正是當年曹將軍還在靖安時收的人。

周圍的將士聽到陳副尉的話，紛紛湊上前來。常年當兵的人，對這些消息總是最感興趣，加上元貅在軍中一向不苟言笑，與人交際也不多，難得聽到可調笑的內容，自然不會放過。

元貅接過信，不去理睬周圍的騷動，轉身離開。

沒人知道，他拿信的那隻手在發燙。

從那年離開靖安後，元貅一直不曾得空回去一趟。一年多的時間裡，他對晏雉的思念從不間斷，兵退歸州後，更只能站在城樓上，聞著從硫原飄來的血腥味，想念靖安的生活。

然而，無論是前世還是今生，元貅都知道，他的轉機就在戰場上。

拆開的信裡，是晏雉閒暇時在沈宜的指導下，親手做的花箋，紙上的每一個字，都透著墨香。元貅捧著信，想著晏雉如今的模樣。

晏雉是臘月出生的，論年紀，今年臘月後理該及笄了。也不知如今的晏雉，會是什麼模樣，應該比他離開前再長高一些了，不知要過幾年才能長到他的肩膀高；也許還胖了一些，從前是因為太瘦了，所以才時常病倒，是該胖些才好。

信封裡一共是三張花箋，上頭滿滿都是情愫，幾乎能讓元鍬隔著信，看到晏雉究竟是用怎樣的一副表情寫下這些字，又是如何經歷了她在信中提及的每一件事。

看到晏雉說晏瑾的腿瘸了，蘇家的確有了悔意，卻拗不過蘇寶珠，到底還是和晏家訂了親時，元鍬忍不住彎了彎唇角；看到晏雉寫七夕賞月的時候，羨慕牛郎織女，元鍬的眼眶幾乎都要濕了。

信的最後，晏雉是這樣結尾的。

她說：「我還在等你，等你平安回來。」

最簡單，最樸素無華的一句話，卻在剎那間，讓元鍬的內心被填充得滿滿當當。

無論是過去，還是如今，他所有對女子的臆想，全部來自於晏雉。前世的晏雉，令人心疼，今生則讓人呵護，想要看著她一步一步茁壯成長，想要將她完完全全庇護在自己的羽翼之下……想要，想要抱一抱她，吻她的額頭、她的唇，告訴她，我終於找到妳了。

「靖安來的信？」

定遠將軍曹赫不知是何時從旁經過的，瞧見元鍬坐在一截木頭墩子上看信，不由得問了句。

元鍬握著信，緩緩點了頭。

曹赫笑道：「有人掛念著你，這是件好事。」說完，臉色又變得肅穆起來。「還不知要在歸州城裡躲多久，你們的家人想必都等急了。」

元貅說：「將軍，朝廷若是仍舊下詔棄城安蠻，我們還退兵嗎？」

曹赫凝神看著他。「不退了，就是拚了這條命，我也不退了。」

元貅不語，少頃低沈的聲音響起。「元貅願隨侍在將軍左右。」

曹赫哈哈大笑，目光中透著欣賞，抬手拍了拍元貅的肩膀。「你是個好的，要不然晏縣令家的小娘子也不會看上你。」他說著，目光轉向那幾張花箋，又道：「晏小娘子願意寫這封信，毫不避諱地讓陳副尉送來給你，便是為了你將名聲置於腦後了，這分深情厚誼，須彌，你萬不能辜負了她。」

元貅嗯了聲，抬手將花箋摺好塞進懷裡。曹赫說：「軍中已經許久沒來過家書了，等會兒那群小子們興許會纏著你追問這信上的內容，說的話粗了些，你且當耳旁風，別記在心裡。」

元貅點頭。「我知道。」

「那晏小娘子過了年就該十五了吧？」

「臘月及笄，就十五了。」

曹赫心道怪不得，這眼看著已經深秋，再過幾個月可不就是臘月了，十五歲的小娘子，及笄之後就該嫁人了。

在晏雉的信送到歸州的同時，東籬的家書也送到了靖安。

送信的家僕是晏昄身邊如今最得力的人，劍眉星眼，模樣端正，呈上家書的動作，也規規矩矩的，挑不出毛病來。

晏節知道，這幾年熊氏和晏畈一直在肅清晏府上下不淨的家風，如今管姨娘身邊那些得力的下人一律被發賣到別處。

晏畈更是親自挑選了幾個容貌乾淨，看著老實本分的丫鬟給管姨娘使喚，管姨娘身邊的青玉和水晶早已被他請熊氏配了人家，如今都不在管姨娘身邊了。

至於管姨娘肚子裡懷的那塊肉，足月後落地，管姨娘氣還沒喘勻忙問穩婆是男是女，不想，卻是個小娘子。

管姨娘為此當場暈了過去，之後醒來更是悲痛難耐，還是熊氏帶著乳娘將孩子抱走親自養育。

在從前的家書中，晏節早已得知，他這個么妹如今只認嫡母，不識生母。管姨娘雖後來幡然悔悟，想要將孩子要回去，五娘已經會認人了，牙牙學語只要嫡母抱。

管姨娘悔不當初，也曾向晏畈求助，不想唯一的兒子，對她也是萬分失望，只抱著五娘搖了搖頭。

現在在東籬說起晏府，誰不知當家主母熊氏看著柔柔弱弱，實則厲害著，難得的是心胸極大，便是晏府名下這麼多的產業，也全數交給了庶出的二郎打理。

所有人都在等著看，看晏畈會不會有一天突然奪了晏府的大權，趁著大郎和四娘不在，將熊氏趕出府。

不過……晏節揚起眉。單從這封信上，晏畈那迫不及待想把全府的珍寶，都往四娘面前擺的架勢，趕走嫡母什麼的，根本不過是外人的胡想。

書房的門吱呀一聲開了。晏節見晏雉又是一身男裝，忍不住眉頭一皺。「妳又去了關外。」

晏雉搖頭。「只是去了趟居安關。」她往案前坐下。「嫂嫂說二哥來信了？」

晏節道：「嗯。二郎問妳幾時回東籬。」

「回去做什麼？」晏雉道：「可是府裡有什麼事？」

晏節屈指敲了敲桌面，懶懶道：「兩件事。」

晏雉側耳聽。

「這頭一件事，是妳二哥要成親了。」

晏雉當下笑吟吟地拍了手。「二哥同阮娘子訂親一年有餘，終於要成親了。可知定了幾時，我好備些賀禮命人送去。」

晏節哼了一聲。「別忙。」

晏雉吐舌。「二哥要成親是一事，那另一件事是什麼？」

「四娘，妳該及笄了。」

話音落下的一瞬間，晏雉臉上的笑容有些凝滯，半晌才又重新浮起。「是了，再過幾個月，我可不就要十五了。」

晏節自然知道她心裡所想，難免要嘆上一口氣。「二郎的意思是，母親近日一直在給妳準備及笄禮，卻絲毫不提讓妳回東籬一事，想來是怕妳想起不愉快的事。」

他頓了頓，勸道：「母親即便不說，心裡還是盼著妳能回去的。四娘，妳便回去看看吧，順便看下五娘，二郎在信裡說，母親疼愛五娘，全是因後悔當年不曾好好撫養過妳。」晏雉低著頭，不知在想些什麼。晏節知曉她的脾氣，不能硬來，便也不再說話，只是將手中的家書放在了她的面前。

墨香鑽進鼻中，晏雉在沈默了很久後，終於點了頭。

出城那天，靖安城中秋風瑟瑟。縣衙的人都知道小娘子今日要回東籬了，雖說只是暫時，可想著原先熱鬧的府衙要冷清上好久，不由得都有些捨不得。

同行的還有沈宜、晏驌以及晏瑾。晏節原本屬意讓晏雉把屠三也帶上，她卻搖頭不肯，說屠三護送自己回東籬，是大材小用了。晏節無法，只好將府中的護衛多撥了幾人隨行。

縣衙外已經備好了車，車伕是晏節身邊的阿桑，後頭的幾輛裝著賀禮的馬車各由一個忠僕駕著。

縣衙眾人一路送馬車到了城門口，晏節與城門口的衛兵打好招呼後，又走到車前，對晏雉道：「這一路上，不管外頭遇見了什麼，妳都不許多管閒事，只准安安穩穩地回東籬。」

晏雉掀開車簾，正色道：「大哥，我記住了。」她這一回出門，別說身邊的人不是元貅，只要一想起同行的人裡，還有沈宜母子倆跟晏瑾，她便不會再動別的心思。

該交代的都交代了，晏節退後一步，命阿桑駕車出發。晏雉掀了車簾向後張望，心底不知為何卻生出了一絲不安。

「在想什麼？」沈宜母子與她同車，瞧見晏雉放下車簾後一臉凝重，忍不住問道。

晏雉道：「在想大哥。」

沈宜掩唇笑。「還沒走遠，怎地就想他了？」

晏雉開了馬車前窗，搖頭道：「沒什麼。」她總不好在沈宜面前說擔心晏節會出事吧，既然心裡不安，何苦多一人擔心。

「途經宿州時，可要去拜見舅舅？」

沈宜從不過問晏、熊兩家的事，只知道大郎和四娘似乎跟這位舅舅並不投緣，知晏節喊熊昊一聲舅舅，不過是看在熊氏和晏雉的面上；可馬車既然要從宿州過，若是不去拜見長輩，總是說不過去。

不想，她話音才落，晏雉卻搖了頭。「不必了。」

前幾日才從燕鸛那兒聽說，熊昊在宿州做這兵馬使，順帶給熊戊在宿州守軍中謀了個差事。此番若是去拜見熊昊，指不定就要碰見那對惹人煩的兄妹，倒不如眼不見為淨。

沈宜也不多言，只坐在車內小几前，督著晏驪讀書。

宿州城外的官道上，兩側的密林呼嘯著寒風。深秋的蕭瑟，帶著寒意，沿途並無什麼風景。馬車跑得飛快，車裡的幾人累了便睡，睡醒了或是在路邊的茶鋪停下買些水，或是靠著小几看書下棋，將無趣的時光消磨了不少。

馬車進了宿州城，緩緩穿過一條長街的時候，車門忽地被人抽了一鞭子，緊接著，是阿桑有些氣惱的聲音。「這位小郎君這般作為是為何，我家主子與你無冤無仇，何故往人車前甩鞭子？」

晏雉皺眉，以為是自家的馬車擋了道，惹人不快，正要出面道歉，卻聽到有個倨傲的聲音說道——

「誰說沒仇的？要不是我大哥提醒，我都沒認出來是晏家的車。」

這聲音……

晏雉稍有遲疑，外頭的聲音陡然拔高。「裡頭坐著的是誰？」

長街上本是人來人往，馬車停得久了必然會堵住路，晏雉聽到此，哪裡還猜不到車外之人是誰。

掀了車簾，晏雉彎腰走出，還沒來得及抬頭，一股風迎面而來，她隨即偏過身，「啪」的一下，馬鞭狠狠抽在車上。

「阿熊。」

晏雉站直了身子，看著坐在馬背上，一身郎君打扮的熊黛。

她與熊黛也有好些日子不見，哪裡想到這次再見，竟會是這麼一個場景。她身後的車裡還有沈宜母子倆，這幾鞭子下來，萬一熊黛抽中了趕車的馬，驚馬發起瘋來，又有幾人攔得下？

晏雉不由得捏了把冷汗。「此番本就有急事，過宿州未曾去舅舅府上拜見，是四娘的錯，煩勞阿熊同舅舅說一聲，就說待四娘回靖安時，再來拜見……」

「妳這張嘴總是說得好聽。」熊黛哼了一聲，扭頭對著身後道：「大哥，果真是她呢。」

晏雉直到此刻，才注意到熊黛身後不遠處的熊戊正騎著一匹馬往這邊過來。

熊戊比熊黛要識禮一些，又因聽聞了晏雉這幾年的作為，多少知道她並非是好惹的。瞧見熊黛一味挑釁，頗有些頭疼，儘管驅馬上前，他也不知該跟晏雉說些什麼。

然而，他找不到話，熊黛卻有的是興致，不等晏雉再開口，當即又是一鞭子甩了過去。

這一回，晏雉躲開後，不多費工夫，跳下馬車，一把將人從馬背上拽了下來。

熊黛被拽下馬背，嚇得尖叫。晏雉下手俐落，一手緊緊箍著她的手腕，另一手直接將她頭上的帽子摘了，一頭黑髮頃刻間垂下。

熊黛還沒回過神來，卻是「啪」的一巴掌，被晏雉狠狠甩在了臉上。

「玩笑莫要亂開，有時候，妳手上的鞭子事關人命。這一巴掌，就當是我代舅舅教育女兒的。」

見熊黛捂著臉呆愣愣地站在原地，晏雉掃了眼熊戊，遂收了手，轉身上車。

遠處，有家僕模樣的男子急匆匆趕來，站到熊戊面前，氣還沒緩，喘著氣道：「郎君……郎君，趕緊回府吧，出……出事了。」

晏雉本不想聽熊家的家務事，可緊接著傳進車裡的話，卻讓她猛然掀了簾子，再度站在車前。

「你再說一遍！」

那家僕被嚇了一跳，趕緊扭頭去看熊戊。

熊戊聽了之前的話，臉色已經變了，此刻聽到晏雉的問話，有些遲疑。

晏雉卻是不願罷手，死死盯著家僕。家僕無奈，撲通跪地，伏著身子回道：「北胡勾結鹿棕，率兵攻打居安關，如今……如今靖安舉城嚴防，已向宿州守軍請求調取兵員。」

他話音才落，晏雉已然掀了車簾，聲音自車內傳來。

「嫂嫂和驪兒速回東籬，阿桑照顧好他們，如若出了什麼意外，拿你是問！」

阿桑趕緊應了一聲，晏雉又跳下馬車，衣袖已捲起紮好，她背上揹著箭囊，一手握著弓，一手牽過熊黛的那匹馬，不等熊黛反應，已經翻身上馬。

「四娘！」

沈宜掀開車簾，朝著晏雉大喊了一聲。晏雉沒回頭，徑直驅馬走到晏瑾身前。

從熊家兄妹出現開始，他便走出了馬車一直看著，自然也聽到了那個消息。盯著向自己走來的晏雉，晏瑾說道：「我和妳一起回去……」

「阿瑾替我照顧好嫂嫂。」晏雉截下他的話，鄭重其事地囑咐道：「我要回去。雖然我回去了，不代表著居安關就沒事，也不代表著靖安城百分百能保下，但是多一個人，多一分力量，我要去幫大哥。」

「郎君囑咐過，無論發生什麼事，妳都不許多管閒事，只准安安穩穩回東籬！」

「可這不是閒事！」晏雉握緊馬韁，正色道：「大邯國境，寸土不得讓。」她頓了頓，握緊馬韁。「我只是想要為保家衛國，盡一分力，此外並無他想。」

末了，她輕輕一笑，眼中流過遺憾的光。「回頭到了東籬，阿瑾代我向二哥道個喜，就說下回我再親自補上厚禮；至於阿娘那邊，你若是得空，就和寶珠一起，幫我盡孝。」

晏雉的話說到這裡，已經聽得令人毛骨悚然。

想來是看晏瑾的臉色越發難看，晏雉後知後覺地哈哈笑起來。「別誤會。」她笑著擺了擺手，一臉鎮定。「我會活著的，大哥也會。」

她還要等一個人，所以，一定不會有事。

第二十章　共戰袍

夜色如墨般濃黑，靖安城城樓上，晏節遠眺居安關，已能輕易看見那邊的火光。

居安關……怕是要守不住了。

晏節左右的衛兵，此刻看著遠處隱隱約約的火光，都有些不安地望著他。

晏節握了握拳。「以守住靖安城為第一要務，北胡和鹿棕的兵馬再強盛，只要我們守住城門，就能撐到宿州調兵。」

「幸好，四娘他們離開得早……」

燕鸛急匆匆上樓。「靖安守軍已經全部到位。」

賀毓秀瞇起眼。「周司馬呢？」

晏節回道：「北胡勾結鹿棕攻打居安關時，周司馬已經先一步去了關口。」

晏節回頭，又仔細吩咐身邊衛兵要將守住每個城門，若還有人不知情想要進城，須得好言勸阻請他們離開。

幾個衛兵各自領命散去，留了晏節、賀毓秀還有燕鸛仍在城樓之上。

「這一仗，終究還是開打了。」

良久的沈默後，是賀毓秀長長的嘆息。

治平二年十一月，居安關破。

此番攻城，北胡與鹿棕兵力共計十萬，居安關兵員六萬，只千餘活口。

天明。

火藥在城門上炸開，城門外，廝殺聲震耳欲聾。

「郎君！」屠三手舞大刀，將一個順著梯子爬上城牆的北胡蠻子砍下一邊胳膊，回頭大吼。

「無妨！」晏節滿身是血，一手握著弓箭，一手扶著無力地靠在他身前的衛兵，掌心下滿是黏稠的鮮血。方才如果不是這個衛兵反應極快地將他護住，那火藥就要炸在他的身上了。

他將人放下，探了探鼻息，重重嘆了口氣。

底下又傳來一陣胡語大喊，而後，弩箭四飛，衛兵們登時亮起盾牌抵擋。

晏節抹掉面上的汗。「放箭！」

剎那間，盾牌放下，一撥弓箭手齊齊上前，對準城牆下的蠻子毫不猶豫地鬆手。

一時間，城牆下慘叫四起，奈何弩箭雖利，卻也不能箭箭中的。

「縣令！」有衛兵隊長大吼。「這裡危險，縣令還是先回衙吧！」

「如何能回！」晏節咆哮。

定遠將軍留下的兵員不足四萬，為能守住居安關，他與周司馬商定，調了兩萬人去支援居安關；不想，六萬兵員，竟然幾乎全軍覆沒，全數折在了關口，也未能擋住北胡和鹿棕的勢力。想起分別前，一臉無畏的周司馬，晏節明白，他必然也已經戰死在居安關了。

「郎君若是不走，他們定然還要分神保護你。」屠三喊道，揮刀又將一人砍下梯子，末了還呸了一聲。「奶奶的，這群蠻子！」

靖安守軍如今全數不足四萬，面對的是經過居安關一役後，還有八萬餘人的蠻子兵馬，對雙方來說，隔開城裡和城外兩個世界的這堵門，就是最後的關鍵。

靖安守軍雖驍勇，但死傷仍不可計數。

屠三大吼一聲。「郎君先回去，興許宿州那邊來消息了！」

「宿州不會派人來了。」

屠三一怔。「郎君……」

蠻子攻打居安關的消息，在戰事初始就命人去宿州報信，請求調兵了，直到現在，不僅沒看到前來支援的兵力，更是連報信的人都沒回來，晏節心裡明白，熊昊和宿州刺史這是打算避而不談了。或許，在他們心中，守住宿州城，比幫助靖安大退蠻子更重要。

「絕對不能鬆懈，即便是死，也要戰死在這裡！」晏節咬牙，雙目赤紅。

天亮的時候，蠻子發動了更加猛烈的攻勢。

晏節登上城牆，弓箭手正在朝下放箭，手持盾牌的衛兵將他團團圍住。定遠將軍曹赫麾下一員大將，自曹赫赴硫原後便頂替其位鎮守靖安，此刻見晏節過來，便道：「這次第攻城的勢頭有些猛，晏縣令還是回縣衙等候消息的好。」

晏節沒有回答，反而推開了身側的衛兵，與弓箭手一起，連發數箭，射中幾個正往梯子上爬的蠻子，箭箭矢無虛發，目標直指他們的眼睛。

第二波的攻勢的確很猛，蠻子人多勢眾，幾乎是前仆後繼地往前衝，不知疲憊，靖安守軍漸漸有些吃不消了，然而所有的弟兄們仍在拚死拚活，只為了守住身後還留在城中的那些百姓。

晏節忽然扔下手中弓箭，猛地朝旁邊撲過去，將一人推開。屠三聽到聲音回頭，怔在原地——一個蠻子不知何時從牆角架了梯子爬到了城牆上，一刀揮下，刀鋒劃過晏節的臉頰，卻又被晏節一把抓住手腕，順勢卸下長刀，反手一下，割斷了喉嚨。

割破的喉嚨鮮血噴濺的同時，身後是一聲大喊。

「大哥！」

晏節下意識回頭，一支羽箭擦著臉頰飛過。已經被割破了喉嚨的蠻子，像一隻中了箭的大鳥，從城牆上摔落下去。

眼前是鮮紅的血，遮住了所有的視線，晏節努力辨認，認出了匆匆向自己奔來的那張面孔。

「四娘……」

靖安城外，第二波蠻子的攻城暫歇。

晏節被急匆匆送回縣衙。自從居安關被破，現在整個靖安城中，誰不知道晏縣令有多拚命，在看見縣令滿臉血污，被人扶著回縣衙，很多人都提心吊膽起來。有膽大的跑到縣衙門口詢問，守門的幾個衙差，這時候卻是守口如瓶。
內衙裡，一條條沾染血跡的棉布被人從房間裡捧了出來。
「大夫，我大哥他怎樣了？」
晏雉緊張地抓著老大夫的衣袖。
「刀傷從顴骨一路劃到面頰，差點就要割到眼睛，幸好堪堪避過，不然就要瞎了一隻眼了。」
老大夫說著，低頭趕緊開上藥方。阿桑紅著眼眶接過方子，二話不說跑出門去抓藥。晏雉又抓著老大夫詢問了一些注意事項，這才囑咐阿羿將人送回軍營。
晏節躺在床上，左眼蒙著紗布，臉色蒼白。等到屋子裡的人都走了，晏雉這才繞過屏風，一眼看見了整齊擺放在衣架上的鎧甲，上面的血污很重，肅殺之氣撲面而來。
「為什麼回來？」
晏節突然開口。
晏雉走到床邊，往腳踏上坐下。「在宿州的時候聽說了居安關破的事，我不放心，所以回來了。」
「妳有什麼好不放心的。」晏節道：「至多不過是一死，為了滿城百姓戰死，也算是對得起先祖成信侯的威名了。」
晏雉靜了片刻。「大哥就不想看著驪兒長大，也不想知道嫂嫂這回懷的是小郎君還是小娘子？」

晏節顯然一愣。「她……懷孕了？」

晏雉笑了起來，眼角掛著淚。「我瞧著像極了當初懷驪兒時的模樣。大哥，你不能有事，嫂嫂他們母子三人還要你照顧呢。」

「那妳呢？」晏節不悅道，他一隻眼睛如今被紗布蒙著，只能稍稍側了側身子，拿右眼瞪她。「母親一直盼著妳能回去，二郎和三郎也分外想妳……家裡還有五娘，五娘日後還要靠妳照拂，妳回來，萬一出事怎麼辦？」他頓了頓，有些氣惱。「妳以為，憑己之力，就能救下整座靖安城？」

晏雉自然不敢誇下這樣的海口，只是想起元貅，心下底氣便足了。「我還沒嫁，一定不會有事的。」

在第三波攻城開始前，晏雉去了趟軍營。居安關破，守城的將士幾乎全軍覆沒，活下來的千人也大多身負重傷。軍營中，目光所及的地方，全是觸目驚心的景象。

傷員太多，營帳都有些難以收納。秋末冬初，不少傷員被無奈地安置在露天場所，晏雉在營帳中穿梭，鞋面都沾上了血。有不認識她的將士一邊捂著傷口，一邊朝她大喊。「這裡是軍營，為什麼會有小娘子在這——」

「那是靖安縣令的妹妹！」一名傷勢不算太重的裨將回吼。「據說……她曾經帶領榮安守軍，拿下了企圖入侵的蠻子。」

「不是說晏縣令早有防備……」

「當時的晏縣令被新任蘄州刺史叫去了黎焉，並不在城中。」

幾名認得晏雉的守軍終於在營中找到她，急忙跑到跟前。「四娘。」

晏雉轉身。為了行動方便，珠釵、羅裙、雲袖，她統統去掉了，身上穿的是最便捷的勁裝，背上的箭囊裝滿了羽箭。

「宿州方面仍然沒有消息嗎？」

「是……」

「那麼……營中糧草還剩多少，能支撐多久？」

守將有些猶豫，互相看了看。「營中糧草大約還夠支撐十餘日……」

「不肯派兵，那就發糧！」晏雉甩手，說：「營帳不夠，就去縣衙領，若是還不夠，將傷兵送進城；兵員已經不夠了，不能再因為傷勢太重或者沒有好好養傷而折損了。」

這些事，本不該由晏雉來管，只是如今晏節負傷，賀毓秀和燕鸛各有忙碌的事，能分出神來管事的，只餘下了她。

晏雉寫了一式雙份的文書向宿州請求調糧，一份再度命人送往宿州府衙，另一份則找了將士騎上能日行千里的良駒，不惜一切代價，徑直送往奉元城。

然而，直到第三波蠻子開始攻城，糧草和兵馬一樣，依舊沒能調來。

「沒有糧草。」從宿州回來的將士神色凝重。「兵馬使說宿州的糧草不夠，戶部至今還未撥糧，所以……」

燕鸛火了，拿著手裡的冊子大罵。「沒有糧草、沒有兵員，宿州是打算放任蠻子攻進居安關後，又攻破靖安！不如索性降城……」

不合時宜的話被晏雉攔了下來。「當年靖安鸞叛，攻入宿州，宿州百姓幾乎被屠殺殆盡，靖安不能破，更不能降城。」

燕鸛哽住。「我也知道，可是沒有糧草，沒有兵員，我們……」

「那就死守。」賀毓秀的話一錘定音。

晏雉回頭，看著身後淡然品茗的先生，稍稍平了氣。「我們會死守下來。」她抬眼，目光中帶著從未有過的寒意。「但是那些置我們於不顧的人，我也絕不會放過。」

賀毓秀這些年從未教與晏雉無用的東西，她也向來不學亂七八糟的。因著脾氣不差，旁人對她的印象素來都是一個文文靜靜的小娘子，直到黎焉大水、榮安遇鸞開始，晏家四娘的印象，才漸漸轉變為一個行事雷厲風行，十分獨特的人。

誰也不會想到，在死守靖安城的同時，一封封陳情書連同奏疏一起，被人八百里加急送到了新帝的案前。

頭一封陳情書寫得聲淚俱下，盡表忠心；之後的幾封，言辭逐漸犀利，隱隱帶了惱意，卻依舊畢恭畢敬，看到最後，已然是將宿州兵馬使熊昊累累罪行彰顯其上。

其實也不光是熊昊，掌管糧草的戶部、掌管兵將的兵部，也遭到了彈劾。奏疏的末尾，署名「晏四」。

靖安城遭到北胡和鹿棕攻擊的同時，歸州亦是遭到重創，而曹赫，更是戰死沙場。

曹赫本是不用死的，蠻子攻城前，其首領帶著兵馬在城下叫陣，表示可以和談，曹赫心繫百姓，沈思片刻，便點頭應允。

雙方的人馬在城門外對峙，卻談不攏條件——蠻子要求曹赫帶著兵馬退出歸州，並將歸州與周邊幾個縣全數劃分到他們手中，每年還要向其繳納歲銀。

曹赫哪裡肯應，又因麾下將士的倉促迎擊，不得已拚死一戰。城上守軍本想開城門讓曹赫回城，不料卻被擔心蠻子乘勢入城的曹赫怒罵，只好眼睜睜看著城外的同袍悉數被蠻子殘忍殺害；而曹赫，更是雙臂難敵八方，不幸腹背受敵，被蠻子首領斬殺馬下。

因為曹赫之死，軍中氣勢低迷，守城的衛兵更是因為看到城外烹煮同袍的場景，情緒近乎崩潰。

「都提起精神來！」元貅得訊，騎著馬直接奔上城牆。秋末冬初的風帶著擋不住的寒意，將士身上的盔甲透著冰冷，他的面龐此刻卻被城牆上的火盆燒得滾燙。「將軍戰死，你們如果因為怕了，讓這群蠻子乘機攻入歸州城，將軍泉下有知，一定不能安心！」

他看著城外的篝火，一簇又一簇，不時還有胡人的歌謠傳過來。篝火旁滾著幾顆人頭，還有盔甲和兵刃被人扔在一邊，曹赫的頭顱，就掛在蠻子的戰旗上。

曹將軍之於他，有如恩師。恩師遭人殺害，這個仇，他必報。

「豈曰無衣？與子同袍……」

衛兵中，有個怯弱的聲音開始唱。

元貅循聲看去，是個看起來不過十來歲模樣的少年兵士，穿著並不合身的盔甲，眼眶蓄著淚。他愣了愣，終於想起少年的身分來——被蠻子斬殺帳前的硫原司馬之子。

少年郎的聲音帶著悲痛，卻帶起了第二個、第三個和更多的聲音，開始一同唱起這一曲《無衣》來，一時間，城牆之內滿是大邯兒郎們不屈的歌聲。

「豈曰無衣？與子同袍。王於興師，修我戈矛。與子同仇！
豈曰無衣？與子同澤。王於興師，修我矛戟。與子偕作！
豈曰無衣？與子同裳。王於興師，修我甲兵。與子偕行！」

晏雉站在城樓上居高臨下向下看，身後的箭囊已經空了好幾回，可城下的這些蠻子，一波接著一波，似乎永無止境。已經記不住這是第幾波攻城了。

「四娘。」賀毓秀的聲音響起。

城中的百姓已經被安排出城避難了，賀毓秀回衙的時候得知晏雉已經在城樓上守了好幾天，忙趕來找她。

晏雉回頭，雙眼通紅。「先生。」

賀毓秀往前走了兩步。「回去睡一覺，妳已經連著好幾日沒合過眼了。」

晏雉搖頭。「我不能走，這裡如果沒個人留下打氣，我怕都會撐不住。」

賀毓秀看著她，難得皺起了眉頭。「戰場的局勢千變萬化，妳如果因為精神不濟，不能立即做出正確的判斷，即便這些將士如今都心甘情願聽妳調令，屆時也只能喪命於此。回去睡一覺，養足精神再來。」

晏雉嗯了聲。她其實已經被折騰得很累了，拉弓的時候，自己也清楚地感覺到胳膊使不上力氣。

「從陳情書和奏疏送出城至今，已經過去多久了？」

阿桑低頭回話。「有十餘日了。」

「先生，」晏雉忽然笑道：「你曾說為官者為民，可為什麼有的人，要做官，心裡卻容不下這些民，甚至寧可割城，也不願出兵派糧協助呢？派的明明是朝廷的糧，出的也不是他的私兵，為什麼要作壁上觀？」

望著月夜下仍舊不停進攻的蠻子，賀毓秀捋了捋鬍子，嘆氣道：「大抵有的人，從來不是為民做官，而是為己。」

晏雉到底還是沒能好好睡上一覺。

她回衙躺下不足一盞茶的時辰，就又聽到了外頭的喧鬧聲。推開門才知，從奉元城來了十萬兵員和大量糧草。

這十萬大軍對靖安城來說，至關重要，更不用說那些糧草——百姓們逃難前，將不能帶走的許多糧食都堆到了縣衙門前，更有廚子拍著胸脯說自己打不了仗但是煮得了飯於是留下；儘管如此，在糧草送來前，守軍們已經有一天多沒有吃過任何東西了。

戰馬不能殺。晏雉只得將家中幾匹馬牽出來，命廚子殺了煮幾鍋肉湯分給所有將士，其中就有一匹是她常騎著四處跑，最為喜愛的棗紅馬。

沒人知道，她一回頭就掉了眼淚。

「四娘。」

晏雉回身，看到晏節一身盔甲向自己走來，月光下，他的左眼還蒙著。晏雉知道，那道猙獰的傷口已經結痂了。

晏節的傷並沒好全，但為了守城，在床上躺了不過一日，便再也躺不住，任誰勸都沒用。無奈被晏雉狠狠砸了杯子，這才答應不冒險上城門，卻一直在城中忙碌著。

「大哥。」晏雉往前幾步。「援軍來了！」

「嗯，援軍來了。」

他話音未落，卻見晏雉呆呆地站了一會兒，而後捂著臉蹲下，雙肩不住聳動，地上很快就有了一小灘水漬。他蹲下，溫柔地將人攬進懷中，低聲笑道：「傻丫頭，我們撐住了，該高興才是。」

他如何不知道晏雉撐得有多累，這個本不該出現在戰場的小娘子，拋棄就在眼前的太平生活，一心奔赴危城，戎裝加身，只為了一起守住城池，只為了一句「寸土不能讓」。

她心裡積壓著的恐懼、難過和悲憤，幾乎是在一瞬間全部化作眼淚，爆發了出來。

晏節笑著，將人摟得更緊。

靖安城門在緊閉了許久之後，終於被笨重地打開，但是在所有蠻子見獵心喜的時候，城門後，大地震動，黑壓壓的邯朝大軍傾巢而出。蠻子們驚慌失措，如潮水般瘋狂地向後退去，之後的一切，就像是一場屠殺，慘叫聲在靖安城外的土地上遲遲未落。

天邊，翻出了魚肚白，鴉雀受驚一般密密麻麻飛過蒼穹。

不知過了多久，聲音終於靜了下來，難聞的血腥氣籠罩在城牆上，晏雉呆呆地看著黑壓壓的援軍鐵騎在屍山血海間來回踏步，眼淚不由自主地落下。

靖安城……守住了……

歸州城外一片山呼海喝，那些蠻子吃飽喝足後又接連進行了幾番攻擊。雙方都有死傷，然而最恐怖的卻不是死亡，而是死後落下城牆的屍體，無一不被這些人拖走分食，就連他們自己人都不放過。

天快亮的時候，休整夠了的蠻子又要起身整隊攻城，營帳掀開，龐大腰圓的首領邁著步子走向戰車。

他的前腳才邁上戰車，身後忽地就傳來了慘叫。

「什麼事？」首領扭頭，尚來不及看清發生了什麼事，一道黑影已在人群中砍殺數人，銀光一閃，橫刀劃過他的喉間。

在失去知覺前，他看到的是一雙冰冷的、琉璃色的眼睛，還有絲毫不陌生的胡語在他耳畔說道：「這是替曹將軍賞你的一刀。」

手起刀落，一顆頭顱在地上滾了幾圈，沾染塵灰，滿臉污髒。

戰鼓忽然響起，被首領之死震懾的蠻子們回過神來剛想撲向凶手，四面八方突然傳來大吼聲。只見一排箭雨刷刷而下，而後有大邯的騎兵策馬而來，手中長刀左右揮舞，緊接著又奔來步兵，視死如歸地衝向蠻子。

元緱翻身上馬，避過朝自己射來的箭矢，反手一刀砍斷一人脖子。血液濺了一身，他無暇擦拭，抓過馬背上的弓，架箭上弦，朝著旁邊就是一箭。此時身後有人握著木棍狠狠往馬腿上掄去，奔馬受驚，一腳踹在來人身上，元緱翻身下馬，轉身站定，手中的弓箭已瞄準了在地上打滾之人。

那人目眥盡裂，卻是一張不過十餘歲的少年面容，然而目光中的凶狠卻不容小覷。元緱眼睛一瞇，一箭直接將少年穿心射殺。

上了戰場，就絕無慈悲。

哪怕對方脫下那一身髒兮兮的戎裝，露出和四娘無二的身姿，也不能改變她手上沾染了無辜者鮮血的事實。

況且……

元緱反身，又是一箭，將人狠狠釘在樹幹上。

況且，如果是四娘遇到同樣的情況，這些蠻子也絕不會因為四娘是名女子，就生出慈悲之心。

慘叫聲在歸州城外的平原上空，長長久久地迴盪。

蠻子營地上的火光，映紅了天幕。丟兵卸甲的蠻子鬼哭狼號地逃竄，混亂中又有幾人被飛來的羽箭當胸穿過，大火連綿不絕，幾乎燒透了整個營地。

當一切歸於平靜的時候，蠻子的戰旗忽然被一刀砍斷旗杆，戰旗上懸著的頭顱隨之落下，被人穩穩當當地抱在懷中。

元貅的腳邊，是他慣用的兵刃，此時他的雙手正抱著滿臉血痕的頭顱，輕輕用手將亂髮理好，露出一張不屈的面容，而後，他將之高高舉起。

所有將士在那一瞬間，放下兵刃，單膝跪地。

歸州城外平原上，是黑壓壓的三千兵士，他們是自願跟隨元貅出城一戰，以命相搏。這些面對數量多出自己幾倍敵人都不曾膽怯哭泣的兒郎們，跪在屍山血海間，壓抑地哭出聲來。

「將軍！」他們喊。「末將恭迎將軍回城！」

治平二年冬，定遠將軍曹赫於歸州一役中不幸戰死，歸州危矣。後其麾下六品武將振威副尉元貅，領三千兵士，出其不意偷襲蠻營，斬蠻首，滅蠻兵。蠻兵大敗，退兵至硫原。

治平二年十二月初二，靖安大捷。

治平二年十二月初四，歸州大捷。

治平二年十二月二十六，居安關大捷。

治平二年除夕，硫原大捷。

至此，邊關歸於平靜，百姓漸次遷回。

京城的春雪化了，初昇的日頭慢慢爬上天邊，城中的草木上還覆著一層薄霜，陽光灑下來，不一會兒就消散了。城中市集上，百姓人來人往，車水馬龍，好不熱鬧。

城門開啟後，起早入城販賣新鮮蔬菜和牲畜的農戶接二連三的入了城。入城的長龍中，混了兩輛馬車，裝飾看著十分樸素，車上都懸了一塊銘牌，上頭鐫刻著一個小字——「晏」。

馬車還未到客棧，先行被人攔下。

「晏縣令，陛下有令，晏縣令進城後，須得馬上進宮面聖。」

晏節掀了車簾向外看，便見得一小隊羽林軍恭敬地站在車前，為首一人生得十分俊朗。

「可我兄妹兩人還未安頓下來，風塵僕僕，如何面聖？」

那武將抱了抱拳，說：「晏縣令儘管進宮便是，其他無妨。」

靖安戰事才平，百姓生活漸漸回歸正軌，一道聖旨被送到了晏家兄妹面前——皇帝召他們兄妹進宮面聖。

晏雉原本的打算，是在靖安城的事了結後就回東籬一趟，免得家人牽掛。只是才準備同兄長說這打算，聖旨迎面落下，晏雉瞬間就懵了，只好老老實實坐上馬車，跟著兄長往奉元城來。

至於靖安那邊，有先生和燕鸛在，倒是不必擔心政務。

如今馬車進了城，還沒下車喘口氣，又被羽林軍半路攔下引往皇宮。晏雉坐在馬車裡，重重地嘆了口氣。

晏雉其實並非是頭次進宮。

望著幾乎就要消失在記憶深處的宮門，晏雉深深吸了口氣，眼底的陰霾全數斂去，快走兩步跟上晏節。

那一年宮中酒宴，她還未得病，依舊能夠下床四處走動，也能與人正常往來。宮中設宴，為的是慶祝邊關大捷，同時也是為新封的東海王祝賀。那年的晏雉迫於無奈地跟著熊戊一起進宮，然而熊戊入宴後旋即消失不見，只留了她一人坐在席上，一面應對身旁的婦人，一面味同嚼蠟地吃著佳餚。

現在想起來，晏雉忍不住笑話自己的傻。怎麼就不乘機多看幾眼當年那位東海王呢，如果看了，是不是在那片雪地上就能一眼認出，自己救的這人是天生將才？

可事實上，晏雉卻十分滿意如今的一切。不知道他是東海王也挺好的，起碼從一開始，他們的相遇，就不曾帶有任何一分功利的目的。

皇宮坐北朝南，方方正正，皇宮的主人雖然會有變動，可無論龍椅上坐的是誰，這座宮殿從始至終都保持著不動如山的姿態。

這一路走來，看見最多的是宮中站崗的禁軍。大概是正在上朝，晏雉能看到的，除了禁軍便是宮女，至於那些大臣們，此時一個都沒瞧見。

晏雉跟在晏節身後，一路隨著領路宦官往正殿走。

大殿名為正陽，是歷朝歷代的皇帝舉行登基大典之地，也是平日文武百官議事的朝堂。恢弘壯麗的宮殿就佇立在眼前，儘管前世曾有幸見過一眼，這回晏雉仍舊在心底發出驚嘆。她不知道，在眼前的這座宮殿裡，正有一群人在等著他們。

踩上正陽殿前的臺階，看著臺階中央的巨大龍紋，晏雉收回視線，深呼吸，提起裙子，跟在晏節身後，在大殿前停下了腳步。

殿門敞開，殿內傳來宣召，晏雉低頭跟著晏節抬腿邁進大殿。

從他們兄妹兩人走進大殿起，晏雉便覺得周身打量自己的目光尤其多。她低著頭，相交的寬大衣袖下，雙手有些緊張地握在一起。

「晏卿。」皇帝的聲音聽著十分年輕。「朕等了你們好久。」

行禮罷，晏雉便微微低著頭，不言不語地站在一側。周圍的目光在她身上打量，卻也漸漸的，讓她冷靜了下來。

連蠻子都殺過了，還有什麼好讓她驚惶不安的。

晏雉不語，雙耳仔細捕捉皇帝跟晏節說的每一句話，順帶著，她也聽到了周圍的一些竊竊私語，不外乎是一些文臣武將，對她一個小娘子竟然跟著進正陽殿的事，表示了不理解。

有不理解的人，自然也有知道事情經過的，趁著皇帝不注意，壓低了聲音稍稍解釋了兩句。

「晏卿，令妹的事，朕也已經聽說了。朕御書房的書案上，至今還躺著晏四上表的幾封陳情書，言辭悲切中，難掩犀利；朕以為，倒是可以留下，日後命太傅給朕的皇子、公主們好好上上課。」

晏雉聽到這話，隨即福身行了一禮。「陛下，民女迫於無奈，才逾矩地上表了這陳情書。兄長此前已訓斥過民女，民女自知有罪，還請陛下寬恕。」

「罪？何來的罪？」皇帝笑道。他話音才落，有宦官匆匆進殿，在皇帝身側的宦官耳邊低語了幾句。那宦官隨即向皇帝行禮。「陛下，元副尉來了。」

在聽到皇帝說「宣」的那一瞬，晏雉忍不住想要轉身去看著殿外。

靖安和歸州遇襲的日子沒差幾日，消息一度中斷，後又漸漸傳來，晏雉自然知道在歸州究竟發生了什麼事。

歸州大捷，硫原大捷，蠻子戰敗求和……這場戰爭，以無數人的鮮血劃上了最後的休止。算日子，也是該他們班師回朝的時候了。

這支以曹家軍為首的邯朝大軍，浩浩蕩蕩地橫跨各州，回到皇都奉元城。

晏雉到底沒能忍住。在殿外傳來整齊劃一的腳步聲的那一刻，她回過頭，怦怦直跳的心，在看清那群黑甲將士的瞬間，忽然生出淒涼。

眼前進殿的將士，身穿黑色鎧甲，臂膀處纏著白色絹布，分列三個縱隊，腳步整齊沈穩地落下。隊伍的最前面，身形異常高大的男子，雙手鄭重地抱著一個朱漆楠木盒子。

正陽殿內，在刹那間，四下寂靜，唯有殿外還有鳥啼聲傳來。

沒有諫官在這時候跳出來大聲呵斥，詢問將士們怎麼敢纏著白色絹布進殿，更沒有人問那楠木盒子裡裝的究竟是什麼。

無聲無息間，元綝舉著盒子跪下。

「鏗鏘」一片鎧甲碰撞的聲響後，是將士們整齊劃一的下跪聲。

「回來就好。」

皇帝從龍椅上站起，走下臺階，親自相迎，更是伸手從元綝手中接過了楠木盒子。

他打開盒子，盒子裡，露出了一張意料之中的臉——定遠將軍曹赫。

事後元綝找來藥材，煎煮成水，一點一點為曹赫擦拭掉臉上血污，是以這顆人頭，才能保持完好，一路送回宮中。

「朕對曹將軍，多有愧疚……」

皇帝說完話，眼眶已經紅了。如若不是他太無能，又怎麼會讓曹赫先讓硫原，後葬身歸州。定遠將軍曹赫，大邯威名遠播的將軍之一，如今只剩這一顆頭顱，還能讓人想起他一向堅毅的目光。

「陛下節哀，曹將軍既已戰死，不如厚葬以告慰將軍的在天之靈。」

尚書令童聞出聲勸慰，不料，卻得了衛曙冷冷的一個注目。

「是了，節哀。曹將軍的在天之靈，一定會保佑我大邯朝，早日除盡奸佞，國泰民安。」衛曙冷笑，當初邊關的那一道道請求支援和糧草的奏疏，就是被他們這些人一而再、再而三地拋至一邊，儘管事後自稱疏忽於天下有愧，可到底心底是否有愧又有誰知道。

「傳朕旨意。」衛曙將盒子交還元綝，一甩衣袖，轉身回到龍椅坐下。「念靖安縣令晏節，振威副尉元綝，因守城有功，大敗敵兵，命晏節升任上州司馬知葦州，元綝任睿親王府典軍一職。餘下眾將，則各升一品，另賞黃金百兩，雲緞三疋，都回去好好陪陪家裡的父母妻兒吧，莫讓他們再掛心了。」

他話罷，轉而看向晏雉。

少女的眼眶通紅，似乎是忍著淚。

衛曙微微頷首。「晏四娘也立了大功，便賞妳黃金百兩，雲緞十疋，另賞你們兄妹一座院子，日後可將家人一併接到奉元來住。」

院子裡靜悄悄的，下人們輕著腳步在院子裡進進出出。

晏節走到門前，才想邁步進屋，又遲疑了會兒，到底還是回了身。阿桑有些不解，低聲問道：「阿郎怎地不進去？」這院子足足五進，他跟著主子前前後後走了一遍，到這屋反倒是不進去了？

「那兩人應當還在屋裡。」晏節哭笑不得道。

阿桑張大了嘴，「啊」了聲。「四娘和須……和元典軍？」元貅現在是親王府典軍了，手下管著百來號兵，加上，按照眼下的情況來看，他日後指不定是要娶四娘過門的，阿桑他們不敢再像從前那樣稱呼。

晏節想了想，指著裡頭道：「你偷偷進去瞧瞧他倆在做什麼。」

阿桑尷尬道：「阿郎，這……」

「還不去？」晏節用眼神表示。

阿桑低頭，輕手輕腳地往屋裡走，不一會兒就又退了出來。

「四娘在案前不知寫些什麼，元典軍在邊上給她磨墨呢。」

這倒是從前他們主僕兩人時常會做的事。只是，這麼久沒見，也不說些窩心的話，就這樣一人習字，一人磨墨？

屋裡的兩人，已經保持那樣的情景半個時辰了。

落在書案上攤開的紙上的筆墨，寫的是一篇經文。上面的字，從一開始的娟秀清麗，到後來的漸漸發顫，拿筆的手終於再也握不住。

「啪」一聲，淚珠落在紙上，暈開一個圓。

元貅穿著赭色的長袍，英姿煥發，整個人猶如一柄鋒利的劍，在擦淨身上的血後，露出的是比從前更加令人無法忽視的威勢。然而面對晏雉的眼淚，他就像入了鞘的劍，鋒芒不再。

「四娘。」他輕輕道，修長的手指動作輕柔地擦過晏雉的眼角。「我平安回來了。」

近兩年的時間沒有見過面，如今，面前的那個她已經是個漂亮的姑娘了。身量漸長，胸前起伏，腰身纖細，一顰一笑間，曾經的稚嫩已經褪去許多，更多的，是屬於這個年齡的少女，特有的風情。

無論是哭還是笑，都好看得讓人移不開視線。

十五了，該及笄了。

晏雉應了聲，抬頭，笑著摸了摸眼角的淚，心底卻止不住地心疼。

他瘦了。去硫原前，他明明還沒有這麼瘦，一轉眼再見的時候，竟然瘦得這樣令人心疼。想起先前在正陽殿，看見他手捧著裝有曹將軍頭顱的楠木盒子進殿的樣子，晏雉又忍不住想哭。

她這一生，是上蒼恩賜的一生。能重來一回，已經是最大的饋贈，卻沒承想，真正的饋贈，竟是讓她遇上了這個男人。她也曾經想過，如果重生一回注定也要嫁一個並不喜歡的男人，不如由她自己來挑。如今這個男人，算不算是她自己挑中的？

「等妳及笄，我們就成親。」元貅蹲下身，與她平視，粗糙的手掌撫過晏雉的臉頰。想起上面曾經沾過蠻子的血，他情不自禁摩挲了兩下。「以後，七夕我都陪妳賞月，妳再不必羡慕什麼一年只能見一回面的牛郎織女了。」

這大概是他能說的，最多的一句情話。從那封信開始，他不知在心裡說了多少遍，才能夠在此刻一開口，就這麼流利地說出來。

晏雉聽著，心底泛出暖意，唇角微抿，笑道：「好啊。」

元貅如今任睿親王府典軍一職。晏雉對這位親王陌生得很，不由得多問了幾句，元貅也不嫌煩，仔細將這一位親王同她說了說。

如今這位皇帝仍是驪王世子時，已有一妻一妾。正室羅氏如今已冊立皇后，膝下有一子一女，妾室曹氏冊立賢妃。賢妃比皇后早幾年生下子嗣，庶長子正是如今的睿親王衛禎，今年十四，雖未及冠，卻在皇帝登基後，早早封王立府。

「庶長子？」晏雉微愣。

「陛下登基後，因國喪，後宮並未增添妃嬪，如今宮中已有廣納妃嬪的意思，到時候，陛下的子嗣就不單單只有如今的幾個了。」元湫說著，頓了頓。「陛下對睿王爺十分看重，但大邯立嫡不立長。」

晏雉問：「睿王爺是長，但不是嫡。所以，為了能令皇后安心，同時保住睿王爺，陛下提早將王爺送出宮，另外立府？」

元湫點頭。

衛禎天資聰穎，但輸就輸在是賢妃所出，長幼遠遠比不過嫡庶。過去還是驪王世子的時候，嫡庶的差距只在於是否能立為世子，日後能否成為親王；但如今，這個差距，就成了太子和皇子、皇帝和王爺的差別。

即便衛曙再怎麼看重這個庶長子，也得讓羅皇后安下心來。

見晏雉若有所思地點了點頭，元湫又道：「睿親王府那裡，我過段日子再過去。要不要陪妳回東籬？」

第二十一章 晚及笄

出發那日，天不亮兄妹倆就起了。

晏雉走到府外，晏節已經站在馬車旁等著，兩人卻都還沒有上車的意思，反而轉首看著隔壁的院子。

皇帝賞賜的宅院在柳川胡同，隔壁的院子是他賞賜給別人的。

這個別人，正是元貅。

「那是……」

晏雉側頭吩咐宅院的管事管好家，聽到晏節疑惑的聲音，下意識地扭頭去看。

隔壁院子外，元貅一身赭衣，正低著頭和身側的少年說話。

少年的側顏看著有些面善，但更多的還是陌生。少年身材瘦削，個子也不太高，和元貅說話的時候必須抬著頭，但是看得出來，少年十分敬重元貅，一舉一動都帶著欽佩。

晏雉對奉元城的事並不瞭解，只是單看這少年的衣著打扮，多少也猜得出來，少年的出身並不差。

隱隱的，晏雉覺得，她大抵知道少年的身分了。

果不其然，等元貅帶著人走到他們面前站定的時候，晏雉聽到他喊少年「睿王爺」。

十四歲的睿親王衛禎，比晏雉的年紀還要小一些，兩人面對面站著，反倒是晏雉高了一截。

「妳就是晏四娘？」衛禎的聲音帶著笑。晏雉點了點頭。「聽說元大哥要跟你們一塊兒回東籬，孤可否也去看看？」

晏雉愣住。

「孤聽說東籬靠海，那裡盛產海鮮，風光也極好。父王曾說，這天下姓衛，孤身為大邯的王爺，即便不能走遍天下，但也不該一直只留在同一個地方。」衛禎笑著，又向晏節行了一禮。「晏司馬，孤可否隨行？」

算了算從奉元城到東籬的路程，兄妹倆理應今日便到。晏府眾人於是從清晨起，便一直在等著，眼看著太陽都要下山了，還不見人來，多少有些心焦。

正打算喊丫鬟去城門那兒看看，管家就滿頭是汗地奔到正廳稟報。「來了來了！大郎和四娘他們回來了！」

話音一落，廳內眾人頓覺精神一振，忙齊齊回頭看向熊氏。

熊氏不疾不徐地撥動手中佛珠。「去吧，等不及的，就去門口接接。」

晏畈和晏筠哎了一聲，帶著人就往門口去了。

熊氏閉眼，低聲唸了句阿彌陀佛，纏著佛珠的手，微微有些發抖。平安回來就好，回來就好……

門外，馬車陸續往晏府這邊過來，其中一輛馬車十分豪華，兩側更是有著身強力壯的護衛騎著馬隨行。

晏畈和晏筠還有些發愣，阿桑已經掀起車簾，扶著晏節下了馬車。

晏筠先是注意到許久不見的兄長，一母所出的血脈，總有著割捨不斷的特殊感情。他看見晏節似乎有些瘦了，想起從靖安傳回的消息，正要心疼。

又見後面的馬車車簾被一個身材高大的青年掀開，而後那人伸手，將彎腰下車的少女扶了下來。少女冰肌玉骨，眉目如畫，他定睛一看，不是四娘又是誰？

晏節看著身前的兩個弟弟，心底也是思緒萬千，想要道一聲「辛苦了」，卻又怕不合適。晏雉則微微屈膝，規規矩矩地行禮道：「二哥、三哥，四娘回來了。」

晏筠伸手托住晏雉的手肘，笑道：「本想問妳一路可是辛苦，但是瞧妳這副模樣，想來沒吃什麼苦。」他頓了頓，忍不住道：「母親一直掛心妳，回頭妳好好哄哄，別讓母親生妳的氣。」

晏雉忙應好。此刻後頭的馬車也下了人。兄弟兩人瞧見從馬車上下來的少年，一身石青長袍，腰繫錦帶，頭戴玉冠，雖看著年少，卻也有幾分儒雅俊朗，不由得將目光移向晏雉。

晏雉心知他們這是誤會了，不慌不忙地往元貅身邊靠了靠，兄弟兩人愣了愣神，緊接著就聽到晏節介紹那少年。

「這是睿親王。」

兩人吃了一驚，趕忙行禮。衛禎伸手虛托喊了聲免禮。

晏家並不知和兄妹倆回來的還有一位王爺，跪在院內相迎的丫鬟和僕從們當即都有些驚惶，還是管家很快鎮靜下來，先命眾人向衛禎行過禮後，再恭迎大郎和四娘回府，緊接著趕緊吩咐手下人另做準備。

衛禎倒也不在意這些，他本就是跟著晏氏兄妹出來體驗百姓生活的，進了晏府後，只覺得滿目都是新鮮。

元貅一路騎馬與晏雉的馬車並行，此刻進府，卻稍稍退後兩步，如從前還是奴隸時一般，緊緊跟在晏雉身後。晏節稍稍回頭看了他一眼，正好撞見晏雉回身言笑自如地同他說話的模樣。

十五歲的小娘子，穿著淺碧色的圓領錦緞小襖，袖子和衣襬上繡著嫩黃的摺紙木犀紋，下頭穿著淺色長裙，露出一雙穿著碧色凌雲緞的小錦鞋，一笑起來，模樣好看極了；若是再綰起髮髻，簪上簪子，模樣想必更顯嬌俏。

給晏暹請安後，晏雉直接去了熊氏那兒，一進門就瞧見阿娘正抱著個小娃娃。

「這是……五娘？」

粉裝玉琢的五娘容貌長得像管姨娘，一雙眼睛生得像晏暹，瞧見熊氏身邊站著個不認識的人，小眼睛滴溜溜的，立刻就滾下眼淚來，叫著要熊氏抱。

看著五娘，就想起生下五娘的那一對男女，晏雉忍不住蹙了蹙眉頭，問起這幾年府中的事來。

熊氏哭笑不得地輕輕拍著五娘的背。「剛開始還不安分，淨想著從二郎手裡拿點銀子出去喝花酒。五娘出生後，也不知道他哪裡來的錢，跑出去想給一個妓子贖身，買回來生兒子。三郎哭著跪在跟前，求妳阿爹給晏氏留點臉面，給他留點面子，別讓他在縣衙被人指指點點；二郎搬出晏氏的族老，把妳阿爹狠狠訓斥了一頓，總算是安分了一點。現跟管姨娘住在一個院子裡，沒什麼事的時候，絕不往我眼前湊。」

晏雉聽著有些心酸，誰知熊氏卻笑道：「他這樣，我心裡卻高興得很，只要你們兄妹倆別在外頭出什麼事，我便是夜裡睡著了，也是笑著的。」

晏雉心頭一顫，也顧不上五娘還在熊氏懷裡，湊過去把她倆一塊抱住，低聲答應。「女兒答應阿娘，日後再不涉險了。」

這話能信幾分，熊氏心裡十分明白，只是此刻不得不說暖心得很，遂笑著道：「嗯，回來就好。」

入夜，一頓接風家宴吃得十分高興。

兄弟三人好不容易再聚首，自然逃不掉酒水，衛禎年紀雖輕，卻也喝得了酒，加上一個元貅，五人足足喝掉了六罈美酒，最後醉醺醺地各自回房。

晏雉也喝了好些酒，回房的時候殷氏和慈姑她們早已備好了洗澡水，就等著伺候晏雉沐浴更衣，豆蔻卻是哭紅了眼睛，死活不肯過來。

家宴前晏雉其實已泡過熱水澡了，殷氏知道主子們在宴上肯定要吃酒的，這才又備了浴桶。見晏雉回來果真身上帶著濃濃的酒氣，毫不客氣地捲起袖子催她脫衣。

這衣服一脫，殷氏的眼眶紅了。

「奴婢就說豆蔻那丫頭，哪裡來的膽子這會兒死活不願過來伺候四娘。」殷氏忍不住抹了抹眼淚，哽咽道：「四娘這身上，怎地那麼多的傷？」

晏雉愣了愣，淨房裡設有一面銅鏡，她側過身看了看。銅鏡中少女花蕾般飽滿的身體上，隱隱約約還能看到一些傷疤。

身上的傷，晏雉從來沒和人說過，就連晏節她都瞞著，唯一知情的，可能就是當時在身邊伺候的小丫鬟，上藥的時候笨手笨腳，疼得她只能咬著帕子，才沒發出聲音。

「沒事的。」一眼看著殷氏和慈姑都哭了起來，晏雉有些手忙腳亂地安撫道：「只是騎馬的時候摔過幾次，不是刀劍傷的，別哭，真沒事。」

靖安守軍人數太少，只能靠死守，不能強攻。因此晏雉也一直都是待在城牆上，雖然也有幾次差點被箭矢射傷，但是好在避開了要害，身上穿的鎧甲也幫她擋了好幾回，所以實際上並沒受過什麼傷。

要說這身上留下的疤，的確是因為騎馬。

從宿州回靖安的路上，晏雉一人騎著快馬飛奔。馬是從熊黛手裡搶來的，脾氣像極了熊黛，都有些囂張跋扈，一路上沒少給她惹麻煩。

好幾回，晏雉生生從馬背上摔下來，運氣好的時候一隻腳還勾在馬鐙上，運氣不好的時候仰面摔倒，還差點要被那該死的馬蹄踩中，這些傷就是在那時候留下的。

好不容易把殷氏和慈姑都安撫好了，也沐浴更衣罷，晏雉準備上床休息。殷氏正要關門，看著門外廊下的背影，頓了頓，到底還是有些無奈地回頭喊了一聲。「四娘。」

晏雉在內室，隨口應了聲。

「那人在外面，四娘可要和他說幾句話？」

良久不見內室傳來聲響，殷氏還當他倆這幾年生分了，正要將門關上，忽然就聽見珠簾碰撞的聲音，回頭一看，可不是她家四娘披了外裳，從內室走了出來。

晏雉走到門口，見殷氏臉上掛著驚愕，唇角彎了彎，笑道：「我就回來，乳娘別擔心。」

廊下，元貅揹著手望天。

剛到疏原的時候，他得空最常做的事，便是望著月亮。每一次望著月亮，他都會在心裡想，四娘是不是也在看月亮，她看到的月亮和他看到的又是不是一個模樣。這麼想著，難以入眠的夜晚，便變得不再是煎熬。

這個習慣，其實前世的時候便已經存在。那時候夜裡望月，是因為沙場孤寂，他只能靠著月光打發漫長的夜，殺伐之後的疲倦，只有在月光下才能得到舒緩。因為每一次看見月亮，似乎都能瞧見心裡深藏著的那人的笑臉。

「須彌。」

聽到身後嬌嫩的聲音，元貅轉身。

少女披著及腰的長髮，裹著外裳就跑了出來。夜涼如水，元貅不做他想，解下身上的披風給她披上。

「你如今不是我的奴僕了，不必總這樣守著我。」晏雉緊了緊身上的披風。「我……阿娘說，五日後就為我行及笄禮。」

「我知道了。」

晏雉抬頭，見元貅絲毫不打算走，忍不住又催了催。「你早些回房歇息，這幾日你還得陪著睿王爺到處走走，夜裡就不必守著我了。」她說著伸手推了推他的手臂，不料卻被寬大的手掌握住了手腕。

掌心的熾熱，燙得晏雉頓時紅了臉。

「先帝還在世時，雖屬意還是驪王世子的陛下，但宮中勢力眾多，陛下根基尚淺，又不知朝堂風起雲湧，意欲稱帝的人比比皆是。我就給當時的陛下寫了半個月的書信，陛下膽大，相信了我這個不曾謀面的陌生人。等到陛下被冊立太子後，問我想要什麼賞賜，我說，我要一個人，但是不要賜婚，也不要別人的撮合。」

低沈的嗓音就在頭頂，晏雉覺得火燒感已從手腕蔓延到了兩頰。

「我說，我只想憑藉自己的能力，娶到自己喜歡的姑娘。陛下同意了，說只要我能娶到妳，便賜妳舉世無雙的身分；但是那天在正陽殿，見過妳之後，陛下說，妳已經用自己的勇敢，站到了其他女子望塵莫及的高度。」

晏雉咳嗽兩聲，稍稍掙扎了下，收回手使勁搧風。臉頰燙得要命，她覺得自己都快著火了。

「你從前可沒這麼多話！」

面前的男人從來都是不苟言笑，沈默寡言，做得永遠比說得多，可如今一次就能說好多話。明明說自己不擅說情話，卻說的每一句話，都讓晏雉覺得是在添柴火。

元貅低笑。「我有好多話想跟妳說，大概是因為太久沒見面了，藏了好多好多的話，之前又總找不到合適的時候跟妳聊聊。」

他一笑，晏雉便看呆了。

半晌，只覺得停留在自己身上的目光越來越灼熱，晏雉忍不住抬手捂在心口，生怕咚咚直跳的心不聽話地跳出嗓子。

她從前是不懂男女情愛的，跟熊戊在一起的那幾年，夫妻間的生活就像是任務，逼不得已地相處，從未體會過情投意合的滋味是怎樣。重生後，別人眼中早慧的自己，一直拚命投入學習，直到那次雪地的相遇，一切才發生了轉折。

他不在身邊的那些日子裡，她才知道，原來想念一個人是這樣一種感覺。看著月亮會想對方是不是也在賞月，吃著飯會想他能不能吃飽，甚至就連上街，看到那些身形有些相似的胡人，她都會忍不住在想他是胖了還是瘦了。

就像瘋魔了一般，想念他的沈默、可靠，想念他帶來的安全感，甚至忍不住會扳著手指數日子，一天、兩天、三天……離自己十五歲生日還有多遠。

如果不是居安關破，靖安遇難，這樣的日子，也許會陪著晏雉很久很久。

「快點回去休息吧。」晏雉輕輕道。

「嗯，就回去了。」元貅也輕輕道，卻絲毫沒有挪動下腳步，依舊站在原地，靜靜專注地看著她。

「我睏了，我要去睡了。」晏雉咬咬唇，紅著臉轉身要回房。她答應了兄長要注意點的，可不能又言而無信。

「嗯，我再待一會兒。」

明明是很正常的語氣，可聽著卻有些像央求。

男人的聲音一如既往的低沈，聽在晏雉的耳裡，不知為何帶了幾分纏綿曖昧。晏雉跺了跺腳，像是豁出去一般，一個轉身上前，抓著元貅的衣襟，將人拉下，自己踮腳湊近。

「唔！」

晏雉捂著嘴，這一回跑得比誰都快，徑直回房「砰」地關上了門。

廊下，元貅失笑地摸了摸磕出血來的嘴角。

晏雉及笄，晏府宴開百席，來的都是生意上有往來的人物。賓客中，衛禎的身分最為尊貴，所有人看到他都不由得要猜上幾分。

然而，當衛禎的身分曝光於人前的時候，所有人都怔在了原地——他竟然受人所託，上門來為元貅提親！

所託之人是誰？

自然是皇宮之中正陽殿龍椅上的那一位。

為誰提親？

為元貅提親。

「遵照古禮，若要下聘，必然要三媒六聘。父皇念元大哥這些年堅守邊關，清貧節儉，特地命我代為做這個媒人。這些，只是代元大哥向晏家提親，以聘貴府晏四娘為妻。」衛禎身後，陸陸續續進來不少人，將抬著的東西放到地上，堆得滿滿當當。

晏暹愣了愣，看著這些聘禮。「這……這……」

席間的竊竊私語，晏雉似乎根本沒能聽見。她只呆呆地看著這些東西，腦海裡滿滿都是嗡嗡聲，直到有人跪下，重重磕了一個頭。

晏雉回過神來，看著當著眾人面，向晏暹和熊氏下跪的元貅，嘴唇動了動，卻是一句話都說不出口。

從在雪地裡撿他回來開始，除了那日在正陽殿，向衛曙呈上曹將軍頭顱那次，晏雉鮮少看他向誰雙膝下跪過。

他沒有說太多的廢話，只是鄭重地向人叩首道：「元貅，求娶四娘。」

這門婚事，沒有回絕的餘地，更沒有理由。

儘管晏暹有諸多不滿，甚至想要將晏雉許給別人，卻擋不住為元貅撐腰的是一國之君。晏家第二日便對外說收下了那些聘禮，晏家四娘從此就是許了人家的人了。

令人覺得意外的是，在及笄禮後不久，宮裡又下了一道聖旨，皇帝直接給元貅選定了日子。

按照習俗，晏雉理該好生留在府中直到出閣。晏節即將赴葦州上任，更是盼著她好好留在家中，不必再東奔西跑，只是沒承想，賜婚的聖旨才到手沒幾天，宮裡又來了一道聖旨。

彼時，晏雉正女扮男裝，陪著衛禎在東籬城中閒逛，身側自然寸步不離地跟著元貅。等到三人回府，迎接他們的，卻是臉色有異的晏家人。

宮裡來的這道聖旨，不光是給晏節定了赴任的日子，還給晏筠一個校書郎的官職，命其擇日赴任；最重要的卻是晏雉——

十五歲的小娘子，因其聰明才智，成了公主的女先生。

「妳若是不願，我便替妳回了。」

元貅看著她，沈聲道。

晏雉搖頭，淡淡一笑。「不過是個女先生，還能比守城難嗎？」

她連屍山血海都見過了，又怎麼會害怕其他。

她笑著看了元貅一眼，柳眉微挑。「我能寫出陳情書，敢彈劾舅舅，就是做好了心理準備，打算打這一場硬仗的。」晏雉笑著屈指敲了敲桌面。「別的不說，陛下給三哥安排了校書郎的官職，這分人情晏家受了，自然就要再還別的。」

她這話，不敢跟熊氏講，是怕熊氏擔心，夜不成眠；可跟元貅說，卻是因了兩人同心。

「我不怕那些明爭暗鬥。」晏雉伸手，抓著元貅的袖子。「因為之前的事，大哥早決定不再將我帶在身邊；可要我像那些尋常人家的小娘子那般，老老實實地待在閨房裡，成天塗脂抹粉，操弄琴棋書畫，我卻是不行的。」

元貅低頭，手腕一動，順勢將她小巧的手握在掌心。

「我去奉元，給公主當女先生，也許遇到的人會很多，碰到的麻煩也不會少，但是我覺得，那些事都算不上什麼。」

經歷過上一世那樣無能為力的一生後，重活一世，再大的磨難，也是一種特殊的生活經歷，她不怕遇上，一點也不。

給公主當先生，這活其實並不簡單，可這話，元貅一時也無法同晏雉說仔細。在上一世，衛曙本就沒能登基，後來也只是跟個軍戶之女成了家，他的公主會是怎樣的脾氣，元貅說不清。只是如今在那後宮之中，能叫得上名號的公主，不過兩、三位，年紀最大的十二歲，年紀最小的才三歲多，正是不容易教好的年紀。

元貅並不能放心，可一想到晏雉若是去了奉元城，好歹他在身邊，多少也能照應到。

春日的奉元城，城中縱橫兩條內河，河岸兩旁柳綠桃紅，風一吹，柳枝輕揚，還有鳥雀叫著，從一棵樹上飛到另一棵。

城中縱橫交錯的街道上，人聲鼎沸。一輛馬車，自北向南，從崇賢坊柳川胡同出發，晃晃悠悠地往城外北山獵場駛去。

晏雉掀了車簾向外張望。

七日前，她的那位學生，尊貴的公主殿下，因不滿師從一個年紀與自己相仿的年輕小娘子，提出到北山獵場比試一議。她欣然答應，眼下正依約前往北山。

北山獵場在奉元城西面，大約二十多里遠的一座山上。雖然名為北山，卻並非因為位於北面而得名。此山算不得多險要，因是皇家獵場，山上林、水、溝、坎、谷樣樣地形皆有，便是動物，也有人專門管著。

臨近獵場，晏雉下車換馬，一直跑到山腳下，這才勒馬停下。

自從離開靖安後，她便鮮少再能像今日這般痛快地跑馬了；再加上如今胯下這一匹，是元貅前些日子從衛曙那兒得的賞賜，二話不說轉手便送給了她。如此良駒，如果只能關在馬廄裡，或者將鬃毛尾巴打起絡子，配上金馬鞍，叫個奴隸在馬前牽著轡繩一路慢走，豈不委屈了牠？

「先生這馬可真不錯。」

聽到三公主的聲音，晏雉側頭，笑著看向不遠處的她，摸了摸馬的鬃毛，說道：「這是陛下賞的寶馬良駒，自然不錯。」

三公主愣了一下，隨即冷笑。「明明是父皇賞給元……」

不等三公主把話說完，晏雉的目光已然越過她往背後看去了。

三公主朝身後的大道看了一眼，浩浩蕩蕩的羽林新衛，正朝這邊趕來，領頭的將士之中，最為顯眼的就是衛禎身旁那個混血的典軍。

然而晏雉卻一眼就看到了幾乎與元貅並駕齊驅的另一人。

這算不算是孽緣？

上輩子和這個人在一起的時候，她還只是個單純天真，甚至有些愚鈍的孩子，出嫁後受的那些委屈，沒有人能夠幫忙紓解，最後一顆心硬生生被磨得冰冷。

如今好不容易有了能夠讓她重新開始的人，卻偏偏走到哪，都能輕易地碰上這個人。

晏雉一臉寒霜，眼神冰冷地望著羽林軍的方向。三公主絲毫沒能察覺到晏雉的臉色，見衛禎帶著人跟上來了，當即道：「父皇、母后甚至皇兄總是誇先生，先生妳總歸是要讓人看看究竟有何本事。不如這樣，一炷香的時間，看我們誰能狩獵最多如何？若是先生贏了，日後我好好跟著先生讀書；若是先生輸了……哎，妳跑什麼？」

不等三公主說完話，晏雉已一夾馬肚，馬鞭一抽，當即跑出去好幾步。

衛禎上前，見晏雉已先一步騎馬離開，忙命羽林新衛在林中各地擔任護衛。羽林軍統領姓楊，在衛禎點頭後，當即對羽林新衛們吩咐下去，烏壓壓的羽林新衛穿著鎧甲袍服，胯下的馬前後踏著步，不時還有幾聲響鼻，似乎都等得有些焦急。

看著帶上幾名羽林新衛，騎馬上山的三妹妹，衛禎嘆了口氣。

大邯三公主單字一個姝，是皇帝和皇后捧在手心上的女兒。然而性子驕縱跋扈，衛禎即便不去問，也猜得出來這次的北山圍獵一定事先安排了什麼意外，因此他才執意要求跟來，只盼著這一路上沒有誰會出事。

想起最開始勸阻衛姝的時候聽到的抱怨，衛禎的心裡其實很不舒服，他一直在擔心衛姝的安全，可到頭來，竟還要被人在暗地裡埋怨。想起在奉元城時看到過的，晏家兄妹四人的感情交流，衛禎神情間有些恍惚，流露出羨慕。

他一個恍惚就聽見後面傳來了急促的馬蹄聲，遠遠的，聽到抱春高聲喝道：「什麼人？」

來人身著羽林新衛的鎧甲，聽到睿親王身前宦官的呵斥，趕緊勒馬停下，一聲「撲通」，已經從馬背上跳了下來。

「王爺！王爺！三公主遇到黑熊了！」

晏雉和元貅是在滿載而歸後才得知衛姝出事了的，然而令人意外的是，本以為會命喪熊口的衛姝被熊戊搭救，撿回一條命，而熊戊本人則為此廢了一條胳膊。

兩人趕到的時候，隨行的太醫正在給熊戊看傷。

熊戊的傷，傷在整條右手臂，自肩膀處往下，鮮血淋漓，被猛獸撕咬的肩膀，血肉模糊，看起來十分猙獰。

衛姝一個勁兒地哭，臉上的妝徹底化開了，可是任憑衛禎怎麼詢問，就是哭哭啼啼地說不出所以然來。

如何能說得出所以然？這黑熊本是衛姝為晏雉準備的，哪知竟會引到自己身上，如今她只能害怕得大哭，哪裡還說得出委屈。

她生性頑劣，又見不得父皇、母后時常在耳邊提及旁人的好，得知自己竟要稱年紀相仿的晏雉為先生，心中不忿，這才設下一局，想要給對方立個下馬威。哪知……她越想越氣，哭得不能自已。

三個月後，因為北山遇熊一事，整條右臂不能再握劍習武的熊戊，無奈離開了羽林軍。消息傳到了宮中衛姝的耳裡，這位任性的公主二話不說，偷溜出皇宮，直奔熊家，繼而又回到宮中，向皇帝懇求在朝中為熊戊謀個一官半職。

衛曙對熊戊另有安排，可衛姝似乎誤以為父皇是聽信了小人的讒言，先是在麒麟殿內發了好大一通脾氣後，直接對著皇后說非他不嫁的話。

皇后大驚失色。這熊戊，有妻有妾，雖還未生下子嗣，可房中的鶯鶯燕燕並不少，再加上熊戊本人官位低，其父熊昊又剛被晏氏彈劾，正是衛曙不願信任的人，哪能將皇后所出的公主下嫁給這樣的人……

然而，更令人吃驚的事，還在後面。

治平三年秋，熊昊進京，為長子熊戊，求聘三公主衛姝為妻。

皇帝以熊戊已有妻室為由拒絕，不料，三公主竟長跪正陽殿外不起，甚至當著散朝的文武百官面前，大喊腹中已有熊家骨肉。

滿朝俱驚。

皇帝遂招來御醫診脈，得知三公主當真身懷六甲，龍顏大怒。

「事情到了現在這個地步，該如何收場？」

晏雉將奉元城中所發生的事統統寫入信中，託人送去葦州。

元貅拿過豆蔻遞來的帕子，親自給晏雉擦手。「三公主年紀尚輕，做事莽撞不計後果。」

「我說她這幾個月，怎麼那麼積極地來我這兒讀書，原是拿出宮讀書做幌子，時常跑去熊府。」

晏雉低笑。「身懷六甲的公主，還未成親沒有駙馬的公主，才十二歲的公主。」

元貅不解。

晏雉掩唇輕笑，促狹道：「女子若癸水未至，是不能懷孕生子的。公主才十二歲，論理癸水未來。」她不是沒想過衛姝小小年紀就來癸水，只是從這幾個月的接觸來看，衛姝的懷孕，更像是一齣戲。

元貅聽懂了晏雉話裡的意思，眉頭蹙起。

他猶記得，前世的熊家因為熊昊的關係，在朝中具有極高的聲望，以至於當時的晏雉還未過世，熊家就與朝中重臣暗地裡訂下了親事，只等著人沒了，給熊戊續弦。這一世，晏雉沒有嫁進熊家，熊昊給長子娶的妻子，是朝中五品官的女兒，而現在，熊昊將兒媳的目標，定在三公主的身上。

「以熊家如今的地位，迎娶四品官的女兒也是對方低嫁了，想聘公主……」晏雉眯起眼。「熊家打的這個主意委實有些讓人看不起。」

北山那次的事，晏雉心底早有懷疑，那熊本是衛姝用來對付自己的，哪裡想到最後報應落在她身上。可是這「報應」，說到底不過是因為熊家從中作梗罷了，好一招螳螂捕蟬，黃雀在後，利用衛姝的天真跟驕縱，幾乎是用一種脅迫的方式求聘公主；如若不是因為知道三公主最得陛下跟皇后的疼愛，只怕熊家也不會有這個膽量。

不論熊家究竟是出於什麼目的，衛姝假懷孕的事，總歸是不能瞞上十個月的。

就在衛曙迫於無奈，無力地應允了這門婚事後不久，衛姝因為夜裡受驚，「流產」了。

不光如此，她更是哭喊著，說是有人故意下毒害她，話裡話外的目標都直指宮外。

沒多久，已經因為無所出而被休棄的熊戊原配，被種種證據指認為是整個家族合力買通了宮女和宦官，在三公主的飲食中下毒，為了報奪夫之恨。謀害皇族，是要誅滅九族的重罪，愛女心切的皇后哭喊著要衛曙將對方滿門抄斬。事到如今，看了那麼長的一齣戲，又有元鍬和衛禎的私下協助，衛曙哪裡還會不知道這其中到底有什麼貓膩。

只是看著疼愛的女兒變成這副模樣，衛曙如今已經無能為力。

「朕自登基以來，前有狼、後有虎，如今竟還被一個小小的熊家，拿疼愛的女兒挾持了。」正陽殿內，衛曙的聲音透著蒼涼。「朕當年還是驪王世子的時候，紛爭再多，又哪裡會有這些事。」

「父皇……」衛禎猶豫，不知該如何勸慰。

「陛下後悔了？」

元鍬的聲音，還是那樣的低沈，似乎從來沒有含著多少感情。

「不後悔。」衛曙笑著嘆了口氣。「朕不後悔當初按著你信上所說的計劃，一步一步入主東宮。」他頓了頓，似乎有些無可奈何跟愧疚。「只是覺得，朕是不是並不適合坐這個皇位，可太子未立……」

自登基以來，衛曙的龍椅坐得並不安穩。朝中勢力盤根錯節，老臣不服新君，加之內憂外患，他總覺得自己做皇帝的這幾年，漫長得像是過了一輩子。

「陛下既然不後悔，又何必懼怕一個熊家。」

衛曙愣住。

「熊家敢拿公主的事，脅迫陛下，就是知道陛下看重三公主。」元粼看著他，一字一句道：「三公主是下嫁，陛下只要記得這一點，就可以將熊家拿捏住，他們也無法站起來。」

這是晏雉的原話，元粼只是一字一句地轉述出來。

晏雉還說，熊家向來貪圖富貴，熊昊不是沒有本事，但熊戊不及父親，熊昊能為這個兒子做的，就是盡一切可能，給他謀劃出一條最好的路，和世族聯姻，就是其中之一；而今，跟皇室的聯姻，的確是給熊家添了一分助力，但也正是因為這點，衛曙可以將熊家緊緊盯住，只要熊家有任何逾矩的舉動，一個「結黨營私」的帽子扣下去，就足以將整個熊家拿下。

「是了，熊家既然敢拿朕的女兒當作要脅朕的籌碼，朕自然也能因勢利導，將他們緊緊握在手裡。」

這日談話後不久，整個奉元城都知道了，大邯三公主衛姝即將下嫁熊家嫡子。

治平三年冬，公主出嫁。

三公主下嫁的駙馬是熊戊，熊家在奉元勉強也算得上是名門，其父熊昊名聲在外，父子兩人在奉元城裡幾乎是人盡皆知。如果是從前，熊戊好歹也在羽林軍中謀有一職，可如今，熊戊已不是羽林軍，身無一官半職，如何配得上三公主。

有在朝為官的人家搖頭道：「即便是個白丁，只要是三公主喜歡的，陛下也沒法子，拗不過公主，只能許嫁。」

無論怎樣，衛姝出嫁了。

長長的陪嫁隊伍，自宮門而出。儀仗隊伍前，有幾十人手拿灑掃工具和鑲著金銀的水桶，一路清掃路面；在他們的身後，是奪人目光的數百頂轎子，抬轎的武官身穿紫衫，容貌俊朗；再後面，是珠翠金釵、華飾絹花滿頭，身著紅羅長衣坐在馬背上的幾十名宮女，最吸引人注意的，理應是被眾人簇擁著的轎子。

公主乘坐的轎子，鑲金裹銅，整個樑脊都是大紅色的，上頭排列著雲鳳圖紋的花朵。轎子四面垂掛著簾幔，因是冬日，簾幔有些厚，配著簾上的白色花紋，內裡的模樣並不容易看見。儘管沿途無數人都爭先恐後想要看一眼坐在轎子裡的三公主，但都被簾幔擋得嚴嚴實實。

在公主出嫁的儀仗中，還有一人，尤其顯眼。

睿親王衛禎，高坐馬背上，一身紫袍，面如冠玉，策馬走在轎子前。尚未娶妻的衛禎，是大邯這麼多年來，頭一位還未及冠，便已封王的皇子，百姓們對這位少年親王的好奇心之重，和對三公主的好奇不相上下。

見他策馬從身前經過，不少人紛紛議論，大多都是一些誇讚的話，風頭幾乎要蓋過公主出嫁。

晏雉靠著臨街的窗沿，目送出嫁的隊伍從樓下緩緩走過，隊伍的頭和尾延伸得像是一條長龍。

「三公主出嫁，看起來真熱鬧。」豆蔻有些羡慕地望著樓下。

「羨慕嗎？」晏雉看著，唇角微笑。「這面上的熱鬧，誰看著不羨慕？」可背地裡的那些是是非非，又會有多少人把它翻到陽光底下，任人指指點點。

豆蔻不解地看著晏雉。「四娘……」

晏雉回眸一笑，輕輕擺了擺手。「沒什麼，三公主的脾氣，嫁進熊家後，興許有好大一齣戲，可以讓我們看看。」

豆蔻不大懂那些彎彎曲曲的事，聞言愣了愣，再去看樓下，出嫁隊伍已經慢慢走遠了，遠遠的，還能瞧見三公主的那頂轎子，頂上鑲金的地方，在日光下，閃閃發亮。

熊戊原配姓姜，為表清白，姜氏投繯自縊，整個姜氏族人因為此事都受到了株連，朝中為官的不少人都慘遭貶官，就連經商的族人，也都受到了不同程度的影響。眼看著姜氏一族對皇室積怨，衛禎帶著元貅親自登門安撫，又為他們偷偷做了安排，這才為衛曙挽回了一些聲望。

然而儘管如此，朝中卻依舊有人拿著這樁事，三番五次上書衛曙，希望能將整個姜氏株連九族。

追根究柢，不過是因姜氏如今有一青年才俊，正受衛曙重用，日後也極有可能成為衛曙的左右手。

晏雉看著漸漸遠走，只剩下最末尾幾個黑甲兵士的出嫁隊伍，微微瞇起眼。

她昨日收到了兩封家書，一封來自東籬，另一封來自葦州。

晏雉看信才知，沈宜這一胎，懷得不大安生，因此晏節去葦州赴任的時候，並沒有讓沈宜跟著過去。沈宜懷胎五、六個月的時候，請來的老大夫一搭脈，當即就恭喜說這一胎是男孩，而且還是雙生兒，等到足月，沈宜在產房內疼了整整一天一夜，終於產下兩個男孩。

這個消息看得晏雉心頭一熱，握緊了家書。

另一封信是賀毓秀親手所書。信中提及兄長上任後在葦州所歷諸事，更是隱晦提及宮中風雲不測，提醒她儘早抽身。

先生的擔心，晏雉心裡清楚。先帝還在世的時候，奉元城的那些世族大多臣服，沒什麼大的動靜，畢竟先帝雖是繼承的皇位，卻也在馬背上實打實的，與關外那些小國蠻子們打過幾次硬仗。

可衛曙不同。

先帝當初要過繼衛曙的時候，這宮裡宮外多少反對的聲音，多少人在暗地裡折騰衛曙；如果不是有元貅在背後出謀劃策，幫著避過幾次難，這位年輕的皇帝，早該在還只是驪王世子的時候，就送了命。

如果是前世，也許她會選擇早早避開，只求安身立命。從前的她，不懂政務，畫地為牢，將自己禁錮在熊家的四方天地間；即便如此，卻也是在那個時候，就陸陸續續從下人口中，知道了熊家的狼子野心。

這一世……晏雉握緊了拳頭。即便救不了所有人，她也要保下晏家，不管這朝堂之上，如何風起雲湧，不管是否會內憂外患，她能做的，只有用這一雙手，庇護身邊的人。

第二十二章　怒氣揚

治平三年，入冬。

皇后所出的二皇子燁確立為太子，入主東宮。然而，就在二皇子確立太子後不久，就有人上書告發童家謀反。

童家乃是先帝髮妻童皇后的母家，當年因著皇后出自童家，童家子孫多少都受到了提拔，朝堂內外多少童家門客，一度到了隻手撐天的地步。童皇后過世後，童家在朝堂內外的勢力都受到了影響。

等到衛曙過繼為太子後，以尚書令童聞為首的童家勢力，開始在暗地裡蠢蠢欲動。

衛曙在正陽殿內召見了心腹，徵詢對此事的意見。

如今在衛曙面前正當紅的心腹，姓姜，單字葦，小字涉水，年紀極輕，看起來不過才二十出頭。衛曙言罷，姜葦便說：「童家狼子野心不容小覷，陛下不如趁此發兵。當年若無先帝，童家不過是葦州城中一個傳承了百年，卻只出過一、兩個進士的普通世家。陛下此時發兵，將童家那些忘恩負義的人全都捉拿歸案，想必先帝泉下有知也不會責怪陛下的！」

此時的正陽殿內，除開姜葦和其他的心腹外，衛禎已經藉口身體不適，留下元貅代為理事。衛曙聽完姜葦的意見，轉首又向元貅請教。他始終記得當初那幾封如有神助的書信，相信如今這事他也能拿出主意來。

衛曙其實並不敢對童家動手，童家在朝堂內外的影響力太大，牽一髮而動全身，只怕一旦真如姜葦所說發了兵，局勢就會一發不可收拾。

元𪶒卻一言不發，直到衛曙接二連三追問，他這才緩緩開了口。「彈劾童家的奏疏，可還有旁人知曉？」

衛曙道：「無人。」

「消息可有讓童家知曉？」

「應當還沒有。」

元𪶒沈默，良久之後，才道：「陛下如今手中握兵多少？」

兵權從來是個不容人忽視的大問題。

先帝在世時，兵權本就分散，其中就有一部分在童家手中。先帝當初倚重童家，也是因與童皇后感情深厚，這才能允許童家在朝堂內外塞了那麼多的門客。可等到先帝過世，衛曙登基，對童家的倚重自然而然地減少了，可分散出去的兵權，不是那麼容易收回的。

元𪶒自然知道兵權的問題。

不光是這一世的衛曙，即便是在前世，童家手中的兵權，就一直是個問題。擁兵自重，大概說的就是童家了。

衛曙是個聰明人，元𪶒的話，點到為止，可意思簡單明瞭。他不是不讓自己對付童家，只是在實力相較而言明顯輸給童家的當下，並不適合用強硬的手段收回兵權；更何況，僅僅依靠一道奏疏，想要借此拿下童家上下，也是不行的。

童家擁兵自重，意圖謀反的理由，不外乎是因為得知太子已定，而衛曙又不是一個昏庸的皇帝，這才打算挾太子為傀儡，好為童家世世代代謀福利，甚至……取而代之。

「童家全族皆在葦州，」姜葦忽然道：「臣聽聞葦州司馬晏節曾死守靖安，保下一方百姓，想來是位厲害的人物，不如陛下就下道密旨，命他在葦州監視童家，伺機拿下他們？」

一聽姜葦提及晏節，元貅的眉頭忍不住皺了下。

「以晏司馬的才智，拿下童家，應當不在話下。」姜葦胸有成竹道。

元貅看著跟前說話的年輕人，心下忽地就生出不喜來。

其實並非忽然不喜，他對姜葦的反感由來已久。此人在前世時，便是皇帝面前的一大佞臣，又因容貌清俊，甚至與那時候的皇帝有著一段令人不齒的關係。在那時候姜葦就一直不斷地在皇帝耳邊進讒言，一度令朝政混亂不堪，就連導致元貅喪命的那場戰爭，追根究柢，也是因為此人的不斷慫恿，才令皇帝決定與關外諸國開戰。

有這樣的過往在，元貅想對姜葦有好印象都難。

「童家的事，父皇怎麼說？」

元貅出宮後徑直去了奉元城外的馬場，衛禎正待在馬場裡調教剛從關外買回來的一匹野馬，見他策馬而來，問起了正陽殿內的事。

「陛下如今尚無決斷，但是有姜侍郎在，想必陛下很快就會改變主意。」

「姜葦？」

「姜侍郎的意思，是儘早用武力將童家人盡數捉拿，被我駁斥了。」

衛禎回頭，眉頭緊蹙。

元錰道：「可陛下默認了姜侍郎的另一個主意。」

「那個姜葦能有什麼主意？」

衛禎對姜葦的印象也並不好，實在是此人劣跡太多，卻因為長得好，一度被人遺忘。

「姜葦將此事，推給了晏節。」

「哈？」衛禎吃了一驚，忍不住大笑。「他倒是好主意。先不說那道奏疏上寫著的童家謀反是真是假，便是真的，此事也合該由父皇下詔六部，命六部官員合力徹查，而非他一個小小侍郎一句話，說生就生、說死就死的！

「再者，晏大哥只是一州司馬，何來那麼大的權力，去拿下童家！童家在葦州，有權有勢，如果真的擁兵自重，晏大哥的命是要白送出去了嗎？」

在東籬的日子，衛禎羨慕地看著晏家手足之間的親密相處，更是對晏節充滿了敬重。衛禎是長兄，只怕往後底下還會增添許多弟弟、妹妹，然而皇室子孫裡手足情誼向來淡薄得好似不存在，衛禎只能羨慕晏節，羨慕晏家的兄妹關係。因此，如果有人這時候敢推晏節出來做這吃力不討好的事，在他前面放著的還是個遮掩過的陷阱，衛禎無論如何，不會輕易饒過那個人。

「不管怎樣，姜侍郎的這個主意，陛下算是默認了。」

童家在葦州的勢力很大，面上看著似乎沒多大的影響力，可前面有尚書令童閩和寧遠將軍童瀚，童家人的腰桿子有多硬，可想而知；而晏節，一個商賈之家出身的司馬，沒有後臺，童家想對付他，簡直輕而易舉。

準備什麼？

「王爺。」元貅道：「早些做好準備吧。」

衛禎遲疑地望著元貅，那雙琉璃色的眼眸裡，流淌著陌生的神采。「你要我……」

元貅一字一句道：「童家會反，熊家也會。那個姜葦……需要當心。」

衛禎從來不過問元貅的私事，他直到現在所知道的關於元貅的事，大概就是元貅當年的奴隸身分和與晏雉的關係。

對衛禎而言，元貅就是一個渾身是秘密的奇才。

無論是當初對仍是世子的父皇提前預警，還是這幾年來所做的每一件事，元貅身上的秘密像滾雪球一樣，越來越大。

因此，衛禎一直小心謹慎，和他保持著最佳的距離。衛禎很清楚，眼前這個男人，有他自己的底線，跨過了那一條線，他一定會勃然大怒；就譬如，對默認了姜葦的主意，推出晏節的父皇。

「姜葦那人我會命人去調查。」衛禎如是道。他看了看元貅，續道：「元大哥可是要提醒晏小娘子？」

「我會找適當的時候，告訴四娘的。」

元貅原本的確有這個想法，可是此刻，與其將這事告訴晏雉，讓她勞心會發生在葦州的事，倒不如暫時瞞著。三公主出嫁後，三不五時便會邀她到熊府，一想起前世晏雉和熊家的過往，他就不願讓晏雉分出太多精神去管別的事，省得一不留神又被熊家坑害了。

他即將迎娶過門的妻子，從來都不是一個甘於人後的尋常女子，可這次，就請讓他以男人的身分，自私一回，自私地將這些事瞞著她。

深冬的天，陰沈沈的，有雪柳絮一般紛紛揚揚地從蒼穹飄落。馬場被皚皚的白雪，厚厚的覆蓋了一層。大部分的馬此時都不樂意出來跑動，偏偏有一匹放養在馬場裡的黑馬，四蹄飛揚，在馬場裡跑了一圈，又一圈。

遠處忽然傳來奔馬的嘶鳴聲，還有凌亂的腳步聲，緊接著就聽見了馬奴在嘰哩呱啦地大喊。

馬場裡的幾個馬奴都是從關外來的，只會說簡單的幾句漢話，和人交流的時候也大多是手舞足蹈地比劃，這一急，脫口而出的是急促的胡語。

晏雉聽不懂這些胡語，只能皺著眉頭勒馬停下，目光望著在吱呀推開的門後站著的男人。

晏雉這回是真的生氣了。她從公主府回到柳川胡同，才下了馬車，還沒往門裡踏，就聽到了從葦州傳回來的消息——司馬府走水，燕鸛為救府中僕役，被大火燒傷肩背；晏節夜裡遇襲，還好屠三救主及時才沒釀成大禍；賀毓秀出行，馬車被人潑了狗血，趕車的馬還差點因此受驚撞死路人……

這些看似湊巧的事接二連三在周圍的人身上發生，怎麼也稱不上是湊巧了。

等到晏雉搞清楚事情的原委，她的第一個反應，就是騎上馬直奔馬場。元貅同她說過，近日多會去馬場與睿親王商議政務，晏雉根本不做他想，直接就衝出城，往馬場去了。

元貅推開門。馬場內，幾個馬奴正又驚又怕地圍著一匹馬，一身紅衣的晏雉就坐在馬背上。

紅衣少女手裡握著馬鞭，沈著臉，用從他那學來的，並不熟練的胡語，低聲怒斥馬奴，命其走開。

少女杏眼一掃，見門打開，門內站著自己要找的人，當下翻身下馬，幾步跑到人前。

晏雉張口便問：「童家究竟是怎麼回事？」

元貅答。「擁兵自重，有謀反之心。」

晏雉冷笑。「與我大哥何干？」

元貅道：「童家本家在葦州，名下私兵，也在葦州。」

晏雉眼一橫。「童家倘若當真有謀反之心，此事難道不該由六部領頭徹查？畢竟，童尚書可是朝中重臣。」

「此事是姜侍郎的意……」

晏雉頭一偏，看向從屋內走出來的衛禎。「一個小小侍郎，有多大的能耐，能下旨命我大哥監視童家。」

姜葦這人她記憶猶新，熊戊從前還曾把姜葦和前世皇帝的事，當作笑話一般在姬妾面前講出來，久而久之，就連府裡的下人都知道了，她自然也就聽說了一些。

更何況，在這一世，晏雉記得很清楚，熊戊的髮妻就姓姜。

可說到底，在晏雉的印象中，這個姜葦，不過是以色事人的主兒，並無多少真才實學。

「說白了，便是陛下照著姜侍郎的意思，命我大哥在葦州暗中監督童家，並伺機要為陛下掃平煩憂，蒐集證據，拿下童家？」

「是……」

晏雉幾乎是在瞬間，紅了眼眶，握著拳，狠狠瞪向元貅。「你明明知道這些，卻瞞著我？」

元貅沈默。

衛禎生怕讓這對未婚夫妻生了嫌隙，忙要勸。「元大哥只是不願……」

「若非是先生寫了封信，託人送來奉元城，我還不知，童家竟已對大哥他們下了毒手！」

衛禎一震。

「先是司馬府走水，表兄為救府中僕役，被大火燒傷肩背，直到現在傷都還沒好全。大哥夜裡遇襲，幸好屠三聽到動靜，救主及時，可即便是這樣，大哥還是受了傷。」

晏雉紅著眼眶，頓了頓，聲音哽咽。「還有，先生出行，馬車被人攔在半路不說，還當場被潑了狗血，所駕的馬還差點因為突然受驚撞死人……這些事，你明明都知道的，為什麼瞞著我？」

元貅一向不是個能說會道的人，面對晏雉分明還在氣頭上的質問，他一聲不響，只一直看著她，一雙眼裡蓄滿了說不清、道不明的情緒。

「我要去葦州！如果大哥他們因此慘遭毒手，你我的婚事……你我的婚事就此作罷！」少女的嗓音帶著從未有過的憤怒。

她不管不顧地招來坐騎，翻身上馬，當下揚鞭一甩，策馬狂奔。

如果是在前世，如果在沒有嫁給熊戊前，能遇上像元貅這樣的男人，被他當作珍寶一般捧在手心，養在溫室，晏雉心裡一定是歡喜的。

可如今，她浴火重生，不是從前那個只能認命的晏家四娘，她又怎麼可能樂意被男人護在背後，什麼事都只有自己一人被瞞著；更何況，這一回出事的，是她的至親。

元貅從沒像今天這般恨極晏雉的騎術，她跨上馬，就如同離弦的箭，射出了就絕不會回頭，速度之快是常人所無法想像的。

元貅衝出門，馬奴來不及牽來他的坐騎，他只能躍進馬場，順勢翻身騎上黑馬。黑馬受驚，下意識地往前跑，但是很快就煞住蹄子，怎麼也不肯再往前跑了。

「元大哥！」

衛禎追了出來，喘著氣跑到馬側。

「府中最近無事，你若是擔心，我許你幾天的假，你趕緊去追……」

「不必了……」元貅下馬，目光望著遠處晏雉離開的方向。「我有重要的事要做。」

「元大哥……」衛禎張了張嘴。「元大哥為什麼喜歡晏小娘子？」

這是第一次，有人向他問出這個問題。

元貅側目，看著不解的衛禎，不避不讓，回答道：「她是我認定的人。」他一直都知道的，知道晏雉不會甘願居於人後，深藏後宅。與其拋下身分和職責跑去追她，倒不如，留在奉元，處理好一切做為賠罪。

元貅收回目光，握緊了拳頭。

不管怎樣，他都會守住這份婚約，這是再世為人後，他唯一的祈願。

無星無月的夜，窗外的風聲呼嘯著，樹葉簌簌作響。

葦州司馬府又是一場大火突來襲，到天明，才因恰逢其時的一場瓢潑大雨將大火澆滅。

「輪值的幾個衙差都仔細問過話了，最先發現走水的就是他們。」書房內，晏瑾呈上了衙差們的審問記錄。晏節翻了翻，眉頭緊蹙。「他們之中，有沒有人看見是誰放的火。」

「都說看見了，那人拳腳功夫不差，見自己被發現了，為了護著火，還跟他們打了很久。正堂外那具被燒焦的屍體，就是那個放火的人……已經看不出長相了。」

晏節屈指，敲了敲案桌。「其他受傷的人可都問過了？」

「問過了，大部分都是救火的時候受的傷。」燕鸖在一側回道：「其中有一個在馬棚被人發現，當時身上只剩條褲衩，渾身凍得鐵青，醒過來之後詢問了下，說是看夜裡風大，想檢查馬棚會不會透風得厲害，結果被人打暈了過去。醒來的時候，就沒了衣服，凍得連舌頭都僵了，只能眼睜睜看著府裡起火，喊不出話來。」

書房外的喧鬧聲還沒停歇，僕役和婆子們正來來回回收拾著前衙的狼藉，隱隱約約還能聽見被大火燒傷的僕役的哭號。

晏節長長嘆了口氣。「童家……」

半開的窗外，還能看見空氣中飄蕩著大火燃燒後被風吹起的灰燼，晏節收回目光，看了看圍坐在案桌前的左右手，腦海中一時有些不知所措。

這事，多半與之前發生過的那些事一樣，都出自童家之手，可到底有什麼證據能證明，這些都是童家人對自己的恐嚇……

晏節還在想，忽然聽得一陣馬蹄聲，當即神色一正。「阿桑！」

「是四娘！」

門外傳來阿桑的回話，然而馬蹄聲似乎只是在府內走了個來回，等晏節他們幾人追著聲音從書房跑出來的時候，只看見馬屁股從眼前一閃而過，滿院的人全都又驚又怕地望著跑遠的一人一馬。

「阿……阿郎……四娘把放火之人的屍體給……給搶走了！」

晏節霍然睜大了眼。就連燕鸛，此刻也滿臉震驚，大喊。「怎麼回事？沒人攔著她嗎？」

僕役們面面相覷，全都驚恐地低下了頭。

阿桑趕緊回道：「四娘是騎著馬直接衝進來的，大夥兒都在忙著收拾，還沒來得及問明身分，就瞧見四娘揪住一人問明情況，二話不說捲走放在廊下的那具屍體就跑了！」

燕鸛心裡還火著，卻見晏節當即命人牽馬，要追上去。

「不如我去！」燕鸛大喊。

晏節回首，搖頭道：「她性子急，眼看著這裡燒成了這副模樣，鐵定會因為衝動犯下事，我是她大哥，我有責任為她承擔。」

他如此說著，牽過僕役牽來的馬，一個翻身坐了上去，當即策馬出府。

燕鸛臉色鐵青，看著院中仍有些不解的僕役、婆子，深呼吸，說道：「那位……是郎君的妹妹，家中行四，你們日後稱她一聲四娘便可。」

他說完話回身，卻見賀毓秀捋著鬍子，臉上的神色看著竟像是欣慰。

「先生……」

「大郎的性子穩健，做事講求按部就班，是以每每別人欺上門來，總還要一忍再忍，直到危及性命，方才另作打算。四娘全然相反，她極重感情，容不得身旁的人受一絲一毫委屈，四娘來了，逼一逼大郎也是樁好事。」

賀毓秀說著，最後竟笑了。「童家這一回，有得瞧了。」

童家從來不缺朝堂內外的耳目。別說是朝中有個尚書令還有個寧遠將軍，就連後宮之中也都有不少耳目，衛曙的一舉一動全都被童家人看在了眼裡，他那點想動童家的心思，又怎麼瞞得過他們。

認。

如今司馬府的人所經歷的那些事，哪一樁不是童家人所為，真要問，只怕童家也不會否認。

然而童家上上下下，都認為那葦州司馬晏節徒有虛名，要不然怎地受了這麼多的事，卻還一動不動，是要認輸，還是要硬著脖子和童家鬥到底，這人絲毫沒給個準話，連個表示都沒有。正當童家自以為這次結結實實給了司馬府一個下馬威的時候，被匆匆趕來的門房一句話，炸開了鍋。

「有……有個小娘子，在……在門外扔了具死屍！」

堂堂的前皇后娘家，人人豔羨的勛貴之家，不光出過皇后，還出過不少妃嬪美人，如今在朝堂內外還活躍著無數高官的童家，竟然被人在大門外扔了具屍體？

童家人全都懵了。

回過神來，一幫人不管男女老少，全都湧到了大門口。

門外果真有一具屍體，裹著草蓆躺在地上，露出的半個腦袋和腳，一眼望去便知是被火給燒焦了的。

門外還有一人，穿著一身奪目的紅衣，坐在馬背上，手裡握著弓箭，用一種冰冷地彷彿在看著死物的目光，打量了他們每一個人。

童家主母竇氏冷不丁打了個寒顫，哆嗦著大聲呵斥道：「你們……你們都瞎了不成，還不趕緊把人拿下！」

門外是有幾個護衛擺著姿勢，可個個滿臉驚恐，即便被呵斥，也不敢往前邁出一步；而那馬背上的紅衣少女，又抬起了手中的弓箭。

竇氏這才發覺，兩邊的大門上，有兩個護衛被幾支弓箭釘在門上，雖未傷及性命，卻都嚇得臉色發白，是以，才無人敢動。

「妳……妳是何人？」

竇氏的聲音顫抖著，眾人的目光紛紛看向她手指的方向。

馬背上的紅衣少女，手握弓箭，箭頭對準了他們，忽又往上一抬，竟是對著門上匾額直接一箭，射中「童」字。不等他們回過神來，又見少女動作飛快地抽出一箭，對準草蓆射了出去。

飛出的羽箭掀開草蓆，被裹住的焦黑屍體瞬間曝露在空氣之中。

女眷們頓時厲聲尖叫，更有人捂著嘴當場吐了出來。

與此同時，晏節也騎著馬追到了路口，卻神色凝重地望著晏雉的一舉一動，並未再往前一步。

「妳究竟是何人？」竇氏臉色慘白，渾身發抖。「這人又是誰，為什麼把他放在這裡？」

晏雉放下箭，一雙眼睛，緊緊盯著聚在門口的童家眾人，眼裡好似有一團火在跳躍。半晌，她才道：「你們的人，燒成這副模樣便認不出來了？」

竇氏一愣。

「昨夜那場大火，沒能燒光司馬府，不知幾位是不是很失望？」

提到司馬府，晏雉當即就發現對面的這群人中，有幾人臉色有異，趕緊朝那屍身臉上看去。被燒焦了的屍體，除了還能看出人形來，想要看出容貌，簡直是天方夜譚。

竇氏這個時候也終於反應過來了，忙盯著晏雉上下打量，她大約知道這馬背上的少女是何人了……尋常人家的小娘子就是見著隻死耗子，都能嚇得花容失色，眼前這人面對一具燒焦的屍體卻毫無異色，想必是見多了死人的。少女的目光清亮，神色如今看著也十分平靜，只有微微抿著的嘴角還透露著揶揄的冷笑。

「妳是……妳是晏四娘？」

晏雉的臉上慢慢露出一個笑容，只是一雙眼卻如同鷹一般，被她盯住的人總覺得背脊生寒。

「我是。」

晏雉道：「這是見面禮，還望諸位收下。」

竇氏臉色發白，道：「妳……妳胡言亂語些什麼？」

晏雉呵呵一笑，看著有幾人面面相覷，低著頭似乎不打算承認，又有幾人面帶譏諷，倨傲地望著自己。

「人是你們的，火是他放的，我把這人送還給你們，也算是一份大禮了。」晏雉頓了頓，從箭囊裡抽了支箭出來，在指間轉了轉。「或者說，你們希望夜裡的時候，我也在貴府放一把火，當作見面禮送你們？」

如果沒有那場及時雨，司馬府的大火很有可能徹夜難滅，假如發現得再晚一些，或者根本沒有人發現，是不是所有人，包括幾位兄長，還有先生，都會葬身火海，到最後就跟這人一樣，連原本的容顏都燒得辨認不出？

只要一想到這些，晏雉的心裡就像被大火燒過一樣，焦灼得厲害。

「童家在大邯，也算是勛貴之家，如此人家為何卻總是使出那些下三濫的手段？以為人在葦州，那些上不了檯面的事，外人便無從得知了不成？昨日你們敢放火燒司馬府，明日是否就敢放火燒皇城！」

「妳……妳……」

竇氏看清楚眼前少女的神情，心裡重重咯噔了一下，回頭便喊：「你們究竟做了什麼？」

晏雉才不會去管火燒司馬府的主意究竟是童家誰出的，空甩了一下馬鞭，響亮的一聲「啪」，驚得童家人忍不住跳了起來。

「晏四娘沒別的本事，學不來那些大家閨秀的溫婉可人，會的是那些兒郎們學的本事。」晏雉頓了頓，笑著對竇氏和其餘人道：「我救過人，可也殺過人，拿刀劍，拿弓弩殺人，那都是痛快的，我還會更折磨人的方法。」

大火熄滅後的司馬府，前衙裡滿地狼藉，路過的百姓紛紛向裡張望，見被一堵照壁擋住了視線，不由得關切地問了問門口的護衛。得知裡頭亂是亂了一些，可大夥兒都在幫著收拾，方才放心地走掉。

臨走前，有人問了聲可有人受傷，一個嘴快的護衛嘿嘿一笑，隨口道：「要不是這場大火，還不知道咱們司馬有個這麼厲害的妹妹，這不一瞧見府裡燒成這樣子，小娘子二話不說騎上馬就衝去找人麻煩了。」

問話的幾個百姓心頭一跳，忙好奇道：「說說，都怎麼一回事？」

司馬府近日接連發生的那些事，從沒瞞過城中百姓。大夥兒都知道，有人瞧不上晏司馬，在想著法子折騰他們。這回聽護衛這麼說，一個、兩個都被吊起了好奇心，紛紛讓人仔細說說。

左右不是些隱密的事，那護衛也沒藏著掩著，和同伴一起七嘴八舌地說了起來。

什麼奔馬奪屍，什麼飛箭射匾……一個個說得就好像親眼所見一樣。

幾個護衛的臉上滿滿都是自豪的笑意，打從心底覺得自家主子這個妹妹，厲害得很。

那幾個百姓聽了，也都滿臉驚嘆。這年頭，誰家的小娘子不是矜貴嬌養著的，同不認識的人說句話都能臉紅。大戶人家的女孩果真不同，竟然還會奔馬奪屍、飛箭射匾。

聽到門外動靜的燕鸛從照壁後走了出來。

「都散了吧。」他揮了揮手。「夜裡都當心些，別忘了滅燭火，省得也跟著燒一回。」

那些百姓都認得晏節身邊的人，見他過來，笑意盈盈地行禮，然後三三兩兩散了。門口的護衛以為會被訓斥，當下都低著頭，卻半晌沒見著動靜，等抬起頭來，燕鸛已經回去了。

「你說，司馬的這個妹妹這麼厲害，以後童家還敢給司馬府使絆子嗎？」

見人不在，有護衛忍不住問。

其餘幾人面面相覷，卻也不敢下斷言。這童家在葦州作威作福這麼久，誰知道會不會因個小娘子就傻了呢。

因為碰過死人，晏瑾冷著臉命淨房的婆子燒了水，伺候晏雉焚香沐浴，直到人洗得滿臉通紅的從淨房換了身乾淨的衣服出來，他臉上的神色方才緩了下來。

看著洗漱乾淨的晏雉，晏瑾滿意地點頭，道：「妳膽子也是真的大，這要是教寶珠瞧見了，估摸著能嚇哭。」

晏雉隨手挽著髮，聞言呵呵一笑。「你如今還沒成親呢，這就張口閉口寶珠寶珠的喊，生怕別人不知你已經和人訂了親。」

晏瑾橫她一眼，轉身走在前面。「行了，不與妳耍嘴皮子。走吧，童家的事，咱們得坐下來好好說說。」

晏雉「嗯」了一聲，看著走在前面，身材纖瘦，側臉俊美的少年，再看他走路時不太穩當的腳步，晏雉心底長長嘆了口氣。人這一生，變數太多，誰也不知道下一刻，自己會發生什麼，身邊的人又會變成什麼模樣。

她想起離開奉元城前，在馬場對元貅發脾氣的事，心底有些後悔。

晏節很疲憊，晏雉跟晏瑾進屋的時候，他正躺在書房一側的榻上小憩。說是小憩，睡得卻似乎有些沈。

晏雉輕手輕腳地走過去，在腳踏緩緩坐下。

晏節在靖安的那段日子，風吹日曬的，他的皮膚變得有些粗，也不像從前那樣白皙了，昔日的俊美少年郎，如今已變得穩重成熟。從額頭一路劃到臉頰的傷疤，橫過整個左眼皮，看起來有些猙獰，可晏雉知道，那是功勛，是他在靖安，為了滿城百姓奮力一戰時留下的勛章。

晏雉靠著小榻，看著兄長的睡顏，腦海裡轉的是前世今生的那些記憶。她與晏節，同父異母，在阿娘從執迷中走出來前的那幾年，她一直覺得，如果不是有兄長，兩世只怕都會早早夭折。

儘管前世發生過那麼多不好的事，能讓晏雉深深記住的事情裡，最多的永遠都是和兄長的記憶，這分手足情誼，永生永世不會遺忘。

門外有腳步聲傳來，緊接著燕鸛和賀毓秀一前一後邁步走進書房。晏雉回身，輕輕「噓」了一下。

就這一聲噓，晏節一下子醒了。

「來了。」晏節的聲音有些沙啞，伸手拍了拍晏雉的腦袋，然後坐起身來，揉了揉額角。

晏雉起身，神色放鬆。「大哥若是覺得累，不如再睡會兒，我們晚些再來。」

晏節擺了擺手，府裡出了這麼多事，他壓著不說，底下人心裡總歸是惴惴不安的，不早些把事情弄得清楚明白，把麻煩解決，他們無妨，底下的人心亂了，他在葦州就不好辦事了。

「不必了，就現在吧。」

那天童家門外被人扔了屍首後，竇氏又氣又臊，等晏雉一走，當即命下人把門前的地用水沖洗乾淨，還撒上鹽巴驅邪。

長房的態度，實在是令其餘五房心中不快。當夜，原本熱熱鬧鬧的偏廳靜悄悄的，竇氏丟了筷子，心下不悅地回了房，留下的幾個女眷面面相覷。

長房的童聞和四房的童瀚，是如今整個童氏一族中官階最高的兩人，竇氏發脾氣，也只有童瀚的妻子小竇氏敢當面駁上兩句。

因竇氏的卸責，小竇氏這幾日見長房的人，簡直眼睛裡都帶著釘子。

這日小竇氏的未來女婿上門，她客客氣氣地邀人坐下，命丫鬟去廚房端茶果來；不想，丫鬟去而復返，手上空蕩蕩的，反倒是臉頰上帶著個通紅的掌印。

小竇氏不禁皺眉，問道：「誰打的？」

那丫鬟紅著眼睛哭，說是去廚房端茶果的時候碰上了長房的大丫鬟，沒說兩句就被搶走了茶果，她解釋說是招待客人的，不想那大丫鬟手快，一巴掌就搧了過來，說了幾句不好聽的話，她不得已只好空手而歸。

丫鬟的話還沒有說完，小竇氏的臉色已經黑得像極了鍋底，當即拍了桌子，直奔長房的院子。

竇氏正在自己的院子裡與人說話，小竇氏氣勢洶洶地一進門，劈頭蓋臉就是一頓斥責。竇氏愣了愣，隨即拍了桌子，兩人互相指責。這小竇氏的未來女婿本著要照顧好岳母的心思跟著去了長房院子，見竇氏要動手，趕緊上前幫著推了一把。

竇氏本就年長，被他輕輕一推，沒能站穩，當即就跌坐在地上，扭了腳。

小竇氏心裡暗暗覺得高興，嘴上卻對著未來女婿不輕不重地訓斥了兩句。她正要假惺惺地伸手扶竇氏起來，外頭急匆匆跑來個下人，連跌帶爬地跪倒在竇氏面前。

小竇氏一愣，道：「這是怎麼……」

「炸……炸了！」

「什麼炸了？」竇氏心裡咯噔一下，趕緊追問。

那下人話都說不清楚，喘著粗氣，好一會兒才說出話來。「城外藏匿兵器的山洞，被……被人炸了！」

正如那封奏疏所言，童家的確藏了不少兵力，在葦州城外的山中挖了一處洞穴，數十萬的兵器全數藏在洞裡。童家自以為藏得深，又特地雇了不少人將山洞嚴嚴實實看守起來，實在沒想到居然會發生爆炸。

小竇氏的未來女婿姓祝，正是當年接連敗在晏雉手下的那位，一聽山洞被炸，瞪大了眼睛，連聲問可有驚動司馬府。

「應當還沒有……」

竇氏聞言，方才回過神來，正要舒一口氣，又想起之前童聞書信中的叮囑，當下有些慌了手腳。「不成，就算沒驚動，這麼大的事瞞得了一時，瞞不住一世，估摸著消息很快就要傳回城裡！快！快派人去把東西都轉移了！」

這方話音才落，那頭又有人慌裡慌張地跑來。

「大娘，四娘！門外……門外被人圍住了！」

「什麼?!」

竇氏一聽，眼前頓時一黑，頭一仰就往地上暈了過去。小竇氏自從嫁給童瀚後，沒少被男人戰死的消息嚇倒過，以至於到了此時，反倒比竇氏要沈得住氣。她心裡雖也顯得十分慌張，可仍咬了咬唇，穩住身子，低聲詢問。「外頭的人，是哪裡的人馬？」

「是……是葦州司馬的。」

小竇氏這下也慌了。童府上下皆知，奉元城中有人遞了奏疏，彈劾童家擁兵自重，可他們自信無人能知兵器藏匿的所在，根本不曾將被皇帝委派了監視任務的葦州司馬晏節看在眼裡。

而今，山洞被炸，司馬府的兵馬又圍堵了童府……難道，童家真是要亡……

竇氏沒昏過去多久，就被二房按著掐人中給掐醒了。全府的人這時候已經亂作一團，女眷們抱在一起大哭，怕得要命，幾個郎君和成年的子嗣此時也都手忙腳亂。

逃？

能逃到哪裡去？

前門、後門都有兵馬守著，能在無人通風報信的情況下，毫無聲息地把整個童府包圍住，想也知道童家在葦州城裡的那些勢力，不是被控制住，就是變節了。

這時候，就算想罵那些人臨陣倒戈，也只能怪自己馬失前蹄，太過輕敵了。

大門。

童家人互相依靠著，一步一步走到了大門口。緊閉的大門前，是滿頭大汗的門房和管事，竇氏嚇得全身虛軟，只能靠在幼子的身側，還是小竇氏跺了跺腳，心一橫，命人打開了大門。

門外，是鐵甲加身的兵馬，團團將童府圍住，如一堵望不見盡頭的人牆，擋住了他們逃跑的所有希望。

那些士兵一個個都緊繃著臉，其中也有眼熟的臉孔，雖有些緊張，卻握著長槍或弓弩，不敢退縮一步。

看見童府的大門緩緩朝兩邊打開，童家人慢慢地走到了門外，有人驅馬上前，喊了聲「站住」。

聲音清亮，聽著不像男兒。祝佑之混在童家人之中，原想著趁亂逃跑，這時候聽見聲音，下意識抬頭看了一眼；不想，這一眼，竟瞧見了一張不怒自威的臉孔，當下喊了出來。「阿爹！」再看一眼，卻又對上了一雙鷹一般銳利的眼睛，不由自主的，祝佑之想起了好些年前被打的經歷。「晏……四娘？」

他這一喊，童家人也瞧見了領兵的祝將軍，更是看仔細了那驅馬上前的小將，竟是穿了一身男裝的晏雉。

看見自己那個闖禍精一樣的兒子果真和童家人混在一起，祝將軍不由低低地罵了一句。也不知道是在罵童家人害人不淺，還是罵兒子太紈袴，什麼事不好做偏往上湊這個熱鬧——他是被晏節命人快馬加鞭送來的書信給嚇到了，這才帶著自己的部分人馬，親自為晏節運送了大批的火藥去炸山洞。這會兒看見兒子，想起晏節在信裡說，兒子偷偷將從宮裡得來的消息跟童家報信，氣得只想立即下馬，親自把孽子捆起來送回家嚴加看管。

什麼寧遠將軍的東床快婿，都不及能保住這條命來得重要。

第二十三章　良辰時

晏雉打量了祝佑之一眼，目光重新轉向童家人。

三天前，晏節說只須三日，就能拿下童家，直到一個時辰前，她這才相信，竟然是真的。

童家那個藏了大量兵器的山洞，晏節先後派了幾人前去查探，無不空手而歸；好在還有屠三，他與那山上的盜匪頭子是舊識，喝了一夜的酒，該說的事，那頭子醉醺醺地全都說了。那頭子酒醒之後雖有些氣憤，可也知新任司馬的為人，當下把別的事也一併說了出來，只求真到了童家起事那天，晏節能看在他透露風聲的情分下，給山寨的兄弟留條活路。

晏節自是應允，那盜匪頭子一高興，順便幫著他們，從山寨地下挖一條地道，直通那個藏匿兵器的洞穴。晏雉來時，這個地道其實已經神不知、鬼不覺地挖得差不多了。

就在方才，晏節指揮若定，命燕鸛和屠三帶了一千餘人，通過山寨的地道，運送火藥去到童家藏匿兵器的山洞下方；又命晏瑾和賀毓秀帶著三千兵力，留守司馬府，謹防童家在葦州的部分勢力伺機反抗，而後才帶上晏雉跟特地邀來的祝將軍，帶兵將童家團團圍住。

等到城外的消息傳來，晏節二話不說，頃刻間就率兵圍住了童家，任憑童家有再大的本事，此時此刻插翅也難逃了。

「晏司馬，」童家三郎並未遠行，如今算是整個童府最年長的男子，他雖心有不安，此時卻不站在女眷身前。「不知我童家所犯何事，竟要煩勞晏司馬率兵包圍？」

他說話的時候還努力保持著勛貴之家的姿態，可頭上沁出的冷汗，卻暴露了此時此刻心底的不安和緊張。

無人知道山裡現在是怎樣的情況。

藏著的那些兵器是不是都被發現了？

還有那些私兵，是不是也被人控制住了？

晏雉撫了撫馬脖子，見晏節翻身下馬，當下也跟著下馬，手裡卻不忘抓著弓，時刻提防著童家的異動。

果不其然，話還沒說上幾句，明知已再無轉機的童家人忽然暴起，在女眷們驚恐的尖叫聲中，童家的男人爆出了最後一搏。

晏雉反應最快，當下抽出一箭，射向先前說話的童家三郎。不想，那人竟隨手抓過妻兒擋在身前，眨眼間，年輕婦人胸前就扎了一箭，驚恐的眼睛還錯愕地睜著，卻已經再無氣息，被自己男人隨手摔到了地上。

晏雉愣在原地。這些年，她殺過蠻子，殺過盜匪山賊，可從來沒有誤殺過無辜百姓。眼看著自己的箭，射中一個手無縛雞之力的婦人，她一時間有些失神，然而下一刻，憤怒油然而生。

即便在原先的計劃中是要儘量把童家的男人活捉，然而晏雉此刻的心裡全然都是對童家三郎的憤怒。拿自己妻子擋箭的男人，又有什麼資格活著！

混戰中，祝將軍趁亂抓到了想要逃跑的兒子，當下一咬牙，狠心地把人揍了一拳，然後扔給了自己的副將。

童家男子多習武，不管功夫如何，此刻未能突圍，顯然已經是視死如歸，女眷們則尖叫著被不知敵我的飛箭射中，想要趁亂逃跑的下人則被當成箭靶，射成了篩子。

一時間，童家門外刀光劍影，戰成一團。

晏節所能調動的士兵不在少數，但是為防止打草驚蛇，他並未讓更多的人進城，如今所帶的這些，一半是他的人，另一半，則是祝將軍接到密旨後帶來的人馬。

刀劍鏗鏘聲，此時震耳欲聾。

祝將軍砍下一人首級，卻見不知何時，童府的牆頭爬上了一人，正拉著弓瞄準一人。他仔細一看，正是晏節。

他心下一驚，臉色鐵青，當即大喝一聲。「當心！」

晏節回首，便見一支羽箭徑直飛來，身側的護衛當下將人圍住，試圖以身擋箭。

下一刻，一支箭撞開了飛來的羽箭。晏節下意識去看，只見晏雉站立馬上，手中弓箭還沒放下，朝著牆頭上閃躲的人，接連射出三箭。

箭無虛發。

重甲林立的士兵之中，少女的箭劃開了童府落幕的篇章。

還活著的竇氏被小竇氏扶著，跌坐在地上，滿身狼狽。她們看著少女，彷彿又看見了那日，她抬手一箭，射中了童府的門匾。

童家傾覆後，葦州很快又恢復了從前的生活狀態，似乎一切，都不曾發生過什麼改變。至於奉元城中的風起雲湧，對葦州而言，還都是未知之事。

這一日，風光明媚。

晏雉坐在書房內，替晏節謄寫卷宗，屋外突然一陣騷動，幾個丫鬟嘰嘰喳喳地說起話來，讓晏雉蹙起眉頭。她這次來葦州走得匆忙，沒能從奉元城把慈姑和豆蔻帶出來，身邊也沒個用得順手的丫鬟。她張嘴，正要喚外頭的丫鬟進屋，便見賀毓秀身邊的小僮急急忙忙跑了進來。

這小僮早年便跟著賀毓秀，如今卻也是個站直了比晏雉還高出一個頭的少年。一進屋，少年喘了幾口氣，好不容易才順順溜溜地開了口。「四娘，外頭來人了！」

「來了什麼人？」晏雉抬頭看他一眼。「這得多矜貴的人物，才能把你給嚇成這副模樣。」

晏雉逗弄他慣了，張嘴便是揶揄。少年臉紅，咳嗽兩聲，有些激動。「四娘莫要笑話我！人是上門來提親的，這會兒正在前頭和先生吃茶，已經差人去城裡找阿郎了⋯⋯」

晏雉愣住。「提親？」她看著少年驚喜的臉龐，驀地想起了什麼，當下扔了筆，也不管筆墨是否污了卷宗，提著裙子就往前衙跑。

風聲呼呼，晏雉呼吸間，能看見熱氣從口中呼出，忘記裹上裘衣的身體，卻在此時感覺不到冷，她滿心滿眼想的只有那日馬場上，她氣急敗壞說出的那句話——你我的婚事就此作罷！

她不想作罷的！

她甚至因為後悔，因為害怕，即便葦州城裡的童家勢力都已經驅除乾淨，她還是留下；只因不敢回奉元，回去面對冰冷的元綝，怕看到那雙漂亮的琉璃色眼睛用看陌生人一般的目光，望著自己。

晏雉一路跑，半晌之後，終於放緩了腳步，呼吸還有些急促，胸口起伏得厲害，眼眶不知不覺間濕潤了。

冬末的陽光，帶著即將到來的春日淡淡的暖意，卻又夾著北風，凜冽地吹紅人的鼻尖。她遠遠的，看到一個高大的身影。看著那個背影，她有種錯覺，這個男人彷彿離自己很遠，可卻又站在原地，一直一直在等著自己追上去。

她怔怔地往前走，忽然跑了過去，顧不上女兒家的矜持，抱住他的腰身，悲從中來，放聲大哭。

元綝被人從背後狠狠地一撞，下意識地就要扭身抓住來人的胳膊，反手扣住喉嚨，卻在身體接觸的那一瞬間，驀地愣在了原地。

他緩緩回身，靜靜地將人摟在懷裡，直到晏雉哭累了，方才低聲道：「下人們都在看著。」

回過神來的晏雉猛地抬起頭，往後退了兩步。院中的丫鬟、僕役果真呆呆地看著他倆，這會兒瞧見四娘抬頭看向他們，趕緊低下頭快走兩步跑了。

晏雉抬起頭，元貅就那樣站在自己的身前，一如既往的打扮，似乎從來不知何為冷，北風一吹，絲毫不見他打上一個哆嗦。一向不苟言笑的臉上，此時此刻，卻帶著難得的暖意，唇角也微微上揚。

他的聲音依舊低沈，卻好聽得讓人沈迷。「四娘，我來提親了。」

從元貅嘴裡，晏雉終於得知在她離開奉元城的這段時間裡，他究竟經歷了什麼。

先帝在世時，有多厚愛童皇后，便有多器重童氏族人；然而人心不足蛇吞象，童家的狼子野心豈甘於是屈於人下。

也許是放手一搏，尚書令童閩帶著兵馬逼宮，誰知宮中禁軍早在幾天前，就陸陸續續開始部署，每一個地方，尤其是與衛曙親近的地方，都布置了不少禁軍，隨時防備。

幫著童閩造反的寧遠將軍童瀚戰而不屈，最後在正陽殿前，被元貅連射五箭，射殺在殿前。

儘管未能親眼所見，但僅憑元貅的口述，晏雉都能想像到當時的場景。

好在，她眼前的男人沒事，這就夠了。

治平四年，立春，宜嫁娶。

為能迎娶心愛之人，元貅在東籬買下宅院，婚事也在東籬辦下。

迎親的隊伍來到晏府門外，晏雉那些堂的、表的兄弟們，此時都攔在門前，而門後的前廳，晏雉身著嫁衣，向著晏暹和熊氏磕頭拜別。

即便是對這個女兒從未有過太多的父女之情，此情此景之下，晏暹仍是覺得有些不捨。一想起女兒嫁的人是奴隸出身，卻偏偏有皇室撐腰，他的頭就發疼，一扭頭，就看見身旁的熊氏淚流滿面。

女兒出嫁，需要兄弟揹上花轎，腳不得落地。被晏節揹起的那一刻，晏雉心緒有些亂，等坐上轎子，聽到了和前世出嫁時，一模一樣的話。

「四娘，妳以後，定要好好的。」

大紅蓋頭遮住了視線，晏雉看不見晏節的表情，只能用力點頭，忍下淚水。

這一回，一定好好的，不會再重複前世的悲哀。

轎子在東籬城中繞了整整一大圈，終於四平八穩地停了下來。晏雉被人扶下轎子，由人引著在喧鬧喜慶的鑼鼓聲中，邁出轎子，跨過門檻，一路送進禮堂。

暈頭轉向間，堂也拜了，洞房也入了，一桿秤子掀開了頭上的蓋頭。

蓋頭被掀開的那一瞬，晏雉瞇了瞇眼，適應了周圍的光亮，她稍稍抬頭，望著籠罩住自己的那個高大身影，忍不住彎了唇角。

她嫁了。

這一回，蓋頭掀開，看到的不是冰冷的臉龐，無情的話語，而是她所愛的人溫柔的面龐。

該過的流程都過了，無論喜娘和女賓們如何逗弄她，晏雉的眼睛一直看著身旁的男人，彷彿永遠不會發瘦，就那樣看著，看得旁人都有些不大好意思了，終於笑著將新房留給了他們夫妻兩人。

元貅也被看得有些難為情了，但他膚色不白，即便是難為情，面上也看不出羞色來。

他任由晏雉看著自己，直到門外傳來喜娘的吆喝聲，說該出去招呼賓客了，這才鬆開攬著晏雉肩膀的手，咳嗽兩聲，站了起來。

元貅低頭。「我先出去，晚些回來。」他成親，必然是請了營中一些朋友，更是少不了睿親王府的一些人，勢必要喝服了他們，才能回來。

晏雉仰著頭看他，唇角一抿，正要笑，嘴邊卻是一軟，男人的唇吻了下來。她有些發懵，轉瞬間回過神來，口唇微張。男人的動作有些粗魯，原先腦海裡還會想起當年與熊戊成親時的情景，到了這一刻，一切卻煙消雲散了，唇齒間，只有男人的輾轉吮吻。

喜娘在門外催得有些厲害，元貅到底還是停了下來。關上門的瞬間，晏雉聽到男人在吩咐喜娘端些熱的吃食進屋，忍不住彎了彎唇角，心中生出暖意。重活一世，能得一人如此細心妥帖的照顧，已是最暖心不過的事了。

因為成親，晏雉一早就起來了，只簡單地吃了點粥，便一直等著出門。這會兒時近黃昏，她早餓過了，可見到喜娘和丫鬟端進屋裡的吃的，肚子還是餓了。

豆蔻和慈姑還是陪嫁，殷氏也跟著一道過來了。三人進到屋裡，伺候晏雉用膳，又陪著說了好一會兒話，這才聽到屋外的喜娘喊了聲。「郎君回來了。」

為了照顧晏雉，宅子在剛買的時候，便統統進行了改建。新房很大，裡頭還建了淨房，要沐浴只管往裡走便是。趁著元貅去淨房沐浴的工夫，豆蔻和慈姑趕緊服侍晏雉脫了繁複的嫁衣，換上一身穿脫方便的衣衫。

晏雉瞧著銅鏡中自己的打扮，有些臉紅，想讓她倆換一身衣裳，一扭頭別說慈姑跟豆蔻了，便是殷氏也已經從屋子裡神不知、鬼不覺地退了出去。

晏雉無法，深吸一口氣，起身坐回到床沿上。

淨房裡的水聲聽得很清楚，她低著頭，有些緊張，喉嚨不覺發乾，忙下床去喝水，再回頭，卻見元貅長身而立，站在床前。

吉服已換下，男人穿著一身中衣，黑亮的長髮沾著水，披散在肩頭，看起來不像平日裡那樣鋒芒畢露。

四目相對，晏雉紅了臉，待回過神來，已被男人抱著放到了床上。

元貅低著頭，聲音沙啞。「雉兒。」

那一聲雉兒，喊得晏雉的心，瞬間猛烈地跳動了一下，眼眶頃刻間濕潤了。她伸出手，勾住元貅的脖子，吻上他的嘴唇。

不會有人跳著腳罵她不矜持，這是她和元貅的新房，無論如何地孟浪，從進門的那一刻開始，就是他們夫妻之間的情趣，與人無關。

元貅是頭一回，可無論是牽手、擁抱、親吻，他在腦海中早已演練過無數回。他不會說情話，只想抱著心愛的女人，親吻她、愛她，告訴她上輩子、這輩子、下輩子，還有下下輩子，他都只愛她一人，所求的也只有她。

「雉兒！」

他一聲接著一聲的呼喚，沙啞的嗓音，勾得晏雉渾身酥麻，幾度以為自己就要窒息的時候，男人的動作就會放緩，親吻她的臉龐，親吻她的眼瞼、唇角、下巴，而後又回來吻住她的唇。

「須彌……」晏雉低呼，大口地呼吸，她的視線已經有些難以集中，鬆開的領口，露出白皙的鎖骨。

元貅突然一笑，鬆開環住她腰身的手，坐起身，開始脫衣服。

羅幃不知是幾時放下的，朦朧的帳子裡，晏雉躺著，吃力地看到元貅動手解開自己的中衣，單薄的中衣下，是常年習武而練就的精瘦身材。

晏雉的心，咚咚地跳。男人再度俯下身的時候，她如同入夢一般，順服地化作春水，繾綣在他的身下。

晏雉作了一夜的夢。

夢裡盡數都是重生前，初嫁熊戊的情景。她其實也記不大清楚了，腦海裡的一切都隔了一層紗，朦朦朧朧的，只隱隱還記得，新房內，紅彤彤的一片，蓋頭被挑開的時候，她抬頭看到的，是一張寫滿厭惡的臉。

她也記不得那一晚究竟是如何過來的，只知道伏在自己身上的男人帶給她的痛苦，猶如要將她撕碎，她甚至以為自己就要窒息。

那樣的記憶，陡然間重來一回，晏雉想要尖叫，可是喉嚨被男人緊緊掐住，她發不出任何聲音，痛苦地連氣都喘不上。她努力睜大眼睛，耳畔聽到的是男人重複了一遍又一遍惡毒的、厭惡的話語。

「雉兒……雉兒……」

頭頂傳來熟悉的聲音，她吃力地睜開眼，男人的臉漸漸發生改變，一點一點幻化成另一人。

見晏雉終於睜開眼睛，元貅長長舒了口氣。

窗外天光剛明，他原是打算起身照平日那樣，去院子裡練拳，不料才一轉身，就聽見了晏雉在呻吟。扭頭一看，發覺她睡得並不安穩，雙眼緊閉，冷汗淋漓，時不時還會發出痛苦的聲音。

這是作惡夢了。

元貅放心不下，稍稍側身，將人攬進懷中，不住地低聲呼喚。

好不容易才見晏雉睜開眼，他心底總算是放心了一些。

「夢見了什麼？」元貅稍稍低頭，吻了吻晏雉的髮頂。

晏雉回摟住他的腰，緩緩搖了搖頭。「只是作了個夢，夢醒了，都結束了。」

她話裡有話，元貅沒有繼續追問，只伸手撫了撫她的背，將人更緊地摟在懷中。

論理成親的第二天早晨，晏雉是該穿戴一新，仔細打扮後跟著元貅去給長輩請安的。只是元貅生父不詳，生母又在六歲的時候就將他賣給了別人，最敬重的人戰死沙場，這院子裡的主人說到底只有他們夫妻倆。晏雉雖想早起，卻還是被元貅按住肩膀躺下再睡，這一睡，夫妻倆就睡到了日上三竿。

豆蔻在門外走了幾個來回，又抬頭看了看日頭，不禁有些猶豫。她跟著小娘子這些年，瞧著小娘子經歷了那麼多的風風雨雨，可無論發生了什麼事，除了病的時候，小娘子哪天不是早早就起來的。好在府裡沒長輩，不然小娘子這般做新嫁娘，非得被婆家在背後嚼舌根不可。

再睜開眼，元貅稍稍側頭，瞧見枕在胳膊上的晏雉這會兒睡得正香。他早已習慣了晚睡早起，又向來睡得很淺，方才醒來後就沒了睡意，只是單純想再躺會兒，哪怕只是抱著心愛的人，也是極滿足的事。

他抬手，摸了摸晏雉的臉頰，忍不住嘴角微揚，低頭輕輕吻在她鼻尖上。

他這一吻，輕柔地彷彿是羽毛落下，可晏雉卻慢慢睜開了眼，仰起頭，回吻他的唇，含糊道：「幾時了？」

「快巳時了。」

府裡沒長輩，夫妻倆的生活就少了些拘束。等洗漱罷，晏雉站在廊下，看著寬敞的院子，發了會兒愣。她如今已經鮮少想起前世的那些事，今早那個模糊不清的夢卻一下子又把她的記憶帶回到那個時候，只是這一次，她清醒著，再不覺得恐怖害怕。

元貅一扭頭，瞧見晏雉呆呆地在出神，伸手捂住她的眼睛，低沈的聲音貼著耳朵。「雉兒。」

他才出聲，就發覺掌心下的人不由自主地顫抖了下，白嫩的手抬起抓著他的手指，輕柔地應了一聲。「嗯？」

「帶妳逛一逛咱們家。」

元貅在奉元城的宅子，晏雉去過幾回，東籬的卻是昨日頭一回進門，過了一夜醒來，倒是真的還陌生得很。

元貅這些年得的賞賜不少，可晏雉知道，這人和那些年還只是奴隸時一樣，一直很勤儉。身上的衣物，大多是平日要穿的官服，幾套常服也是能穿便穿，實在縫補得不行，這才再買上幾件。這般節儉的人，為了娶她，一擲千金，不光買下了這座院子，更是為她呈上了最棒的一場婚禮。

晏雉不得不說心裡是感動的。

這個男人幾乎把全部都給了自己，雖然不會說情話，但是熾熱的感情何須用蒼白的言語來表達愛意。

她抬頭，看著壓著步子走在身側的男人，微微用力，回握住他的手。

「那個水榭，可以用來給妳讀書休息，底下的池子我讓人種了荷，夏天的時候開起來會很好看。

「書房外，種了竹子，常年碧青，窗一開就能看見了。

「妳要是想養貓、養狗，或者是想養一些珍禽異獸，我們可以再弄個小院子，專門養著。」

他的話向來不多，可現在卻有些絮絮叨叨。晏雉看著他認真的臉，有些想笑，可笑聲到了嘴邊，卻只剩下甜蜜。

到後來，兩個人也都不說話了，只牽著手，悠閒隨意地慢慢走著。

東籬的院子其實住不了多久，等元貅休假結束回睿親王府，晏雉便也會收拾收拾跟著離開；可是這個男人，卻在這裡花費了大量的心思，只為了在東籬的日子裡，她能住得舒服。

夫妻倆走到祠堂前，推開門，空蕩蕩的祠堂內除了案桌和蠟燭，與一尊白玉菩薩像，空無一物。

「我生父不詳，就連阿娘的臉也已經記不清了。」元貅緩緩說道：「家對我來說，連最模糊的印象都沒有，是遇見妳，才開始想，兩個人在一起，會是怎樣的生活。」

「那前……」晏雉本想說「那前世又為什麼一直不成親」，話到嘴邊，想起重生這樣玄乎其玄的事並不是人人都會碰到，遂改成了別的。「會有各種問題，可是會好的。」

元貅「嗯」了一聲。「這個祠堂，等妳我百年之後，就讓子女將我們供奉在裡面，緊緊靠在一起，哪怕到了黃泉，我也不會再放手了。」

晏雉心頭一熱，微微用力，握緊元貅的手，元貅回握。夫妻倆又在院中漫無目的地走了一會兒，這才踱回房中。

元貅在桌邊坐下，一邊望著晏雉沏茶的白嫩的手，一邊又道：「我曾託人去打聽過阿娘的近況，不過沒得到什麼消息，想來是已經不在原地了。」

晏雉放下杯子，將他抱在懷中，輕撫髮頂，柔聲說：「只要人還活著，若你想找她回來盡孝，多託人打聽便是。」

假若元鍬這時候告訴她，想找到生母盡孝，晏雉並不會覺得有什麼奇怪的，若他說不願，也是情理之中。再者，萬一人真找回來了，照著當年能賣掉親兒的舉動來看也不會是什麼善茬，她卻是不怕的，兵來將擋、水來土掩，她自有法子應對。

「妳倒是心寬。」

元鍬抬起頭，瞧見她臉上神情，忍不住笑了。「我不會接她回來的。」再世為人，他對生母的感情都十分寡淡，兩輩子加起來，唯一值得他注意，值得他為之付出性命的人，唯獨晏雉一人。

晏雉笑著低頭親了親元鍬，才要抬起頭來，又被壓著脖子，吻住了嘴唇。屋裡頭沒別的人，晏雉也不害臊，身子一扭，坐到他的腿上，雙手摟住脖子，大大方方地回吻了起來。

夫妻倆成親後，在宅子裡整整膩了兩天，總是夜半才睡，巳時才醒；要不是殷氏再三耳提面命，只怕三朝回門當日，還得讓晏家等上許久。

饒是如此，晏筠被催著來接人時，夫妻倆施施然才醒。託四娘成親的福，晏筠也得空回東籬休息幾日，原也是想著白天多睡會兒的，偏生家裡頭如今就他最清閒，一大清早便被兄弟幾人催著趕出門，讓他先來接人了。

瞧見晏雉和元鍬出來，晏筠忍不住笑著道：「我在這兒喝上一肚子茶水倒是無妨，家裡頭可有人快坐不住了。」

元鍬拱手致歉，晏筠見狀擺擺手。「我說著玩的。如今家裡有母親坐鎮，還有誰敢胡亂抱怨，阿爹若是不給老臉，妹夫你也別往心裡去。」

元鍬自然知道晏暹不會給自己好臉色的，他和晏雉成親，多少會因為他的出身，惹人非議；只是到了晏府，他才發覺，不給自己好臉色的人，除了晏暹，竟還有其他。

比起元鍬的面無表情，晏雉與人言笑晏晏，眼睛卻一直盯著出現在家中的熊家親戚。

晏雉不知熊昊是幾時回東籬的，成親當日只聽說熊家讓熊戊和熊黛做了代表，帶著賀禮上門道喜，卻不想今日回門，竟會在晏府遇上熊昊。晏雉之前的陳情表和奏疏，將熊昊結結實實告了一狀，這會兒碰面，晏雉心底多少有些膈應。

她一直認為，若非熊昊的視而不見，拒絕出兵，靖安城也不會那麼難守，靖安的那些將士們，也許就能多活一些，多一些家庭不必分崩離析。

晏暹想在女婿面前擺架子，可剛清了清嗓子，一抬眼皮，對上元鍬的眼睛，當下拿茶碗的手一哆嗦，放棄了。

大概是覺得這個妹夫太沒膽量，熊昊的眉頭微微皺了皺，看著晏雉便道：「四娘成了親就是大人了，日後要好好服侍夫君，做到三從四德，切莫再像從前拋頭露面了。」

晏雉本來正笑著應對熊昊之妻的詢問，聞聲扭頭看了看熊昊，笑中帶了點寒意。「舅舅說的是，這世道，女子若是不能以夫為天，什麼時候丟了性命都不知。」

熊戊是陪著熊昊來的，聞言不由得心下一沈，再看晏雉眼神中的冷意，當下沒了喝茶的興致。

她的話意有所指，可偏偏這所指，令人說不出駁斥的話來。姜氏的死，的確和熊家脫不了干係，可熊戊打從心底就覺得，如果姜氏能夠聽話地拿著和離書離開熊家，之後的事便不會發生；甚至他還是願意納姜氏為妾的，畢竟姜氏生得不差，家世又有可利用的地方。只可惜，姜氏不僅不願和離，還投繯自盡，鬧得奉元城裡風風雨雨。

士族又怎樣，和皇室公主相較而言，勢單力薄，她分明是不懂，何為「識時務者為俊傑」，姜氏之死，熊戊只覺惋惜，卻不覺得愧疚。

晏暹輕斥道：「四娘，不許對妳舅舅無禮。」

熊昊眉頭一皺，看了晏暹一眼，又回頭繼續對著晏雉道：「妳年紀小，有些事並不明白其中的利害。」

說完，又去看元貅。「你倒是努力，從奴隸爬到睿親王府典軍之位，其中艱辛可想而知，日後莫要負了四娘。」

熊氏見自己兄長對著女兒、女婿如此這般「耳提面命」，當下秀眉微蹙，將晏雉招到身前。

「你兩人這一路走來不易，日子該如何過便如何過，萬不可為了一點小事夫妻離心。」

她自己是不得已嫁了個不中用的男人，也從沒想在這個男人身上得到什麼，可做母親的，自然盼望自己的孩子能得到這世上最好的感情和生活。

她也看不得熊昊如今的作為，得知熊家逼死了姜氏，又弄得整個姜氏族人狼狽不堪，心底難免覺得罪過。做了這番無德事的兄長，竟還對四娘和女婿說教，熊氏心裡頭窩著火，十分不樂意。

好在晏雉不是姜氏，被人幾句話數落下來，便會哭得不行。聽熊氏這麼說，晏雉當下笑盈盈道：「阿娘放心，他總歸是讓著我的，我也會記得少欺負他一些。」

「妳這丫頭，就是頑皮。」

女兒三朝回門，晏府自然設了宴，哪知宴才過半，跟著熊戊過來的三公主衛姝又鬧出事來——她借著酒勁朝晏雉潑了一杯熱茶，卻也在之後，被晏雉反手灌了整整一壺酒。

彼時，晏雉坐在席間，懷裡還坐著五娘，正餵她小口小口地吃點心。衛姝搖搖晃晃地端著熱茶過來的時候，五娘輕輕叫了一聲，晏雉這才抬頭。

熱茶撲面而來的時候，她下意識就將五娘護在懷中，扭了個身子，拿半邊身子擋了下來。

茶水滾燙，本是丫鬟沏滿了想吹涼後再讓衛姝喝了醒酒的。這一潑，燙得晏雉不由自主喊疼，就連五娘，也因為遮擋不及，臉上被水珠燙出幾個小水泡來，五娘年紀小，忍不了疼，當下抓著晏雉的衣襟，疼得號啕大哭。

衛姝在席間鬧了這麼一齣事，熊昊大怒，自是不願再留，帶著妻兒臉色陰沈地離了晏府。代父出來送行的晏筠聽得清楚，這才上馬車，就聽到清脆的一聲「啪」，想來是有人挨了巴掌；至於是他們的這位舅舅打了熊戊，還是熊戊打了惹是生非的三公主，這就無從得知了。

大夫來得很快，等晏雉被元貅親自扶著回到房中，五娘那兒已經看完診搽好藥了。五娘年紀小，雖燙了幾個水泡出來，不過等消了之後，應該不會留下什麼疤，日後還是個清清爽爽的小美人；倒是晏雉這邊有些麻煩，那大夫瞧了元貅幾眼，擦擦汗，遞上一瓶藥，說是燙得不嚴重。

即便如此，熊氏仍舊不大放心，想將人留下養傷，還是晏雉再三勸說，這才作罷。時近黃昏，晏雉和元貅方才離了晏府。

馬車晃晃悠悠在路上駛著。車裡，晏雉靠在元貅的肩頭，唇角帶笑，玩著他的手指。

「往後別理三公主了。」

元貅小心翼翼地攬著晏雉的肩膀，生怕手往下一寸，碰到她被燙傷的地方。方才是他親自給晏雉上的藥，衣服解開後，露出來的身子如白玉，偏偏在臂膀上，被燙紅了不小的一塊。

晏雉知道他這是心疼自己，抬頭大大方方地吻了吻元貅的下巴，笑道：「我本就沒去理她，要不是她故意潑我一身熱茶，還燙著了五娘，我今日也不會灌她那些酒。二哥帶回來的果酒，可好喝了，這會兒想想，浪費了。」

元貅摸著她的後腦勺，頗有些哭笑不得。「嗯，不能讓人欺負了。」

他們夫妻兩人至今不知究竟和衛姝結了什麼仇。先是北山的黑熊，接著是回門宴上的熱茶，堂堂大邯三公主偏生慣用各種下三濫的手段，唯一能解釋的，怕是為了能討夫家的歡心吧，卻一次一次給熊家惹麻煩……

自童家傾覆後，奉元城內已經很久沒再有過風波。

這日子就這樣風平浪靜地過下去，倒也是件好事；不過平靜的生活中，偶爾有那麼一、兩件富貴人家府裡頭的事，拿出來給人做茶餘飯後的談資，更是有趣得很。

東籬雖遠，但三公主在東籬鬧的那一齣好戲，不知是被誰嘴快給說了出去，如今，奉元城滿大街，都在傳三公主在晏家四娘三朝回門的好日子裡拿熱茶潑人，結果反被灌了酒。

世族聽聞此事，大多覺得三公主雖行為有失，卻到底是皇室公主，哪能容許一介平民這般肆意妄為。

百姓卻在街頭巷尾談笑說，這是三公主自討苦吃。晏四娘是誰，那是小小年紀就能跟著兄長拚死殺敵守城的女中豪傑，在人家回門的日子裡鬧事，晏四娘沒抽劍，已經是有容人之量了。

這些話，漸漸地就傳到了宮裡。

「妳這小娘子，當真有趣。」皇后含笑說著，目光久久停留在晏雉的臉上。

晏雉跟隨元貅回奉元城後不多久，便進宮拜見皇帝和皇后。

晏雉鮮少進宮，即便是身為公主的先生，也大多是在自己府中教授公主學識。皇后只見過晏雉幾回，一直知道她長得漂亮，如今看來，成親之後的晏雉，更是多了幾番風姿。

「皇后娘娘，」晏雉臉上滿是無奈。「三公主之事，是我胡鬧了。」

「這事怎就成了是妳胡鬧？」皇后笑著命殿中女官退下。「倘若真是胡鬧，豈不是三公主平白受罪？」

晏雉知道，衛姝被熊戊帶回奉元城後當即就被召進宮中，為東籬一事受了衛曙好一頓責罰。她佯裝有愧，正要開口說話，皇后擺了擺手，笑道：「妳不必多慮，三公主的脾氣究竟如何，我這個做人母親的，心裡如何不清楚。」她沈下笑容，目露憂愁。「這孩子，從前也是乖巧伶俐。自陛下登基後，許是陪她的時間少了，她的性情不知為何漸漸變了，又是執意下嫁，又是在妳回門的時候闖禍，實在不是一個公主該有的行為。陛下說她失德，也確是實話。」

皇后忍不住嘆了口氣。「子不教父之過。是我與陛下沒能教好三公主，讓她身邊多了那些亂七八糟的人，成日教唆她做些無德之事。」就連假懷孕的話，也敢肆意妄為地說出口，若非不識真相者眾多，只怕皇家的臉面就全被丟盡了。

先帝還在世的時候，這宮裡頭就有不少從別處送來的人，後宮妃嬪也好，還是誰家遠房送入宮中做女官的，比比皆是；就連宮裡頭的宦官，十人中也有一人是與宮外有關聯的。衛曙登基的時候，朝堂上的事能直接做主的少，便特意叮囑皇后，在後宮的女官和宦官中進行了一次清理；可再怎麼仔細，仍舊還有不少遺漏的人——衛姝身邊就有好幾人與宮外關係密切的女官，還是因了這次酒後失德的事，才一一被查出。

看晏雉有些愣神，皇后苦笑道：「先帝子嗣單薄，又極其看重童家，但後宮之中仍舊盤根錯節，那些世族哪裡會不想方設法在宮裡安插人手，這萬一誰家在宮裡擔任女官的小娘子被臨幸了，那可就是闔家喜訊。而且這些人，還有別的用處，譬如在皇子和公主的耳邊說些教唆的話，天長日久下來，總會有皇室子孫聽信了的，到那時，借用皇室之力，達到自己的目的，豈不容易。」

晏雉下意識地扭頭看了一眼緊閉的殿門，想起之前出去的幾個年輕女官，心下微沈。那幾個女官，看模樣都是溫柔和平的性子，看來十分謹慎，像是忠心耿耿的人，可即便如此，皇后也依舊防備著她們……這深宮之中，又有何人能信？

第二十四章　暗謀劃

從皇后宮中出來，晏雉有些渾渾噩噩。

她根本沒料到，皇后竟會說著說著忽然談起姜葦的事來，甚至毫不避諱地讓她知道，衛曙如今日日召見那個長相俊美的年輕人，即便是在夜裡，都會命人出宮將人接來侍奉。

她記憶中前世被人稱之為佞臣的姜葦是以色事人，那衛曙……

她想起皇后最後落寞的笑容，想起皇后說結髮為夫妻，恩愛兩不疑，卻最終敵不過旁人的體貼諂媚，不知為何心中一痛。

直到出了宮，坐上馬車，她終於緩緩回過神來，可看著稍後一起坐上馬車的元貅，不由發問。「可是出了岔子？」入宮前她便知道，元貅與衛曙有要事商談，可這會兒看他臉色，顯然事情並沒有談好。

「嗯，」元貅緩緩點了頭。「姜侍郎忽然出現，我便沒再提起。」

晏雉愣了愣，這才發覺事情似乎又沿著前世發生過的軌跡走了。

「陛下和姜侍郎……可有什麼不妥的地方？」晏雉仔細想了想，到底還是問出聲來。衛曙雖然不是什麼十分有才幹的皇帝，可好在也算是明君，倘若因為一個姜葦，鑄成大錯，只怕百年之後，史官留筆，也逃不過一個昏字。

「皇后與妳說了什麼？」

元鏫攬過晏雉肩頭，低聲問道。

晏雉嘆了口氣，靠在他的肩膀上。「聽聞當年在驪王府時，皇上、皇后十分恩愛，即便王妃一直催著當年多給世子納妾，世子的目光仍只停留在髮妻身上。可如今……」

晏雉想到前世聽說過的那些事，忍不住替皇后覺得惋惜。姜葦的確生就了一副好容貌，不然，也不會前世能迷惑住魏王世子，今生還能讓衛曙沈迷；可姜葦的野心，顯然不僅僅是在讓皇帝能夠注意到他這麼簡單。

晏雉越想越心驚，情不自禁地握緊了元鏫的手掌。

這種感覺，不大好。

這種感覺很快就應驗了。

北夷國內叛亂，大王子弒父奪位，又娶了老國王的妻妾，為保自己的血脈能夠純淨，在一個月內，接連殺死了十幾位自己的同胞兄弟，活著的公主無一不被他收入後宮。

看起來泯滅人倫，卻是北夷國一向的風俗。

這些僅僅只是北夷國境內的事，之後發生的事，卻令滿朝文武都震驚了——與北夷相距不遠的地方，是北部城關觀海城。駐守觀海城的鎮北將軍李和志，在北夷國生事後不久，帶著一家老小，叛變了。

李家在大邯稱得上是勛貴之家，當年和成信侯一道，都有開國之功，和晏家不同的是，李家百年來在大邯一直有著累累戰功，這樣的一位將軍，忽然叛變，是誰也想不到的事。

李和志一家已是難以追捕，盛怒之下的衛曙當即下令，將與李家關係密切之人全部押入大牢，李家奴僕和未被帶走的侍妾歌姬及庶出子女，一併斬首，毫不留情。

與此同時，北夷開始攻打觀海城，因為有李和志從中幫忙的關係，觀海城如今岌岌可危。

朝中百官十分不安，衛曙更是氣惱得不行，皇后因病留在宮中休養，太子親自服侍左右，衛曙身邊唯一能說得上話的人便只有姜葦。

可姜葦的身分至多不過是個侍郎，哪裡能像眼下這般日日夜夜侍奉御前。誰也想不到，衛曙一眨眼的工夫，竟給姜葦提至散騎常侍的位置，特命其隨侍左右。更令後宮諸妃及文武百官難以接受的是，衛曙竟在此時此刻，在後宮之中專門騰出一座宮殿，只為了姜葦能夠住得舒服。

前有北夷屢犯邊關，後有佞臣顏色誤國。滿朝文武不由得開始想，若先帝地下有知，看到如今的陛下，可是會覺得後悔？明明還是驪王世子的時候是個能幹聰穎的人，可怎麼登基才幾年，就變了樣呢？

衛家以武起家，可與晏家有些相似的，是自祖上之後，子孫後代日漸疏於武學，更多的傾向文政。到了衛曙這一代，同輩人中精通武學的已經極少，至多不過是能夠簡單防身，若是遇上本事高強一些的，也都是無力反抗。

越是這樣，他們越是害怕有人頻繁侵犯邊關。

而今，衛曙顯然已經把姜葦這個佞臣看得極重，民間不知何時，竟有童謠傳出，只說大邯天子疼愛佞臣，罔顧百姓疾苦，大邯氣數將盡。

如此這般的童謠在奉元城內傳了整整六日，姜葦被姜氏族人狠狠一頓責難後，竟奔回宮中，與衛曙兩人關在殿內不知說了什麼，到第二日，竟有御林軍滿城抓人。

民怨頓生，隱隱有壓不下去的勢頭。

又過幾日，觀海城在與北夷兵馬對抗十數日後，終究城破。

元貅從睿親王府回來，進門見著晏雉正坐在案前撥打算盤，知她這是在算這月的花銷，便也不出聲，自己走到內室準備更衣。才抬手解扣子，便聽得身後珠簾的聲響，轉身就瞧見晏雉走了過來。

這幾日三公主因甄氏給熊戊抬了幾個通房的事，正鬧著脾氣，沒空來府裡找麻煩，晏雉本是長長舒了口氣，可聽到街上那些傳言，難免心頭不暢。

元貅低頭看著她下意識蹙起的眉頭，抬手撫了撫眉心。「妳別惱。」

晏雉愣了愣，隨即一笑。「只是有些擔心……睿王爺今日又去了馬場？」

自姜葦入宮後，衛禎的日子沒來由地變得有些難過。衛曙似乎是聽信了姜葦的話，漸漸對長子生出嫌隙。衛禎為避嫌，這段日子一直在掩蓋鋒芒，雖時而上朝，卻至多不過是提幾個「附議」，和從前的足智多謀全然相反。今日天色不早，晏雉自然以為元貅又是陪著衛禎去了馬場，這才一留就留到現在這個時辰方才回來。

元貅搖頭。「本是在馬場，陛下臨時傳召。」他脫下官服，轉身換上一身常服，牽著晏雉的手從屏風後走出，在床沿上坐下。「今日前線來報，說觀海城破後，流民四起，北夷日前打到坤海城，若是再敗，就要到中原了。」

晏雉在腦海裡過了一遍賀毓秀曾要求她熟記的大邯疆域圖，想到緊鄰坤海城的便是中原第一關鳳翔關，有些錯愕。「竟這麼快？」

「是有些快。李和志通敵賣國，已經徹底把邊關一帶的軍事布防全部交予了北夷。」元貅頷首。「陛下大怒，脫口而出要御駕親征。」

晏雉倒吸了口涼氣。御駕親征並非是件很輕易的事，雖於鼓舞士氣有利，可十分危險，古來帝王不會輕易做出這個決定。晏雉正覺得衛曙這個決定有些驚人，元貅後面的話，卻令她的臉色登時變了。

「姜常侍極力舉薦，認為由如今已冊封為王的大皇子衛禎親自領兵前去坤海城，勢必能夠震懾北夷，守住坤海城，奪回觀海。」

「他是不是還說，大皇子年少封王，雖天資聰穎，卻無半點戰功，如此封王，朝野上下早有言論，不如就藉此機會，讓大皇子得以立功？」

晏雉極力忍耐。在前世，姜葦做的那些事，她雖知道的不多，卻也明白這個人之所以遭人唾棄的緣由。如今聽說他竟讓衛禎這樣一個連戰場都不曾見過的少年王爺領兵，明著說是為了讓睿親王立下戰功，實則卻分明是在排除異己。

姜葦究竟要做什麼，目的又是什麼？晏雉越想，越忍不住渾身發抖。

元貅的大手按上晏雉的肩頭，見她神情有異，心底一嘆，將人摟進懷中。「雉兒，我將陪同睿親王，一起去坤海城。」

去坤海城的隊伍走得匆忙，觀海城已經被攻破了。

聽說北夷大軍破觀海城後，將城中百姓如同集市上的牲畜一般分類，長相漂亮的女子和男子被囚成禁臠，小孩無論男女一律充為下等奴，長相不好看的男女和老人則被關押起來，充當糧食。

得聞此消息，一行人心中無不懷揣著傾天怒意，只想當即趕赴坤海城，將那些北夷蠻子的頭顱砍下，於日下曝曬。

眼看著再過一日，大抵就能趕到坤海城了，衛禎越是接近目的地，越是能清楚地感覺到周圍壓抑痛苦的氛圍。一路走來，難民漸增，有的成人、小孩已經餓得面黃肌瘦，有的甚至因為被戰火波及，身上到處是傷，只能靠家人拖著板車載著吃力地避難。

年輕的睿親王到此刻終於明白，戰爭，並不是紙上談兵這麼簡單。

「元參軍，」他正色道：「孤王要將這些蠻子，打回北夷！父皇的江山，由孤王來守！」

一直不苟言笑的元貅，此刻終於寬慰一笑。「好。」

這日終於到了坤海城。

守城的將軍姓韓，與李和志師出同門。自李和志帶著家眷連夜叛逃投靠北夷後，韓將軍幾乎被麾下所有人用異樣的眼光看了很久，就連他自己都在想，會不會有一天，他也拋下這座城，拋下這些百姓，只為謀求一個安身立命之所。

好在韓將軍的家眷也在坤海城中，其妻申氏是良家出身，偶然間聽見了韓將軍夜裡的絮叨，當場便將其呵斥了一頓；其子更是下跪磕頭，只求阿爹莫要學那叛國的李和志，便是死，也合該是戰死在沙場之上。韓將軍聽罷，當下收斂了所有心思，只一心率領麾下將士，拚死守城。

他們到坤海城那日，由於天亮前正抵擋下北夷大軍的一番夜襲，將士們都吃力萬分。韓將軍守在城樓上，還是衛禎和元貅直接下馬走上城牆，這才與此人打了照面。

粗壯高黑的漢子，穿著被火藥和鮮血染上顏色的盔甲，正指揮著將士運送傷員。聽到有人上城樓的腳步聲，以為是自己麾下的士兵，頭也不回便吼著要人趕緊把傷員送去救治。

還是身邊的副將先回了個頭，瞧見來人看著臉生，身上的穿著雖顯得風塵僕僕，卻顯然不是尋常士兵，當即想起之前下的聖旨，慌忙提醒韓將軍。

皇帝派了一個參軍跟一個根本沒上過戰場的小王爺過來的事，韓將軍是知道的，心頭很是不高興，只覺得那睿親王壓根兒就是個沒長大的奶娃娃，皇帝把人扔過來分明是想給小王爺鍍層金。

可這金能不能鍍上，韓將軍不知，他只知道，一不留神，說不定這小王爺的命，就這麼交代在坤海城了。

然而，和衛禎及元貅碰面後，韓將軍頗感到慚愧。

他以為的奶娃娃，雖的確沒上過戰場，卻的確知道戰爭意味著什麼，還為軍中帶來了不少的物資。而被皇帝扔過來的另一個人，說是參軍，可看體格，卻像是個能在戰場上砍殺的好手；再仔細一問，韓將軍驚嘆，竟是之前在歸州立過大功的那位校尉。

元貅入城之後，幾乎沒有一天是睡到天亮的。每日天沒亮他就醒了，先是在營中巡視了一遍，與將士們就布防一事做了探討後，又騎馬進城，同韓將軍一道巡視城防。

「……這一段的城防已經和城防圖上的不同了，之前發覺那夥蠻子有意往這邊衝，就知道李和志那傢伙已經把城防洩漏給蠻子。不過他們能往這衝，我也能把這給改了。」

韓將軍在坤海城三、四年，對這座城的任何一處城防都極其熟悉。觀海城破後，北夷蠻子對坤海的第一次進攻，就是直接朝城防最弱的地方去的，好在韓將軍對整個坤海城的城防布局瞭若指掌，這才避免了被北夷蠻子長驅直入。

望著韓將軍所指的方向，元貅沈思。他讀過兵法，知道一些戰略謀術，也曾累積了一身的軍功，自然看懂了被韓將軍改過的城防部署得有多縝密。

但，這樣改還不夠。

從前世與北夷大軍的幾次交戰來看，北夷人驍勇善戰，即便沒有李和志的叛變，觀海城也會輕易被攻下。

「怎麼了？」看到元貅的沈默，韓將軍頓了下，問道：「可是有什麼想法？」

「不是。」元貅道：「只是在想，我們何時反擊。」

韓將軍沈默了下。「反擊並非易事。北夷本就善戰，大邯這些年太平日子過久了，很多兵連血都沒見過，如何上戰場殺敵；更何況，對付北夷不可冒進……」

元貅道：「沒見過血，那就都押上城牆，仔細看著衝在最前面的同僚，看著他們流血、流汗和人拚殺。」

韓將軍一怔，望著元貅看過來的那雙琉璃色的眼睛，有些不解。

「當初硫原城破，歸州遇襲的時候，多少守軍也沒有見過血，甚至在那之前個個缺乏訓練；但是，等真的到了殺敵的那一天，再大的恐懼也掩蓋不住心底的憤恨。」

元貅說著，目光轉向城牆外。「歸州一役，死了無數的同僚，很多人都是頭一次上戰場。」

他已經記不得自己第一次殺人是在什麼時候。也許當時的反應也在害怕，但是當敵人的刀劍已經指向自己的時候，如果再不拿起武器反抗，最後死亡的只會是自己。

「聽聞參軍是奴隸出身？」

這話雖然問得有些冒失，但是元貅卻不在意。他從不否認自己的出身，不論是前世還是今生，出身不能由自己選擇，安身立命的方式才是自己能夠抉擇的。

「是。」

「參軍從前侍奉的是哪家？」

「東籬晏家。」

「東籬……晏家？可是有一對在靖安蠻叛時，聯手抗敵守城的晏家兄妹？」

「正是。」

韓將軍感慨良多。「我妻子當年曾在奉元城與晏家兄妹有過幾面之緣，對晏四娘多有誇讚。靖安一事，更是令她驚嘆萬分，直說那小娘子是世間難得一見的妙人。」他頓了頓，看向元貅。「如今看來，晏家當真不是尋常人家，這世上，能脫離奴籍的人少有。」

元貅不語。

韓將軍長嘆一聲。「安穩日子過得多了，好些人都忘記了什麼是危險。觀海城已經破了……坤海必須守住。」

「不光要守住。」元貅道：「還要打出去。」

對朝中的文武百官來說，晏節的仕途簡直順風順水，幾年之內連升幾級。童家傾覆後，安生日子才過了不久，他再度陞遷，這一回直接成了直龍閣權知瓜州，充上都護。

瓜州轄下共有四州二十一縣，地處西南，多瘴氣，邊緣之地多怪山怪水，山中多凶獸，常年多雨少太陽。傳聞瓜州百姓身材矮小，脾氣古怪，更因此地多山，山中有土著，不少百姓的日子過得並不安穩。

晏節之所以突然被調往瓜州，實在是因其有治理靖安的經驗。朝中百官認為，瓜州多土著，難以收服，不如舉薦他前往。晏節赴任後沒幾日，便帶著一隊人馬上山了。

這裡的山極險，又十分陡峻，上山的路並不好走，有的地方甚至連人踩出來的痕跡都沒有。半人高的雜草下，到處是稜角尖利的石子，即便騎著善於在山間勞作的驢子、騾子，也時不時地有人差點被顛下地。

這路，是真的不好走，能居住在這樣深山裡的，大抵都是一些奇人。

招安的隊伍裡，混著名少年，容貌清麗。原本一群人還都在私下裡議論，不知這少年是誰家的小郎君，託了關係塞進隊伍裡，想掙個名聲，日後好出仕。可山路越崎嶇，眾人對少年的印象越發有了改觀。

這個季節的南邊依舊燥熱難耐，少年卻從始至終只抬手擦過一次汗，俊秀的側臉上，汗珠順著額角往下淌。

一行人走了很久才爬到半山腰，終於見著了一條被人修整得平穩一些的土路。只是這土路蜿蜿蜒蜒，是條泥鰍一般的羊腸小徑，只一人可過，兩邊全是半人高的雜草，有的甚至還有細長的枝葉生長到土路的中間。潮濕的路階上，留著幾個奇怪的掌印，再往上，就有幾個光著屁股的小孩，從土路兩邊叼著草莖竄來竄去。

未開化的山民土著，在瓜州百姓，甚至是文武百官的口中，都是十分野蠻的存在。有的地方文獻中，甚至將各地的山民描述成茹毛飲血的野人，說他們只生活在山中，哪怕再崎嶇難走的路，這些人也能靠四肢攀岩而上，不懂得種田，就在山中獵殺動物，靠老天吃飯。

但是，真正接觸之後，就會發覺這些山民十分可愛。尤其是那些孩子，只是得到了一些零嘴，便開心地像是得到珍寶一般，甚至還讓家裡拿出打獵得來的獵物當作還禮。

一直到重新回到都護府，晏節這才對少年開了口。「族長忠誠可用，我打算這就寫書信回稟陛下，任命他為歸邯官，日後若有其他山民與蠻子入侵瓜州，此人和其族人可為我用。」

「大哥覺得可用便好。」一身男裝打扮的晏雉擦了把汗說道。

晏節忽地回身，盯著她。「四娘，這次由著妳性子胡來，下不為例。之後妳就好生留在府裡，別到處跑了。」

晏雉愣了愣。「為什麼？」

自元貅離開奉元城後，得知晏節再度陞遷的晏雉，不顧阻攔，孤身一人來到瓜州，說是要為招安助一臂之力；若非先生提醒，晏節原也想著有她在，便能多一分助力，可眼下看來還是押著她好生待著最重要。

「妳是當真不知？」賀毓秀抬手，拍了拍晏雉的小腦袋，臉上不由笑出來。「癸水多久未至？」

晏雉一愣。身邊的燕鸛咳嗽兩聲，藉口有要事轉身就撤，只把這裡留給了他們師徒三人。

燕鸛一走，晏雉的臉騰地就紅了。

「先生……怎地問這……」

「伸手。」賀毓秀捋了捋鬍子。

這並非是什麼特殊的本事，多數的書生文人，皆會學些基本的醫術，雖並不擅長，不像那些大夫能夠開堂就診；可有的人，譬如說大名鼎鼎的松壽先生，給人看個小病小痛的本事，還是有的。

晏雉呆愣愣的，聽話地伸出了手臂，白皙的掌心向上，露出一小節纖細手腕。賀毓秀伸手，往上一搭，手掌往下一劃，在晏雉的掌心上拍了兩掌。「去請個大夫來吧，給妳自己調理調理身子。」

晏雉嚇了一跳，還以為自己身子出了問題。

等到阿桑將大夫請來，晏雉這才知道先生話裡的意思。

「我……這是懷上了？」

請來的大夫是附近一帶有名的婦科聖手，即便是在瓜州，也極為有名，不少大戶人家甚至會不遠千里奔赴鹽平，只為請大夫幫忙安胎。

晏雉此刻摸著平坦的肚子，一陣後怕。

賀毓秀看著她這副模樣，失笑道：「這是還不相信？」

晏雉搖頭。「不是，我只是……」

「妳已成親，癸水久未至，便該請大夫診診脈。」晏節將人按坐在榻上，低頭對視，沈聲道：「如今心裡可是怕了？」

晏雉沒立刻回答，只是尷尬地低下頭，囁嚅著。「我也不知竟會……竟會這麼快就懷上了……」

她對孩子一直有著期盼。

無論是在前世，還是今生。

自從前世孩子掉了之後，她的身子日漸崩壞，和熊戊的感情也完全無法建立，直到死，她一直不曾生養過孩子。在嫁給元貅之前，晏雉其實想了很多，她甚至在想，他們的第一個孩子，會在什麼時候降臨人世。

哪裡想到，才成親這麼些日子，她竟就懷上了。

而在得知已有身孕這個消息前，她做過最瘋狂的事情，就是帶著幾個丫鬟，風雨兼程地從奉元城快馬加鞭趕到瓜州……

晏雉摸著肚子，有些後怕，又有些難以置信。

如果不是這個孩子夠堅強，只怕在路上，就已經……

晏雉越想越後怕，神情變化得異常活躍。晏節心知她這是在懊惱，伸手摸了摸她的頭，安撫道：「孩子沒事。往後的幾個月，妳便老老實實呆在府裡，不可再到處亂跑，傷著孩子。」

沈宜懷孕的時候，晏節一直陪著妻子，多少知道一些孕婦應該注意的事。在山上的時候，要不是先生提起，晏節也並未想到這一點，好在下山之後趕緊請來大夫診脈，果真驗證了先生所說。他心裡高興，卻也多少為這個孩子生在此地，感到憂心。

瓜州多瘴氣，也不知會不會影響到這腹中胎兒。

在確認晏雉懷孕後，晏節大筆一揮，寫了兩封信往東籬和坤海各自一送，不多久兩地就陸陸續續都收到了信。

東籬那邊自是高興得不行。

信送到的時候，晏畈正從鋪子裡回來，手邊還提著一袋送給孩子們的小禮物，信差笑著道了聲恭喜，便將信呈送給他。

晏畈一問，得知兄長來信，當即拿著信就去了熊氏那兒。

彼時，熊氏正在教五娘認字，拆了信，竟直接滾下眼淚來。

她的眼淚是欣慰的眼淚。只要一想起當年，被大郎從小佛堂內抱出去的那個枯瘦如柴的四娘，如今嫁了人，有了孩子，熊氏的眼淚就有些止不住。她一直因為自己早年兩耳不聞窗外事，只知虔誠禮佛，對女兒存著愧疚的心思，這分愧疚永遠永遠難以磨滅。

還是沈宜看了信，笑著在旁邊安撫，熊氏這才擦掉眼淚。五娘趴在她的腿上，奶聲奶氣地問母親為什麼哭。

熊氏只是笑，伸手摸著五娘的頭髮，輕輕說：「妳四姊姊有孩子了。」

五娘不理解，只是天真地看著熊氏，應了聲。「這是好事，母親為什麼哭呀？」

「母親……是覺得高興啊。」

與東籬那封信收得輕而易舉相比起來，送去坤海城的信，就頗受了一番周折。

起因正是因為坤海城內出現了北夷的探子，如今滿城都在搜捕探子，更是攔截了一些往來的書信，如果有人飛鴿傳書，大概也會很快被軍營裡百發百中的將士們射成刺蝟。

信件在確認無誤後，會命信差按照原先要送的對象送去。有的信言辭古怪，便會另外歸類，直到排除通敵或裡應外合的可能性，才繼續投遞。

從西南的瓜州送來的信，就在坤海城外被攔截了下來，一併交給了睿親王身邊一個審信的親衛。

這一拆，那親衛忍不住低呼了一聲，趕緊呈給衛禎。

衛禎先是一愣，以為攔下了一封裡通外國的密信，等到接過信一看，當下嗆了口氣，忙讓人去將巡城的元參軍找來。

元貅和韓將軍是一前一後進的營帳，衛禎才將信轉遞到他手上，立即就開了口。「照例攔了進城的信查看，不想拆開了才發覺，是從瓜州治所鹽平寄來的信。」

元貅不解。

衛禎咳嗽兩聲。「信上說，晏四……嫂嫂她懷孕了。」

在衛禎說完話後的瞬間，整個營帳頓時陷入了一片安靜。

良久之後，才看見元貅微微瞇起了眼睛，一如既往的面無表情，可漸漸的似乎有了別樣的神色。等他低頭慢慢將信看完，似乎是有些不相信，又從頭到尾看了一遍，就這樣來來回回三遍，臉上的神情終於有了巨大的改變。

元貅拿著信的手，漸漸用力，竟有些微微發抖。「信裡頭說，雉兒懷孕了……」

衛禎笑著看他有些失態的樣子。「這信我瞧著落款是晏都護的名，想來總不至於是騙人的。不過，晏娘子不是該留在奉元城的嗎，怎地會又去了鹽平？」

「她哪裡會樂意一個人留在府裡。」元貅眼底猩紅，一想起晏雉定然是日以繼夜地往鹽平趕，便忍不住想要衝到人前，抓著她好好發一頓脾氣。然而，驚惶過後，他又被難以形容的喜悅完全席捲。

前世的時候，他從未想過有朝一日，可以有妻有子。那時候，刀光劍影幾乎充塞了他全部的生活，為了能活得像人，活得有尊嚴，他幾乎將命留在了戰場上。唯一能讓他稍微放下心舒一口氣的，大概是隔三差五從手下人那裡傳來的，關於晏雉的那些事——

某年某月春，晏氏由丫鬟陪同，飲了開春新摘的茶。

某年某月中秋，晏氏葡萄藤下賞月，形單影隻。

某年某月冬，晏氏大病……

那個時候的他在想什麼？元貅如今問自己，已經有些答不上來了。大概是每次聽到這些消息的時候，心裡會開心，可是知道她的生活一日難過一日後，又忍不住想要質問熊戊，為何娶了她卻又不去疼惜她。

而今，他至死都愛慕著的人成為自己的妻子，甚至還有了孩子。如此，元貅又怎能不激動，恨不能現在就快馬加鞭跑回晏雉身邊，牢牢地將心愛的小妻子抱在懷裡，狠狠地親吻她。

衛禎從來沒在元貅臉上看到過這麼多的表情，心裡滿滿都是羨慕，忙起身拱手道賀。「恭喜元大哥，等到他日旗開得勝班師回朝，便可一家團圓了。」

元貅點頭，小心翼翼地將信摺疊好，塞進衣服的內層，緊緊地貼在心口的位置，彷彿只有這樣，他才能感覺，無論怎樣，他都和晏雉還有孩子在一起。

一直在旁聽著衛禎和元貅對話的韓將軍，此刻也回過神來，朗聲大笑。「可是晏家四娘懷孕了？我回頭就告訴我那婆娘，上回我同她說晏四娘嫁給了元參軍，她就念叨著何日可再見上一面，這好消息我可不能漏了！日後得空，就領我家婆娘上門給你們夫妻倆賀喜！」

韓將軍膝下有一子一女。

這兒子是認的，原本是戰亂時故人遺孤，韓將軍見其年少雙親便亡，不忍故人之子流離失所，便認做親子領回家中。當時韓將軍之妻申氏多年未孕，成日告菩薩、求老天，見這孩子可憐，也是十分心疼仔細照顧。之後申氏在奉元城外的凝玄寺偶遇熊氏和晏家人，回家後不久便被告知懷了身子，足月誕下一女。

儘管是個女兒，韓將軍中年得女，十分疼愛寶貝。大概是因為之前一直沒有孩子的緣故，韓將軍夫妻兩人一向十分疼愛孩子，如今聽聞晏雉懷了身子，將她視作福星的韓將軍自然十分高興。

元貅笑著致謝，心裡越發期盼著早日結束戰局，好回去陪伴妻子，若能親眼看見孩子生下，只怕他會高興得哭出來。

招安山民從來不是一件簡單的事。在晏雉因懷孕，不得已留在都護府仔細養胎的時候，燕鸛因招安出事了，儘管所有人都試圖將消息瞞著晏雉，但她到底還是衝進了燕鸛的房間——

燕鸛整條胳膊都沒了。

晏雉看到，那個容貌俊朗的男子，面容蒼白的躺在床上，雖然昏迷，臉上卻仍在不住地滲出冷汗。左側本應該有臂膀的地方，被繃帶嚴嚴實實地包裹了起來，但還是能看到血透過繃帶染出紅色，甚至在腳踏上，晏雉還能看到一團一團被血染紅的棉布，以及來不及擦去的血跡。

晏節至今已陸陸續續招安了數個山民寨子，砍掉燕鸛胳膊的那個寨子名叫尹縣。燕鸛入寨時，並未發現異樣，等到離開山寨，半路便遇到了伏擊，交手的第一瞬間，眾人就發覺了，這夥人出自尹縣。

燕鸛的胳膊，也就是在那個時候，被人狠狠砍下，毫不留情。

晏雉本想親自留下照顧燕鸛，晏節和晏瑾卻認為對腹中胎兒不好，遂讓慈姑將人扶走。晏雉無奈，只好吩咐慈姑多往這裡走走，生怕燕鸛帶來的幾個下人沒法照顧好他。

燕鸛被尹縣山民砍斷胳膊，昏迷在床的事，晏節不得不寫信送往滎安，告知燕家人。

當初晏瑾為救蘇寶珠瘸了一條腿，蘇家人都差點退了這門親事。燕鸛雖已成親，可少了一條胳膊，對其妻來說，簡直就是噩耗，也不知，夫妻倆日後會否因為這條少了的胳膊，生出別的嫌隙來。

信何時能送至滎安，晏雉並不清楚，她依舊如同從前一般，不時去陪已經甦醒的燕鸛說話。

有時聊天的內容是她腹中的孩子，有時是聽燕鸛說起自己從前在滎安當小霸王的日子。在他們聊天的時候，侍奉在一旁的只有慈姑一人。

不日，尹縣山民叛國，勾結邊境小國阿南，開始大肆侵擾瓜州邊境諸縣。而此時，晏節收到了宮裡來的消息，那個姜葦竟還說動衛曙，此時在朝野內外進行變法。

不管變法與否，當瓜州邊境諸縣戰火燃起，最重要的事情已經是要如何將這些蠻子打回老家。

然而，望著主動加入戰前會議，為自己出謀劃策的晏雉，晏節實在不願告訴她，坤海城破了。

在強攻不下坤海城半月有餘後，北夷大軍卻似乎借到了老天的神力，在李和志的幫助之下，終於破城而入。

坤海城陷入危難之地，韓將軍兀自守城，衛禎則被安排護送全城百姓逃離坤海，退至暫時還未受到侵擾的周邊縣城避難。

韓將軍帶領坤海守軍頑抗北夷大軍，因軍心渙散，一路潰敗至坤海城外殺虎嶺，再度被窮追不捨的北夷大軍重重包圍。

五萬坤海城守城軍，到了今日，留下的不足兩萬，而在城破後，兩萬的守城軍也在一路潰敗中，只剩下三千餘人。潰不成軍這句話，在這個時候果真用得十分恰當。

韓將軍望著漸漸圍攏過來的北夷大軍，忽地大笑。「也不知道大郎那小子能不能照顧好他娘還有小丫頭，渾小子要是照顧不好她們娘兒倆，老子就在地府等著，一定要等到渾小子百年了，狠狠揍他一頓！」

「將軍……」

「將軍！我們和您一起再戰！」

越來越近的北夷大軍就在眼前了，渙散的軍心卻在此刻重新凝聚，三千餘人齊力大喊的聲音彷彿能震動蒼穹。

男人爽朗豪放的大笑，毫無罣礙，就像他們所面對的根本不是那些窮凶極惡的北夷大軍，而僅僅只是一群接二連三向前走來的蛇蟲鼠蟻。

「臭小子們，當然要戰！」

這是三千人對三萬人的一場激戰。

孤立無援的大邯眾將最終全軍潰敗，韓將軍更是戰死沙場，雖活捉了百人，卻無一人鬆口說出大邯親王衛禎及其大軍的去向。

手中的茶盞落到地上，「砰」一聲，四分五裂。衛禎愣愣地看著前來通報的斥候，身子僵硬得無法動彈。

「他們……連最後那百餘人都……都殺死了？」

斥候叩首，說話的聲音卻越來越小，哽咽著不能自已。「小的前去打探時，只見殺虎嶺滿地鮮血，屍橫遍野……」

衛禎長久地怔在原地，扔了茶盞的手顫抖著，張了張嘴，卻再發不出任何聲音。

「秦司馬。」元貅轉首，望向提供庇護的江州司馬。「煩勞司馬回稟陛下，坤海城破，韓大將軍戰死……請朝廷派出支援大軍，以免戰事擴大，生靈塗炭。」

四天前，他們護送坤海城百姓逃入江州各地，稍加安頓之後就命斥候前去查探情況。接連三天，沒有得到確切的消息，只說北夷大軍似乎退回坤海城中，並未在江州附近看見敵軍人馬。直到今日……

「王爺……這……」江州司馬有些遲疑地看向衛禎。雖說軍報須得如實回稟，可是大邯軍隊接二連三潰敗，軍報傳回皇都，勢必會引起朝堂內外的惶恐……

「寫！」衛禎低著頭，令人看不清楚他的神情，只有聲音，憤恨不已。「該讓朝廷知道，如今事關江山社稷，不能在這種時候，再去鬧什麼變法了！民心不定，軍心不定，江山如何安定！」

「元參軍！」衛禎大喊。

元貅走上前。

「孤王命你為大將軍，統帥大軍，務必在朝廷的援軍趕到江州前，不再放任北夷大軍往前進一步！」

元貅微微抬頭。少年的臉上，是從未有過的悲傷神情，然而那雙眼睛，像極了每次遇到難事時他心愛的姑娘迎難而上的神色。

他曾經一心推上位的帝王已經成了他人的傀儡，那這個少年呢？

元貅垂眼。歷史明明已經不同了，卻又往相似的方向走去。

在長久的靜默後，不管是衛禎還是江州司馬，都以為元貅是在遲疑時，終於聽到了男人一如既往低沈的聲音回覆道：「末將領命！」

第二十五章 風雲湧

治平四年十月，朝廷終於組織了援軍，共從奉元、葦州各地調遣義勇、禁軍總共二十多萬人，任命熊昊為大將軍帶領二十萬大軍前往調江州，支援睿親王及江州司馬。

自從靖安一役後，熊昊便被衛曙降職了，可熊家的野心，卻似乎無論何時何地，都有著讓人不可小覷的生機。先是逼死長子髮妻，迎娶三公主，再是與佞臣姜葦交好，如今又被任命為二十萬大軍的總指揮……其中姜葦究竟出了多少力氣，旁人無從得知。

治平四年，十二月。晏節帶著瓜州禁軍及招安的眾多山民，不光將敵軍趕出大邯境內，更是一路打到其都城。眼看著不斷損兵折將，已無望再對大邯朝做些什麼，阿南國大王無奈寫下降書。

阿南國大勢已去，自願降為附屬國，從此每年向大邯獻貢，不再招惹瓜州百姓。尹縣山民因裡通外國，封山撤縣，充作軍戶。

治平五年，一月，雪。朝廷接獲新的前線消息，北夷人被打回了觀海城，收復逐鹿、隆德兩府並坤海一城，朝廷內外歡欣鼓舞。

同月，朝廷下旨，命晏節安排軍隊繼續留守瓜州各地，防範阿南國再伺機行動，又召晏節帶一千兵馬押解蠻首和活捉的阿南國敵將回朝。

同年，三月，春，晏雉再回奉元。

再度見到衛曙的時候，晏雉著實吃了一驚。這位年輕的皇帝，也是一位振作有為之人，畢竟能被先帝挑中的人又哪裡會是個無為之主；曾幾何時，正陽殿中坐著的這一位神情萎靡，又哪裡有幾年前的一分神采。

從元貅的口中，晏雉也聽說過不少這位年輕的皇帝對江山的一些設想。大邯開國至今，歷經數位皇帝，朝堂內外必然積弊不少，自入主東宮後，衛曙便有了宏偉的抱負，想要重整河山，讓大邯國力達到鼎盛。

先帝在位時，也曾提及變法，只是變法一事，牽一髮而動全身，並不是幾句話就能成的，因此當時的變法，只經歷了短短十數月，便銷聲滅跡，沒了蹤影。然而此事，卻似乎在當時還只是驪王世子的衛曙心裡，留下了很深的印象，要不然，也不會在如今，只因姜葦的幾句蠱惑，便大刀闊斧，推行變法。

只是，姜葦這人心機太深，背後又有些古怪的勢力，衛曙的鴻願即便再大，只怕到最後，真正能成的不過九牛取其一毛。

「晏卿此番能將那些蠻子打回阿南國，實屬不易。」衛曙咳嗽兩聲，看著正陽殿下微微垂首的晏節道。

他又看了看站在晏節身後的幾人，心下嘆服。「晏卿身邊俱是大才。」先帝尚還在世時，就曾提及過，松壽先生堪當大用。他登基之初，也曾想過將賀毓秀調到身邊，只是那時，朝堂內外亂成一團，他著實沒有餘力，再去遊說。

晏節行了一禮，不發一言。

衛曙咳嗽兩聲，蒼白的臉色終於顯得有了些血氣。「晏氏有身子了？」他頓了頓。「這是好事。」

衛曙的身子似乎很差，沒說幾句話就會重重地咳嗽幾聲，只是眼觀身旁的這些文臣武將，似乎都已經習慣了皇帝的這種情況，半低著頭，不發一言，唯獨站在尚書令身側的姜葦，一直面帶笑意，看著他們幾人。

「朕想命松壽先生為太子師。」衛曙重重咳嗽兩聲。「如今正值變法，須爾等從旁協助，太子年少，更是希望有名師能多多輔佐。日後太子登基，要成為一代明君，少不得眾位的輔佐……」

「陛下。」

衛曙還想往下說，一直淡笑不語的姜葦此時卻突然出聲，笑盈盈地將他的話打斷。「臣以為，瓜州的事既然已經了了，不如索性就將晏都護也調回奉元。」

此話一出，滿朝譁然。

晏節這幾年調動頻繁，已是大邯開國來陞遷速度最快的一人，如今又要從瓜州調回奉元，想來再任命，又要往上提一提了。

晏雉抬頭，看了一眼兄長。姜葦不懷好意，此話一出，朝中還有誰不會將兄長視作眼中釘，肉中刺。

好在晏節心裡門兒清。「臣惶恐。」

姜葦神色一沈，旋即又笑。「晏都護此話何意？」

「臣乃一介武將，入了朝廷，只怕做不出實務來。」

「晏卿妄自菲薄了。」衛曙看了眼姜葦。「此事明日再議，退朝吧。」

從正陽殿出來，晏雉站在石階之上，望著皇宮頂上蔚藍的天，忽就覺得這世上的人心只有最複雜的，沒有最真誠的。

「晏娘子。」有女官匆匆走來，見正陽殿前站著一位年輕婦人，忙上前道：「皇后聽聞娘子入宮，特地召見娘子入麒麟殿一敘。」

晏雉本是與晏節他們站在一道，聞言愣了愣，旋即想起自家與這位皇后也算是有一二交情，加之她還是三公主的先生，的確不好不去。

晏節有些不大放心。那女官當即便道：「請晏都護放心，皇后乃是好意，得知娘子身懷六甲，特地在麒麟殿內召見御醫，這是想請娘子過去搭脈瞧個仔細。」

等目送晏雉跟著女官走遠，晏節與賀毓秀一行四人便也準備出宮，行至宮門，不想正遇上了並不樂意碰見的人。

紫衣的姜葦容貌俊秀，身邊圍滿了即將出宮的文武大臣，一個一個笑著，似乎正在對他阿諛奉承。

「晏都護。」

「姜常侍。」

兩人四目相對，各自一笑。

麒麟殿還是老樣子。

無論衛曙如今寵幸的是後宮哪位妃嬪，寵幸的是男是女，皇后所居的麒麟殿依舊有著整個後宮都無法比擬的富麗堂皇。

晏雉的肚子已經不小了，從正陽殿一路走到麒麟殿都有些吃力，等她進殿拜見皇后，當即被賜了座。

「妳這肚子看起來月分不小了。」皇后笑道：「來，讓御醫瞧瞧，不知是個小郎君還是小娘子。」

同在麒麟殿的幾位妃嬪聞聲也笑道：「這頭胎還是小郎君好，長子嘛，總是最好的。」

晏雉看著這些妃嬪，羞澀地低下頭，心裡卻是一片了然——這些年，後宮之中鮮少傳來有妃嬪懷上龍嗣。最初幾年雖也有懷上身子的，可生下的，卻大多是公主。之後姜葦得寵，雖沒放上檯面，大多數人卻都是知道的，此後的後宮還就當真再沒傳出有妃嬪懷孕的消息。

晏雉看了一眼皇后，比之神情萎靡的衛曙，反倒是皇后的臉色看著不錯。

「妳這一胎懷得倒是不錯。」送走御醫，皇后笑容滿滿地看著晏雉的肚子。「想來，等邊關戰事結束，這孩子也已經降世了。」

晏雉笑著摸了摸肚子。「能安然出生就好，這世上，誰也料不準下一刻會發生些什麼。」

皇后笑笑，命人在殿內擺下點心果子，眾妃嬪笑著吃了，當即便有一人側身作嘔。

眾人一驚，趕忙又讓女官將才走不遠的御醫拉了回來，這一診脈，發覺竟是懷上了。

那妃嬪吃了一驚，轉而滿臉喜色。晏雉同眾人笑著道了聲恭喜，眼角卻分明瞥見皇后的臉色並不大好。

眾人說笑了一會兒，看著時辰差不多了，妃嬪們各自退去，麒麟殿中只留了皇后與晏雉兩人。

「妳素來聰明，可是瞧出了什麼不妥？」皇后垂眼，輕啜一口茶。

晏雉不語。她雖有心想要對付姜葦和熊家，卻也知有些事不該搭話的時候，就應當沈默不語。

這世上哪有密不透風的牆。

那妃嬪懷孕不假，只是近來後宮之中有些傳聞，大抵與姜葦脫不了干係。衛曙自與姜葦有了往來後，便長久不曾寵幸後宮，即便偶爾與妃嬪同居一室，也大多只是同榻而眠。三個月前，衛曙突然又重新開始寵幸後宮，卻也只是三、五日才寵幸一回。此時有妃嬪懷孕，對朝中百官來說都是個好消息，可也有人擔心，這個孩子究竟是不是……龍嗣。

「這分擔心，並無道理。」晏節嘆道：「混淆皇室血統，此乃大罪，只要查明，當誅九族。」

「既然如此，那孩子會是誰的？」

「十有八九，是姜葦的。」

晏雉手裡拿著的茶盞，「啪」一聲，摔碎在地上。她想過很多種可能，惑亂後宮，混淆皇室血脈，可能性最大的是常年出入後宮的那些禁衛軍；可這會兒聽到姜葦的名字，她先是嚇了一跳，再仔細一想，竟發現這才是最大的可能。

燕鸛冷笑一聲。「不止這樣，東宮裡頭，如今也大多都是姜葦和熊家的人。」

晏雉驚詫。「他們這是想從太子下手？」

「姜葦和熊家織了一張密密實實的網，把朝廷內外的所有人都兜了進去。」賀毓秀摸了摸鬍子。「誰都可以動，但是一動，那身上就會沾上噁心人的蛛絲，他們這是要誰都不安生。」

晏雉心下明瞭，再去看晏節，也是一臉平靜。

「既然回了奉元，餘下的事四娘妳便在一旁看著吧。」晏節看著她隆起的肚子，笑道：「等孩子生下來，妳想做些什麼，都隨妳去，只是如今，萬不能冒險。」

晏雉頷首，算是應下了。

「對了。」晏瑾從外頭回來，臉色有些異樣。「太子要選妃了。」

「太子如今才……多大……」

離及冠還早得很，就這年紀，即便是大戶人家的小娘子出嫁都算是早的了，更何況是太子選妃，自己都還是沒長大的孩子，就先娶妻。

晏瑾深吸一口氣，終於把有些難以啟齒的話，說了出來。「一正三側。正妃已定下，選的是三位側妃。」

「正妃出自哪家？」

「熊家。」晏瑾頓了頓。「是熊家二娘。」

太子選妃的排場大得有些驚人。皇后原本是邀了晏雉進宮，想說與那些小娘子們也見上一面，興許能從中瞧出幾個好的，晏雉卻稱病不出，只想好生養胎。

倒也不是作假。

這一路從瓜州舟車勞頓到奉元城，車隊雖為了晏雉特地放慢了速度，但她這幾日，肚子裡的孩子似乎有些發脾氣，鬧騰得厲害起來。

等到三位側妃選定，欽天監已經連太子大婚的黃道吉日都定了下來。

為了養胎，晏雉一直在內宅沒有出去，甚至還拒絕了城中不少夫人、娘子的請帖。她目前的狀況實在不適合去湊各種熱鬧，倒不如老老實實待在屋子裡，這樣還能動些腦筋，做一些比較有意義的事。

當然，前提是不會有硬上門的人。

看著眼前氣呼呼的人，晏雉不自覺地挪了挪位置，試圖再遠離一些。

「先生不是師出名門嗎，難不成也不知如何管好男人？」衛姝擱下茶盞，眼皮一抬，發現晏雉竟在挪位置，當下變了臉色。「先生如今還毫無心事，難道就不擔心元將軍獨身在前線，耐不住寂寞，納了什麼來路不明的女子為妾？到時候先生在這苦苦待產，那邊卻是情深意重，你儂我儂。」

晏雉被她冷嘲熱諷得有些無奈，抬起頭彎了彎唇角。合著這一天、兩天的，只要熊戊還在前線，這位三公主殿下就要一直來她家說些不著調的話嗎？

「三公主前前後後來了不知多少回了，每日都用類似的話咒罵這世間的男子，可是咒罵出什麼心得？」晏雉揉了揉有些痠脹的後腰，招呼慈姑過來斟茶。

衛姝心頭團著火。前幾日婆婆瞞著她送了幾個漂亮的丫鬟去前線，說是擔心父子兩人在前面照顧不好自己，實則是不遠萬里給他倆送去暖床的通房丫鬟。

等她聽到消息的時候，人都已經送出奉元城好些日子了。儘管她請求父皇、母后命人去半路截殺，卻被氣惱的父皇狠狠訓斥了一頓，更令人生氣的是，她是當著姜葦的面被父皇訓斥的。

一想起姜葦那張女人似的臉，和那一直帶笑的表情，衛姝簡直氣得恨不能將他斬成幾段。

「先生這肚子可是快生了？」衛姝冷冷地盯著晏雉隆起的肚子。「先生的脾氣這麼好，指不定日後元將軍的侍妾們生下的孩子，也會一併交由先生親自撫養。」

這樣那樣的話，這幾天晏雉沒少從衛姝的口中聽到。先前還覺得這位三公主的脾氣是越發的壞了，等從晏筠的口中得知從公主府傳出來的一些風言風語後，晏雉恍然大悟——敢情她成親後是把熊戊房裡頭的那些鶯鶯燕燕，全都趕盡殺絕了。

「三公主，妳有的是法子整治那些人，又何必非要害人性命。」晏雉到底有些不忍。

前世那些年，熊戊的妾多到晏雉甚至記不得每一個人的臉，彼時對她而言，熊戊房裡的鶯鶯燕燕再多，那也與她無關。

「先生滿腹經綸，又是一副菩薩心腸，那些狐狸精不是身在元將軍的房裡，先生自然說得好聽！」衛姝氣惱地扔了茶盞。

「公主何必在我這發脾氣。」腹中的小傢伙似乎有些不高興，一個翻身踹了肚子一腳。晏雉疼得差點叫出聲，無奈地撫了撫肚子，面對正在氣頭上的衛姝，說道：「公主若是不喜駙馬妻妾成群，為何不向陛下和皇后求助？」

「父皇？父皇如今被那個姜葦迷得七葷八素的，哪裡還願意管我的事！」

晏雉不語。

「他一個男人，又不是去勢的宦官，成天胡天胡地的往後宮跑，如果不是回回都出現在父皇身邊，我還真要以為他在後宮裡胡來！」

晏雉聞言，「噗哧」笑了出來，讓衛姝瞪了眼。

晏雉擺了擺手，笑道：「公主這話可莫要胡說，宮裡如今可是有懷了龍嗣的妃嬪，這話要是說了出去教人聽見，是要出事的。」

會出什麼事？

大抵就是一場後宮紛亂吧。

總而言之，晏雉在此之後，整整有五日沒再見過三公主，要不是之後發生的事，晏雉都要以為衛姝已經跑去前線找熊戊了。

就在那五天時間裡，三公主衛姝可以說幹了一件驚天動地的事——宮裡才懷了龍嗣的那位死了，不是別人，正是被衛姝推下湖，活生生溺水而死的。

這件事很快傳遍了奉元城，如果不是後有捷報傳來，想必此事又要在很長一段時間裡，成為百姓茶餘飯後的談資。

捷報一封一封從江州傳回奉元城，直至到了皇帝手裡才算了。

捷報上很簡潔，沒說別的，整理起來不過是兩句話。

第一句話是邊關諸城都已經奪回來了。

第二句話是發現參軍熊戊裡通外國，已伏誅。

「……伏誅了？」聽完消息，燕鸛有些懵。

別說他們了，其實晏節、賀毓秀也覺得這事有些突然。熊家是需要倒，但熊家要倒就必須將手握大權的熊昊扳倒；至於熊戊，不過是個為了野心附庸皇權的傢伙，沒有什麼扳倒的必要，此番跟隨熊昊去前線，也不過是想掙一份軍功，哪裡想到，竟直接送了命。

「這麼一來……熊家絕後了……」

「嗯，絕後了……」

晏節長嘆一聲，忽地想起什麼，轉首去看晏雉。「四娘，這幾日莫要見三公主……」

說曹操曹操到。晏節的話還沒說完，晏雉也正在努力消化熊戊的死，衛姝闖上門了。

書房外，衛姝氣勢洶洶地站著，嘴裡叫囂著，要晏雉出來。

「三公主。」晏節將門關上，見燕鸛和晏瑾主動擋在門前，這才稍稍放心地向前走了兩步，朝著衛姝恭敬行了一禮。「不知公主駕到，臣等有失遠迎。」

「讓晏雉出來！」

晏節低聲喟嘆。「公主有所不知，四娘近來身子不適，一直需要靜養，公主若是有什麼事，不妨同臣等說，興許也能幫上忙。」

此言一出，晏雉便聽得門外一聲嗤笑，緊接著是衛姝一向囂張跋扈的笑聲。

晏雉閉了閉眼，頭上漸漸沁出冷汗。

只聽得門外衛姝的聲音在說：「熊戊乃是當今陛下的駙馬，他憑什麼要為了莫名其妙的理由通敵！」話說到此，晏雉還沒來得及嘆氣，又聽見衛姝大喊一聲。「就算裡通外國又怎樣？反正父皇的江山都要被姜葦那個狗賊搶走了，還不如開了國門讓那些蠻子打進來呢！」

「公主可知自己在說些什麼？」

晏雉終於再也忍不住，猛地起身，開了門便是劈頭蓋臉一頓訓。「公主今日所言，若是放在朝堂之上，可知句句都足以殺頭？公主難道當真以為，自己身分尊貴，乃是天之驕女，便絕不會被人視作叛國嗎？」

話至此微一停頓，晏雉的臉色有些煞白，肚子有些疼。她忍不住抬手扶住門框，這才撐住身子，沒讓自己往後倒。

她才扶住門框，衛姝面色陡然一變，三步併作兩步衝上前去，伸手就要去拽晏雉的衣襟。

在場皆譁然，慈姑更是當即從旁邊撲了上去，生怕衛姝的一個動作就傷到了娘子。

晏節臉色大變，身後的屠三已經一個箭步上前，毫不客氣地將衛姝從晏雉身前提起往身後摜去。

晏節擋在晏雉身前，側頭見慈姑已將人扶住，眸中慍怒盛極。「這裡是晏府，並非是公主府，即便妳貴為公主，也請自重！」

衛姝的行為觸怒了太多人，要是她還執意要對晏雉動手，晏節不能保證自己不會命人將她嚴嚴實實地捆綁起來，然後送回宮中。

衛姝傲慢慣了，也從不對忤逆自己的人手軟，今日的舉動在她眼中，不過尋常，哪知竟會讓這麼多人怒目而視；但即便如此，她還是抿起嘴角，眼神頗有些不服氣。

「公主！公主！」

有女官匆匆趕了過來，身後跟著一小隊羽林軍。「三公主！陛下召您進宮！」

鬧事的人終於走了，晏雉長舒一口氣，正要往前踏出一步跟晏節說話，卻覺眼前一陣暈眩，下意識地就閉上雙眼，身子一軟，往慈姑身上倒去。

慈姑嚇了一跳，趕忙將人扶住，慌張地大喊。「娘子，娘子！」

晏節一把將人抱起，大步就往房間走。

大夫很快就被晏瑾從外面請了回來，但晏雉始終昏迷不醒，情況看著也不大好，身上一直在出汗，不時還會發出囈語。

所有人都有些慌，但大夫對此也是束手無策，只說是動了胎氣，又受驚所致。

到了傍晚，晏雉終於醒來，開口第一句話卻是在喊疼。

一直守在屋子裡的晏節等人，都大吃了一驚。晏節一把抓住大夫，讓他趕緊把脈。大夫有些驚嚇，搭脈一看，直說快請穩婆過來接生。

一時間，晏府裡頭亂作一團，就連才散衙的晏筠，連官服都來不及換下，直接跑到了晏雉的房前。殷氏和豆蔻正拉著穩婆過來，見晏筠在門口急得想要往裡闖，猛地將人往旁邊一拉。「三郎莫要在這個時候添亂了！」

「我沒……」

「三郎就在這兒等著吧。」賀毓秀將人拉住。「四娘是頭胎，孩子並未足月，想要生下這個孩子，只怕有些苦頭要吃。」

晏筠愣了愣，轉頭望著站在門前，揹著手低頭不語的兄長，忽然長長嘆了口氣。四娘從小到大，受過那麼多的累，怎地到如今這一步，還要再吃苦頭。

屋子裡，慈姑坐在床邊，被晏雉緊緊地抓著手。殷氏站在旁邊，緊張地看著穩婆，一個勁兒地探頭問：「怎樣了？出來了沒？」

慈姑方才帶著人準備好了熱水和布巾，回頭見晏雉疼得滿頭大汗便坐在了床邊，由著晏雉抓著自己的手，手再疼始終不及她的心疼。「這麼疼，可如何是好……娘子怎麼這麼苦啊？」

疼痛一陣一陣襲來，如浪潮一般。晏雉的神智有些不大清楚，她有時覺得肚子疼得厲害，像是小傢伙又開始調皮了，有時候靜悄悄的，還能聽到耳邊慈姑說話的聲音。她迷糊地不知道已經過去多久，想要喊疼，但是話到嘴邊，聲音卻怎麼也發不出來。

「好四娘，喊出來，喊出來吧！」殷氏滿頭大汗，眼眶通紅。旁人家的娘子生孩子的時候，哪個不是喊得聲嘶力竭，喊到都讓穩婆在旁邊叮囑忍著些；可她家娘子，怎地除了一開始喊了聲「疼」，就再沒發出一下聲音了呢。

晏雉終於疼得喊出了第一聲，殷氏在旁邊心疼地連眼淚都落下來了，趕緊道：「好四娘，再加把勁兒，就快了，就快出來了！」

晏雉疼得已經聽不見旁邊的聲音了，只想大聲地喊，把所有的疼痛都喊走。穩婆怕她喊到沒力氣，趕緊叫人疊了塊帕子咬在嘴裡，又忙讓人去切了根參，以備不時之需。

慈姑被抓得手都紅了，半步不能離開。殷氏親自跑出房門去倉庫翻了根好參出來。等她切好參，才一腳邁進房門，就聽見穩婆大叫。「看到頭了！看到頭了！」

折騰了三個多時辰終於看到頭，所有人頓時舒了口氣。門外擔憂了整整三個時辰的男人們，這時候也都燃起了希望，盼著這個折騰人的孩子快點降世。

「好四娘，孩子冒出頭了，再用點力，再用點力，等孩子生下來了，咱們好好休息。」殷氏轉身抹了把眼淚，回過頭來笑呵呵地給晏雉擦把汗，也不管她是不是能聽到聲音。「咱們好好地把孩子生下來，然後養好身子，等郎君從前線回來，既能見著孩子，又能見著養得白白嫩嫩的娘子，心裡頭一定高興。」

晏雉隱約聽到些聲音，可一時半刻也分辨不出說的都是些什麼，只知道這肚子裡的小傢伙終於不想鬧騰她，肯出來了。

晏節在門外走了不知幾個來回，就連賀毓秀，面上看著風輕雲淡，和人說話時的語速，也快得異於平常。阿桑這個時候急匆匆跑來，說了幾句話，頗有些擔憂地看了眼緊閉的房門，一聽見裡頭的動靜，忍不住就打了一個哆嗦。

「又有戰報？」

晏節心存疑惑，快步趕往前院。院子裡已經站著從宮裡出來的宦官，見晏節過來，趕緊上前行了一禮。

晏節這一問才知，不過是前腳後腳的差距，竟又有一道捷報送到宮裡——北夷諸軍絕地反攻，試圖奪回觀海城，卻偷雞不著蝕把米，又被元貅所率大軍，打了個落花流水。

「這小子，倒是個好樣的！」晏節大喜。更令人喜上加喜的，是後頭連跌帶爬跑來的燕鸛。

榮安城的小霸王，過去的翩翩俊郎君，這會兒絲毫不在意形象，摔了一、兩跤，蹭了一腿的灰。「生了！生了！」

「觀海城戒嚴！」望著燒紅了半邊天際的大火，元貅抬起手，狠狠揮下。「白天黑夜，緊閉城門！斥候，去前方仔細探查！」

「是！」

「不把這些北夷蠻子打回他們的老家，是不是這場戰爭就絕不會結束？」

衛禎的聲音悠悠地好像從很遠的地方傳來。

元貅沒有回頭。「熊兵馬使如今以喪子為由，拒不出戰，那麼我去。」

熊戊的死，就像是一道雷，橫空而出，劈在熊昊的頭上。

在傳回宮中的戰報上，並未對熊戊之死，做過多的解釋，但無論是衛禎還是元猍，都記得清清楚楚，熊戊被抓那天，究竟是怎樣的一副場景——問題出在從奉元城送來的幾個漂亮丫鬟身上。十五、六歲的小丫鬟，生得極好，被送到熊戊身邊不久，就讓北夷藏在城中的探子盯上了，之後的事，幾乎是順理成章。熊戊是在床上被抓的，當時和他在一起的，除了那三個丫鬟，還有一個北夷女人，據說，是那幾個小丫鬟牽線搭橋的。

實在是人贓俱獲，熊昊找不出別的理由來為熊戊脫罪，不然又怎麼會眼睜睜看著自己唯一的兒子，在眾將士面前，任軍法處置。

但是熊昊心裡頭到底悲憤不已，好不容易養大的香火就這麼斷了，以後再想生個兒子估計是很難的事了，為了表示自己的憤慨，他以喪子為由，稱病不出。

衛禎聞言。「元大哥有幾成把握？」

「六成。」元猍淡淡道：「原以為北夷有一個掛帥的李和志，對大邶已十分不利，如今又出了熊參軍裡通外國一事，誰又能確保軍中再無叛臣。」

元猍說的這番話，也確實如此。當初能出一個李和志，那麼再出熊戊的事，便也不算是意料之外了。更何況，衛禎本就對其有著懷疑，只是認為熊昊在朝中具有舉足輕重的地位，理應不會為了那些莫須有的富貴，連自己的家國都可以拋棄。

元猍回身，看著衛禎道：「還請王爺安排六千精兵，隨我出城。」

此言一出，不光是衛禎，就是城樓上原本有些群情激憤的衛兵，一下子都安靜了下來。

衛兵們面面相覷，有些不解元綝怎敢誇下海口，只帶六千精兵就出城迎戰那些北夷蠻子。

衛禎有些難以置信地看著元綝。「北夷兵雖在幾日前就從觀海城一帶撤走了，但看今日大火，已是兵臨城下，只帶六千人……就足夠了嗎？」

正面交鋒自然是不足的，但是元綝打從一開始，想的就不是正面與北夷大軍交鋒。劍走偏鋒，才能贏得順利。

「王爺放心，為了避免再繼續與北夷軍僵持下去，即便只有六成的勝算，末將也要帶著那六千精兵，去與北夷兵進行一場惡仗。」

很快，六千精兵已在校場等候。元綝策馬從校場外慢慢走來，望著黑壓壓的一片鐵甲，朗聲問道：「知道今夜，我們要離開這座城，去做什麼嗎？」

這六千精兵都是滿腔熱血，看多了自己的同胞兄弟被殘忍殺害後，只要能抓到機會殺死蠻子的，從來都是勇往直前，不畏艱險。眼下聽見元綝的問話，他們幾乎是異口同聲。「誅殺敵寇！保我河山！」

元綝點了點頭。「是！誅殺敵寇，保我河山！我們要去打蠻子，將那些北夷蠻子打回他們的老家！讓他們知道，大邯的國力不容小覷！讓他們知道，誰也不能侵我河山，殺我子民！」

衛禎勒住韁繩，望著在人前呼喊的那個高大背影，由衷地欽佩。他也許一輩子都成不了一模一樣的人，但是他能給予這個人全部的信任，他必不會像父皇那樣，辜負這個人的好心好意。

「這幾年，邊關動盪不安，關外諸國虎視眈眈，隨時都會撲上來狠狠地咬我們一口！大邯國泰民安，百姓生活安康，如果這都是錯，如果這樣就注定要心甘情願地受到別人的侵略，那麼這天下就沒有正確的事！」

看見元貅望過來的眼神，衛禎打馬上前，擲地有聲道：「憑什麼我們的好日子，要因為別人過得不好，就讓自己也不痛快？因為那些人貪得無厭，眼紅別人的好！我們的同胞兄弟，為了保護我們的河山，保護每一個人能夠平平安安地生活，他們在這片土地上，拋頭顱，灑熱血！今天，我們就要繼承他們的遺志，完成他們未能完成的願望！」衛禎頓了頓，目光掃過校場。「在我們之中，有很多人上有老、下有小，更有不少人甚至連家都還沒成。也許，今天這一去，會有人再也不能回來；但是，如果說我們的犧牲，可以換來十年，甚至五十年的邊關太平，你們敢不敢去，怕不怕死？」

六千精兵被激起了一身的熱血，手中的長槍和劍不住敲擊著地上，大聲呼喊著。「不怕！」

元貅微微抬起頭，目光掃過在場的每一個人，似乎是想將所有的臉孔都記在心裡。然而六千精兵，他知道，他記不住這些人究竟都長了一張怎樣的臉孔，可是他更知道，只要出城，必然不會再六千人一起毫髮無傷地回來。

如果可以，他希望能記住每一個人，只要他還能活著，也好為這些無名英雄們點上一炷香。

「我們，是為了邊關子民的平安而戰，是為了大邯河山不容侵犯而戰！」元貅高舉起手中佩劍，昏黃的日光下，劍身瑩瑩發亮。「弟兄們！再好好看一眼你們腳下的這片土地，這裡在不久以前，在敵寇的踐踏之下，多少同胞兄弟的血拋灑在這裡！今日，我們要為他們報仇，要為大邯的子民報仇！」

望著眼前這些年輕的將士，望著一張張英武的臉孔上因為激憤而脹得通紅的神情，元貅不由自主想起了自己前世在軍中打的第一仗。那一仗，極其慘烈，但也是從那時候開始，他便明白過來，這世上的一切從來沒有定數。

從來都不怎麼多話的元將軍，第一次在眾人面前說了那麼多的話，六千精兵還來不及回過神來感慨，元貅已經一聲令下，如箭一般衝出了校場。六千兵馬，如離弦的箭，徑直向著漸漸打開的城門衝去，城門外，是沖天的火光，以及還沒有定數的成敗。

很多年後，已經年邁的衛禎還記得在邊關觀海城親歷的一戰，在那一戰中，他始終沒敢放下心來，心裡一直記掛著遠去的將士。

元貅雖年輕，但因為有著之前在硫原城一戰的名聲，加之男兒保家衛國，不可泯滅的熱血，猶如一隻展開翅膀的獵鷹，義無反顧地衝進了北夷大軍。

不知過了多久，是三天、五天，還是半個月？

所有人只知道，那一天是黃昏。

西山的日落，紅得像是血染的顏色。已經緊閉很久的觀海城城門，緩緩打開，從城樓上望去，煙塵滾滾下，是千軍萬馬奔騰而來。城中的百姓聽到馬蹄聲，一開始有些害怕，以為又是北夷大軍攻城，聽聞馬蹄聲越來越近，城門卻依舊開著，漸漸有人開始往城門口張望。

城門外，是噠噠不絕的馬蹄聲，最顯眼的是最前面的一面大旗，旗上碩大的一個「貅」字，沾著鮮血，似乎裹挾著巨大的煞氣。有人認出了這面旗子的主人，開始高呼元貅的名字，這樣的呼聲，已不知有多少年，不曾在這座古老城池的上空響起過。

衛禎站在城門外親自迎接元貅和他的精兵回城。離開時的鐵甲如今已經被鮮血染紅，這些鮮血不知是誰的，可能是北夷蠻子的，也可能是同胞兄弟們的，但無論是誰的鮮血，活著的人精神抖擻地策馬進城。

元貅翻身下馬，單膝跪地。在他的身後，是嘩啦幾聲，翻身下馬的幾千精兵。

「末將幸不辱命！」

六千精兵，不光將李和志在陣前斬殺，更是深入龍潭，活捉北夷國王。當衛禎從元貅口中得知這個計劃的時候，一度十分擔憂，六千精兵，跋涉千里，深入龍潭虎穴，其艱辛程度可想而知，極有可能全軍覆沒。可如今，看著跋涉歸來的將士們，令他心裡激動得不知該如何用語言，對歸來的將士們說話，只能一而再、再而三地望著他們，深深地望著他們。

前線的捷報還未能傳到宮裡。衛曙仍舊著迷於姜葦，甚至連皇后的麒麟殿也已許久未去，而那個掉了龍胎的妃嬪，也絲毫沒能激起他的興趣。

唯獨皇后，心中卻有些發怵。

衛姝的所作所為雖引起軒然大波，卻到底被壓了下來。對這個女兒，皇后的心情十分複雜，這幾年，眼睜睜地看著被嬌慣壞了的女兒變本加厲地針對駙馬的姬妾，之後更是變得連宮裡的妃嬪都敢光明正大地動手對付。

她心裡清楚，衛姝之所以會動手傷了那個懷了「龍嗣」的妃嬪，是因為晏雉的有意為之。這個年紀輕輕的美嬌娘，瞧著並不是個心狠手辣之人，可到底是經歷過生死大劫的，言笑晏晏地往衛姝背後推了一把。

這一把，推掉了一個可能混淆皇室血脈的孩子，更是推得皇后開始猶豫能不能和晏家結盟；儘管如此，為了能多一分助力，皇后仍舊三不五時召晏雉進宮說話。

然而，不過是在麒麟殿陪皇后喝口茶的工夫，竟又有宮人來報，說三公主出事了。

衛姝又惹事了不假，只是這背後惹到更大事情的，並非衛姝，而是熊黛。

熊黛的年紀比太子要大上幾歲，想要夫妻琴瑟和鳴的熊黛，偏偏嫁給了心思還沒放在夫妻感情上的太子。除了熊黛這一位正妃外，其餘三位側妃，太子也連個好臉色都沒有給過她們，漸漸的，本不該有的心思，就在東宮女眷之中騷動起來。

能進入東宮的男人，除開宦官，只有侍衛和太子伴讀。晏雉聽說熊黛她們給太子戴綠帽的時候，當下以為是與侍衛或是太子伴讀有染，可繼續往下聽，聽得晏雉眼珠子都快瞪出來了，轉念細想，卻也在情理之中。

三位側妃的確與太子伴讀有染，然而今日之事，重點卻不在於三位側妃，而是衛姝撞破了熊黛與……與姜葦的姦情。

第二十六章 人無常

「這又是怎麼一回事？」晏雉嘴唇微抿。「太子妃怎麼會和姜……」

太子暫且處理完東宮的事，匆匆趕來麒麟殿，此時就站在殿中，即便他年紀小小，晏雉總也顧念著他的自尊，不願將那難堪的詞掛在嘴上。

皇后將太子招到身前，摟抱住，低聲道：「他們是怎麼在一起的，本宮不想知道，只是如今，無論如何，陛下若是不給本宮一個交代，不將這淫亂後宮的佞臣處死，本宮便要傾了這個天下。」

皇后的聲音很平靜，平靜得幾乎讓人料想不到從她口中說出來的，會是這樣驚天動地的話語。就連太子也身軀一震，錯愕地看著皇后，不敢相信這話會是一國之母說的。

「皇后……」

晏雉張口問道：「三公主又是怎麼一回事？」

皇后鳳眸微抬，看向晏雉。「她去東宮想找太子說話，哪裡知道，太子不在宮中，東宮的人又向來懼怕三公主，根本不敢阻攔她在東宮橫衝直撞。」

「所以，以為太子和太子妃在房中的三公主，毫無準備地撞破了他們……」

皇后緩緩點了點頭。

「那之後呢？」

皇后和太子此時卻再不願開口說話，只有皇后身邊的女官，長長嘆了口氣，低聲道：「三公主的脾氣，晏娘子是知道的。三公主撞破了那骯髒事後，當即就從腰上解下鞭子，直接往床上揮……那兩人哪裡想到三公主會突然出現，根本來不及防備，鞭子直接就抽到了那兩人的身上。」女官頓了頓，有些難以啟齒。「等到太子從外面回來，太子妃已經被抽得只剩下半條命；至於那一位……身邊的宦官瞧見事情不好，就跑去搬救兵。太子前腳才進東宮，後腳陛下就親自將人抱回寢宮療傷了……」

晏雉有些吃驚。

「三公主還特地命人去宮外將此事宣揚開來。三公主說，只有將這事傳得宮外所有人都知道了，才能不會被人輕易地遮掩住，就算……就算是要她死，晏娘子妳知道後，也一定會幫她討回公道。」

女官說著，恭敬地向晏雉拜了拜。「晏娘子，三公主平日雖嬌慣了些，有時甚至還會對娘子出言不遜，可在三公主心裡頭，娘子是先生，是值得尊敬和信任的人。從前種種，老奴就代公主，向晏娘子說聲對不起了。」

並不是一句對不起，就能將從前種種變作過眼雲煙。可是，晏雉在此刻卻也不得不感嘆，衛姝原來並不是那麼的笨，起碼，在出事後，她已經能夠很快想到將事態嚴重化。只有將這件事擴大，讓宮裡、宮外的人都知道，姜萁才不能再蠱惑衛曙，令他將這件事掩蓋住。

可仔細想，晏雉還是忍不住覺得悲涼。身為天家公主，本該有做皇帝的父親在背後撐腰，如今卻要提防自己的父親，為了外人，傷害自己。

「三公主現在究竟在何處？」

「關在天牢。因為太子妃重傷，只怕命不久矣。」

晏雉下意識地望了太子一眼。東宮總共不過四個女人，正妃和父親的寵臣有染，嚴審之下又從宮裡的女官口中得知，三個側妃都跟自己的伴讀勾搭上……想必，太子如今心裡頭已經亂成了一鍋粥。

正想著，麒麟殿外傳來呼喊，有女官急匆匆從外頭趕來。「太子妃之母甄氏正在東宮鬧著，皇后可要過去看看？」

晏雉眉頭一皺，便聽見皇后冰冷冷的聲音道：「甄氏？她憑什麼鬧？一兒一女禍害得本宮一雙兒女連頭都抬不起來了，憑什麼還有臉面在東宮鬧？」

長子設計娶了衛姝，卻姬妾不斷，連被人發現裡通外國時都是在女人的床上；么女嫁進天家，只要安分守己，日後就是一國之母，卻連點寂寞都耐不住。皇后越想臉上越是冷笑連連，抬手拍了拍太子的肩頭。「走，去東宮，母后倒是想要問問她，到底還有什麼臉面來鬧。」

一行人到東宮，還沒進門，就聽見裡頭唏哩嘩啦地一通亂響，東宮的女官、宦官畏畏縮縮地跪了一地。熊黛的性子並不比衛姝好到哪裡，平常更是將底下人管得嚴嚴實實，要不然也不會直到今日，才因為衛姝的闖入，暴露了與人通姦的事。

看著站在石階上，衝著宮人大發脾氣的甄氏，皇后冷笑。「東宮何時成了你熊家的地盤，竟敢跑到這裡來撒野？」

甄氏素來有妒婦之名，卻一直都只是窩裡橫。

先前因為熊戊裡通外國伏誅，甄氏悲痛欲絕，更是天天對著公主府的方向咒罵，說衛姝是心肝脾肺腎都黑透了的賤婦，逼得熊家如今香火斷絕。如今眼看著唯一的女兒也快斷氣了，甄氏更是氣得在東宮大發脾氣，只差沒將東宮的屋頂給掀翻了。

然而窩裡橫終究只是窩裡橫，見著皇后，她當即住了嘴，好半天才像個潑婦似的，坐在地上撒潑，號啕大哭。「我兒死得好慘！你們逼死了我兒子，還要打死我女兒！」

甄家並非是什麼市井小民，平日也和那些大戶人家的娘子無異，只是面對接連變故，她如今是再難保持儀態，要是熊黛再出事，她只怕連死的心都有了。

皇后冷眼看著甄氏在地上撒潑，一言不發。太子臉色鐵青，當即命侍衛將人拿下。

甄氏愣了下怒道：「你憑什麼拿我?!」

「就憑妳藐視皇權！」皇后突然笑了起來。「將甄氏拿下，順便去看看，那位膽敢出牆，試圖混淆皇室血統的女人究竟還有幾口氣。」

熊黛被人從衛姝的鞭子底下救出來的時候，已經遍體鱗傷，只餘一口氣，還堪堪吊著。

衛姝的鞭子甩得很好，她尚未出嫁的時候，宮裡伺候她的那些人大多挨過鞭子，出了宮有了公主府後，對熊戊的那些鶯鶯燕燕，更是從不心慈手軟，如此練就的一手鞭子活，沒把熊黛抽死，已經是手下留情了。

然而，對熊黛來說，這比惡夢還可怕。前一刻，她還在溫柔鄉中，與情人纏綿悱惻，下一刻暴露在空氣中的身體，就重重地挨上鞭子，每一下都像是長了倒鈎，狠狠地劃破肌膚，痛得連呼救的話都喊不出來。

這一口氣吊得很辛苦，熊黛現在靠著進貢的千年參撐著一口氣，眼皮卻越發沈重，神智也漸漸不清楚。當房門「吱呀」一聲推開，她沒力氣側頭，卻見有人慢慢走到床邊，模糊不清的視線裡，出現了幾張熟悉的臉。

有一張對她來說，尤其熟悉的臉。

「殿……」

輕若蚊蚋的聲音，吃力地從喉嚨裡發出，可是那人並沒有回應，漸漸清明的視線裡，太子的臉上是嫌惡的神情，扭過頭根本不願再看她。

視線裡的臉一張一張地離開，熊黛仰面躺著，眼角滑下眼淚。犯了這麼大的錯，果然已經沒辦法得到原諒了。她心頭惱怒，卻說不出話來，想要握拳捶床，身體卻像是不再屬於自己一樣。

「浪費。」皇后道：「為何還拿人參吊著？」

一旁的女官打了個哆嗦，她的脖子還留著一圈指痕，想來是剛才照顧熊黛的時候，被失態的甄氏狠狠掐住脖子過。「陛下……陛下……」

「陛下嗎？」皇后皺眉。

望著床上的熊黛，晏雉心裡不免有些悲憫。到底是自小就認識的人，雖然從小就互相不對盤，可即便如此，見她變成現在這副模樣，晏雉多少覺得有些悲哀。

「晏娘子與太子妃是舊相識，不如妳與她說說話，也不知究竟還能活多久。」皇后轉身。「這傷，用再好的人參吊著，也不過是讓她多受累，陛下那裡，本宮自會讓他想個清楚。」

屋裡的空間清了出來，晏雉望著熊黛，長長嘆了口氣，走到她床邊坐下。

「妳是怎麼想的，非要和姜葦勾搭在一起，妳若是因此丟了性命，除了舅舅和舅母，又有誰會為妳覺得難過；就連太子，也只會因為這丟臉的事，怨恨妳。」

熊黛不能說話，眼淚卻一直在流。

「你們熊家的所作所為，自以為隱蔽，卻不知一直暴露在光天化日之下，如果不是有姜葦在陛下身邊，妳以為熊家會安然無恙地走到現在嗎？」晏雉輕嘆。「裡通外國，光是這一項罪名，熊家就能株連九族。」

之所以熊戊伏誅，熊家卻並未受到牽連，不過是因為熊昊仍在陣前，加上先前又已經出了李和志叛國一事，如果逼得太緊，令熊昊陣前倒戈，那麼想要贏過北夷，就實在太難了。因此，從前線傳來的密信來看，衛禎和元貅只是一直在暗中阻攔熊昊與北夷國的所有聯絡，並未真正地對熊昊動手。

熊黛的呼吸變得有些急促，晏雉低頭看她，抬手擦了擦她的眼淚。「姜葦是什麼人？他能走到今天這一步，就證明了他從來不是個可以任人拿捏的角色，妳哪裡是他的對手。姜家早已不認他了，這些年和他聯手的熊家，與他就是一條線上的螞蚱，誰倒了，都會拉彼此下水。」

熊黛張大了嘴，粗喘聲越發急促。

「熊家權傾朝野，如今又出了妳這個太子妃，已是無比榮景；可現在，世人只知太子妃紅杏出牆，勾引朝廷命官，被三公主撞破後，受鞭笞而死。」晏雉的聲音冰冷得像是隆冬寒雪。「不管怎樣，熊家的名聲，已經因妳毀於一旦，妳就是這口氣嚥下去了，到了九泉之下，熊家的列祖列宗也不會給妳好臉色看。」

「是他……是他先找我的……」幾乎是用盡了最後的力氣，熊黛終於說出話來，但是沒說幾個字就費力地咳嗽，甚至還有血沫落到晏雉的身上。

「我本無心……意外撞見側妃與燕伴讀有染……之後姜葦……尋我……花前月下如何……不動心……是他有意為之……」

熊黛的聲音越來越弱，就連咳嗽的動靜都漸漸小了，到最後只能一邊吐血一邊身體顫抖著，晏雉不忍看她，微微側過臉，閉上了眼睛。

冰涼的手，搭上她的手背，身後傳來熊黛微弱的聲音。

「自遇見妳……便處處矮妳一頭……若有來生……定不願再……遇見妳……」

晏雉閉著眼，微微頷首，耳後是長長的一聲嘆，還有輕輕的嗤笑。

不知過了多久，門開了。晏雉緩緩睜開眼，低頭將熊黛的手輕輕放回她身側，望著最後帶著自嘲的笑容嚥下最後一口氣的熊黛，晏雉抿了抿嘴唇，輕道：「若有來生，不再見，盼妳一生歡喜無憂。」

無論重生前後，她和熊黛都牽扯在一起。如果不是因為她重生了一回，也許熊黛就能同從前那樣，嫁個門當戶對的好人家，當個囂張跋扈的主母，不會因為帝位之爭，無奈成為犧牲品。

「方才她說的那些話，本宮和太子都聽見了。」皇后看了眼床上的屍體，皺了皺眉。

晏雉抬頭。都說一夜夫妻百日恩，她看著皇后身側的太子，很想知道現在他心裡頭究竟在想些什麼，熊黛的死，有自食惡果，也有他人的詭計陷害。

「太子，」晏雉道：「依太子妃所言，此事十分蹊蹺，興許從一開始，就是那一位的計謀。」

「為了混淆皇家血統，想要讓自己的子孫取而代之……」太子的神情透著憤恨，雙手握拳。「姜葦的狼子野心，父皇難道當真不知嗎？」

「只怕是不願知道。」皇后冷笑。「剛有人來稟，你父皇將進貢的珍貴藥材全部用在了那個佞臣身上，更是寸步不離地在病榻旁侍疾；若是那個佞臣藉此機會，想要討個並肩王的封賞，只怕你父皇都能當即寫下詔書！」

太子神色一凜，咬緊了牙關。

晏雉望著身前的兩人，長長行了一禮。「我有辦法。」

尚藥局幾乎是將所有進貢的珍貴藥材都搬了出來，就連專門給皇帝看病的奉御都無奈地親自抓藥、熬藥，先帝臨終前，尚藥局的奉御也是這般伺候他老人家的，可眼下姜葦的床榻前，伺候的不是別人，可是當今的皇帝陛下。

奉御打了個哆嗦，差點摔了手裡的藥盞。見衛曙接過藥盞輕輕攪動勺子，舀起一勺還放在嘴邊吹涼，奉御趕緊低頭，生怕瞧見不該看的。聽聞姜常侍之所以會受這一身鞭傷，是因為被三公主撞破與太子妃的姦情，還聽說太子妃傷得比姜常侍嚴重得多，如今只剩一口氣還吊著，可看陛下的架勢，卻是絲毫不見生氣，反倒是十分心疼姜常侍這一身的傷。

奉御也是頗能識人眼色的人物，當即壓下心中驚愕，老老實實地退到一邊。

下一刻門外就有宮人前來稟告，說是太子妃去了。

「一幫廢物！」衛曙氣得砸了手裡還沒餵姜葦喝完的藥盞。他明明吩咐他們，務必要吊住熊黛的一口氣，好等姜葦醒後，將整件事情調查清楚，以免日後朝廷上下都拿此事彈劾姜葦；可現在，人死了，還怎麼調查！

「陛下……」

自離開東宮後不久便昏厥的姜葦，這時候緩緩睜開了眼睛，有氣無力地抬起手臂。衛曙趕緊上前握住他的手，抓過自己的龍袍袖口就給他擦了擦沾著藥汁的嘴角，想起剛才那碗藥沒餵姜葦喝下多少，衛曙又急忙吩咐奉御快去再熬一碗。

奉御幾乎是逃跑似地從寢殿裡奔出來，門外的女官迎上前，低聲說了兩句話。他愣了愣，四下張望，匆匆走過一個拐角，遠遠的就看見一人站在不遠處。

「晏……」奉御張了張口，卻見晏雉緩緩搖頭，反向自己鄭重行了一禮。奉御神色一變，有些猶豫，稍後表情微變，重重點頭。

不一會兒，再端至床前的湯藥，又比之前的濃了幾分，裡頭還添了幾片老參和其他補藥。奉御端藥盞的手，這一回無比地穩當。看著躺在床上，正滿臉歉意地向皇帝說是自己不留神著了別人道的姜葦，奉御心中湧起一絲快意。

「陛下，姜常侍，藥好了。」

戰事了，衛禛和元貅一路風塵僕僕，終於回到奉元城，本該在城外迎接的人此時都不見蹤影。兩人有些疑惑，命大軍在城外駐紮，這才進城。剛踏進奉元城，就聽見了城裡的風言風語──三公主撞破太子妃和姜常侍的姦情，被押入天牢待審了！

「怎麼回事？」衛禛大驚。

遲來的睿親王府管事滿頭大汗地請衛禛和元貅改乘馬車。「事發突然，如今消息外頭傳得到處都是，可宮裡頭還沒個具體的消息，王爺是要先回府，還是進宮面見陛下？」

「進宮！」衛禛扭頭看了眼元貅，見他點頭，忙喊道。

不多時，馬車就到了宮門口。因為宮裡如今戒備森嚴，馬車不得入內，即便是衛禛，也只能下車步行。元貅跳下馬車，一抬頭，似乎瞥見一個許久不見的身影，稍有遲疑，就聽得衛禛在身後道：「我想先去麒麟殿給母后請安，既然是在後宮出的事，母后一定比父皇更清楚事情的來龍去脈。」

兩人先是去了麒麟殿，不料殿內的女官卻說皇后去了東宮，只好又往東宮去。去到東宮，入眼的卻是掛起的白綾。

「太子妃……沒了？」

見太子點頭，衛禎嘆氣。「事情可是調查清楚了？」

太子道：「怎麼調查？」衛禎不解，太子又道：「那個佞臣如今就睡在父皇的寢宮之中，父皇恨不得把江山都給了他，只求老天爺能留他一條性命。」太子頓了下道：「可我們偏偏不給他留。」

元貅想起之前在宮門口看到的那個背影，問道：「臣妻可是在宮中？」

太子看了他一眼。「晏娘子已經出宮了。」

元貅聞言行禮告退，頭也不回地就往宮外走。

回到柳川胡同，晏雉還未回來，晏節等人正圍著孩子在逗弄，見元貅回府還有些發愣。

孩子的名字還沒取，平日裡下人們都小郎君、小郎君地喊，到了晏節他們嘴裡，因著出生那天可用勁地折騰了晏雉，又生來虎頭虎腦，就成了小崽子。

元貅到的時候，就看見晏節他們抱著孩子坐在院子裡曬太陽，那個糯米糰子一樣的小娃娃正咧著嘴在笑。

「回來了。」賀毓秀最先發現元貅，伸手摸了摸孩子的頭，笑道：「你阿爹回來了。」

晏節抱著孩子站起來，等元貅走到身前，將孩子往他懷裡一送。「出生的時候可沒少折騰四娘。」

元貅不知該怎麼抱孩子，身體僵硬地捧著軟乎乎的身子，生怕一不小心就捏壞了。可大概是父子連心，儘管是第一次見面，孩子卻頗給面子，睜著水汪汪的大眼睛一直盯著他看，不哭不鬧。

「這眉毛、眼睛長得都像你，嘴巴像四娘。」燕鸖在旁邊笑。

「性子這會兒瞧著倒有些像四娘，也不吵、也不鬧，見誰都能笑。」晏瑾接著道。

元貅低頭，看著懷裡的孩子，臉上慢慢浮起笑容。「嗯，嘴巴像她。」說罷，又皺了皺眉。「如果這眉毛、眼睛，也能像她，該多好。」

晏節一愣。「這要是都像四娘，哪還有小郎君的樣子。」知道元貅會這麼說，是因為孩子生了雙和他一模一樣的琉璃色眼睛，任誰看了都知道有著胡人血統，遂安撫道：「你是這孩子的父親，生得像你是情理之中的事。四娘常說你的眼睛生得好，看到孩子這雙眼睛的時候，四娘開心得不行。」

元貅不語，只是伸手，小心翼翼地撫摸著孩子的眉毛，見他張嘴打了個哈欠，愣了愣。這樣一團小小的生命，彷彿他只要稍一用力，就可能受傷。從得知晏雉懷孕起，他心裡頭就一直在猜測，猜這一胎會是男孩還是女孩，長得像她還是像自己。如今，當真看到孩子的時候，他又覺得一切都顯得那麼不真實。

他真的當爹了……

元貅抱著孩子，不知所措的工夫，賀毓秀抬頭看向外面。「四娘回來了。」

元貅回頭，廳堂外，晏雉呆愣愣地站著，似乎並沒想到他會在這個時候回來。

晏節咳嗽兩聲，從元貅懷裡抱過孩子。「你倆很久沒見了，先說會兒話，我把孩子抱去找乳娘。」

明明才頭回見面，孩子卻似乎知道剛才抱自己的是阿爹，被晏節抱走的時候，還叫了一聲，像是有些捨不得。

「我回來了。」元貅道，隨即嘆著。「生孩子的時候沒能陪在妳身邊，妳受苦了。」正說著，卻見晏雉眉頭輕皺，忙問：「怎麼了？」

晏雉輕咬唇瓣，有些猶豫。「近日宮裡會出些事，我原想著讓乳娘她們先帶著孩子回東籬……也好避一避。」她猶豫地看著元貅，不知如何是好。「現下你回來了，總不能讓你們父子才見一面，就把他送走吧。」

「宮裡的事……」元貅神色一肅。「妳答應了皇后什麼？」

晏雉看著他，出神了半晌，才道：「沒。我與皇后至多不過是合作關係，姜葦不除，天下難安。」看元貅滿臉擔憂，晏雉走過去，靠在他的身前，柔聲道：「你別擔心，我知道分寸的。陛下如今被姜葦亂了神智，再放任下去，指不定衛氏江山就要在此斷送了。」

除舊布新本不是壞事，壞就壞在姜葦身上。

元貅伸手將人攬進懷中。「妳舅舅……已被我們拿下。他與姜葦聯手，試圖從朝堂內外，瓦解衛氏江山的重重壁壘。」北夷國王是個外強中乾的傢伙，稍加折磨，立刻交代了所有，其中更有李和志受命於熊昊主動叛國一事。於是，回奉元城的路上，他與衛禎便伺機將熊昊及其黨羽一併抓獲。

重生前，熊家的那些計劃晏雉依稀知道一些，只可惜那時候身體不適，根本不能把那些毫無證據的事告知別人。

「我打算，幫睿親王登基稱帝。」

晏雉嚇了一跳。大邯立嫡不立長，無論如何，在太子尚在世，皇后也並未廢的情況下，睿親王衛禎想要稱帝都是不能的。除非……

「你要對付皇后和太子？」

元貅不發一言，只伸手摩挲晏雉的臉頰。「宮裡頭從來沒有純粹的黑與白，皇后興許對妳不壞，可是睿親王如今在朝野上下的聲望漸長，光是一句『立嫡不立長』，並不一定能夠讓文武百官改變想要推舉睿親王為帝的想法。」

晏雉低頭。

她並不打算勸阻元貅，如果這話說給兄長和先生聽，想必他們也不會阻攔什麼。晏家人的想法，大概都是相似的，認為世間萬事萬物本就該能者居上。

「若真到了那種地步，」晏雉抬頭。「你別撇下我。」

「嗯。」元貅隨口應了一聲，心底卻是再明白不過——倘若真要行那大逆不道之事，晏雉他是必然要遠遠送走的，萬不能將她和孩子一併拖累。

當夜，元貅在屏風後更衣，乳娘將孩子抱來，晏雉親了親兒子的小臉，又哄又逗，連日來的苦悶瞬間一掃而空。元貅從屏風後繞出來，正聽見乳娘口中說著稱讚兒子的話。

「小郎君生得好，瞧這眉毛、眼睛，日後定然是個俊俏的；再瞧瞧這胳膊腿，壯實有勁，像阿郎，往後說不定也能上陣殺敵，光耀門楣。」

殷氏的年紀已經當不成乳娘了，如今就跟著晏雉伺候她。新來的乳娘是殷氏找來的，白白胖胖，奶水充足，照顧起孩子來也十分得心應手。

晏雉聽著這話，苦笑著搖搖頭。上陣殺敵這事，她倒是沒想過日後讓兒子子承父業，能安安穩穩過完一輩子，才是最好的，至於光耀門楣，並不強求。

見元貅出來，乳娘忙要抱走孩子，晏雉擺手。「晚點再來抱走，也讓他們父子倆多接觸接觸。妳讓小廚房做些吃的，這些日子，辛苦妳了。」

乳娘高興地應了一聲，躬著身子就出了門。

元貅身上穿的是身全新的中衣，一針一線全都出自晏雉之手。見兒子被晏雉抱在懷裡，正睜著眼睛到處看，忙將妻兒一併抱住。

「一直沒給他取名，你覺得叫什麼好？」晏雉靠在元貅肩頭，笑盈盈地摸了摸兒子細嫩的臉頰。生產那天，這渾小子可是差點沒折騰死她，等生下來了還以為會是個混世小魔王，沒想到倒是好帶得很。

元貅苦笑。「我平素讀書少，倒不如讓松壽先生幫著取個好名字。」他上輩子直到在軍中混出了官職，為了行軍打仗廣讀兵書，才跟著當時被貶為軍戶的衛曙學認字。到這輩子，也不過是靠著從前認識的那些字過日子罷了，真要讓他給兒子取名字，只怕不成。

夫妻兩人抱著孩子說了會兒話，見孩子打起哈欠，瞇著眼睛哼叫，忙喊來慈姑，讓她把孩子抱去找乳娘照顧。

才出月子就忙碌了一整天，晏雉的身上頗有些乏力，等她躺下，元貅也在一旁仰身躺倒。「早點睡吧，今日事出突然，還沒好好地向陛下稟告前線的事，眼下姜葦重傷，只怕陛下也沒心思去管這些。」

晏雉輕輕應了聲，側躺過去，把頭埋在元貅懷裡。「嗯，明日我也得進宮一趟。」

然而，根本不用等到明日。

衛曙連夜召見群臣，表示要廢后。

先帝在世時，勵精圖治，關外諸國俯首稱臣，百姓生活安居樂業。自古都說戰亂起，百姓苦，誰也不希望日後的皇帝是個好戰之人，更不希望皇帝是個懦弱的，只會割地賠款的昏君。所以，當衛曙甫登基，在經歷了與權臣的種種明爭暗鬥後，開始為民謀利時，最先受到照顧的自然是奉元城的百姓，人人都誇衛曙是個明君，人人都盼著天下長治久安。

如今，明君卻被美色迷昏了頭，更是連髮妻都要拋棄，這個消息只怕不等天亮就會一下子傳遍奉元城。

「陛下！此事萬萬不可！」

有個鬍鬚雪白的老臣到底還是忍不住，上前一步勸阻道：「陛下，皇后母儀天下，為后至今從未犯過什麼大錯，陛下突然要廢后，卻是為了立一個男人為皇后，連個理由都拿不出來，如何能堵住天下悠悠眾口啊，陛下！」

老臣年歲已大，拱手行禮的時候還看得出動作有些顫顫巍巍。這把年紀還能留在朝中多半是從先帝年少登基時，便一直追隨左右的忠臣了，時至今日還能留在朝中實屬不易，可眼下，只怕是留不住了。

果不其然，那老臣才說完話，只聽得衛曙一聲怒斥，當即命人將他拖走，硬生生地要人告老還鄉了。

「朕說過，朕意已決！廢后羅氏降為嬪，遷入長興宮！欽天監，今夜觀天象，明日告訴朕近來可有黃道吉日，朕要冊封涉……姜氏為皇后！」

「皇上……」

正陽殿中一片嘆息，然而衛曙似乎當真已經下定決心，非要廢除皇后另立不可了。

「報——」

殿外有人急奏，衛曙眉頭皺起，身側的宦官趕緊躬身匆匆走了過去。不一會兒，他又臉色慘白地穿過百官，走到衛曙身旁，附耳一說。

「什麼?!」

衛曙大驚，身子猛地一個踉蹌，差點跌倒。滿朝文武正在不解，又聽他道：「傳奉御！快傳奉御！還有，速速將人拿下！朕……朕……」後頭的話一時也說不出口了，衛曙臉色鐵青地衝下龍椅，徑直往正陽殿外跑，竟是急得連鳳輦也顧不上坐了。殿外候著的宦官和羽林軍們，匆忙跟上。

眾人急忙將尚未來得及追過去的宦官圍住，七嘴八舌地詢問，方才得知殿外之人所奏何事——睿親王不顧阻攔，直闖陛下寢宮，姜常侍怒氣攻心，氣絕而亡。

衛曙趕到寢宮時，皇后與太子也已先後到達，此刻站在門前正要抬腳往屋裡走，見他回來，便又面無表情地退向一旁。衛曙如今滿心滿眼想的都是之前宦官說的話，哪裡顧得上皇后和太子。

因為奉御的那幾碗藥大補，上朝前衛曙還因不放心姜葦，特地囑咐女官好生照料，心想著待下朝回來，不定能見著他從昏睡中醒來；不料，竟會突然傳來噩耗，打得衛曙措手不及。

「孽子！」

看著站在窗前，胸前一灘血污的衛禎，衛曙二話不說，揚手便是重重一巴掌。

衛禎側頭，抬手摸了摸發燙的臉頰。

床上的姜葦已經氣絕，饒是尚藥局和太醫署的所有官員跪了一地，依次上前戰戰兢兢地給他把脈，也無法從黃泉把人拉回來了。衛曙抱著人悲痛不已，連聲詢問究竟是因何而死。幾位大臣心下一凜，想著如今這寢宮之中，還站著皇后、太子及睿親王，陛下此言分明是暗指有人故意設計謀害，當即都嚇出一身冷汗，唯有一直在給姜葦看診的尚藥局奉御大著膽子，說道：「姜常侍本就重傷，雖吃了藥，又睡了一晚，可到底不過是吊著一口氣。」

衛曙哪裡會信，當即冷著臉召宗人府官員進宮，責令嚴查，又命尚藥局和太醫署將姜葦死前喝過的藥渣，吃過的食物，甚至是睡著的時候點過的熏香，一一審查一遍。而這過程中，皇后、太子還有衛禎，全都站在一旁，一言不發。

皇后望著兢兢業業在衛曙身旁的尚藥局奉御，心裡不由得有些佩服晏雉。這宮裡，想要有瞞天過海的事，並不容易，她是皇后，宮裡本就是她的天下，可她不知晏雉是從哪裡認識了這位奉御，這暗算姜葦的本事卻是不差。

後宮裡頭，那些動輒想往吃的、喝的東西裡下藥的骯髒手段從來不會少。晏雉和奉御倒是聰明，沒往湯藥和吃食裡下毒，不然按照今日衛曙審查的架勢來看，是非要挖地三尺，將謀害姜葦的人抓出來抽筋扒皮的。

晏雉沒讓奉御下毒，那奉御更是沒那麼大的膽子敢去下這個毒。下毒的動靜始終太大，與其冒這麼大的風險，倒不如聰明一點，把姜葦的湯藥煮得再濃稠一些，好東西再往裡頭多放一些，什麼人參、雪蓮、當歸、黨參……那些國庫裡有的、陛下下令搬出來用的，一股腦兒全放了進去。

晏雉本是打算再留姜葦一命，等元貅他們班師回朝後，將所有證據扔到衛曙面前，好讓他能夠心服口服地將姜葦和熊昊繩之於法。可不過是一夜的工夫，衛曙為了姜葦死後能夠葬入帝陵，享受常人所不能獲取的尊榮，鬧著要廢后另立；而又是那麼湊巧，姜葦竟連今晚都撐不過去。

面對姜葦的死，衛曙悲痛萬分，一連三日，不願上朝，更是連皇后和太子都不願見上一面。

三日後，衛曙終於上朝了。之前都是幾位內閣大臣們就著下面遞上來的奏疏議政，完了再呈給太子和睿親王一同批閱，好在邊關如今太平了，也沒那麼多的政務要處理。等到衛曙上朝，要處理的便只有一件事了……

「陛下，三公主謀害太子妃和姜常侍一事，宗人府已經判下來了。三公主所為乃是因氣憤此兩人悖離天家，暗通款曲，是以……」

正陽殿上衛曙高坐龍椅，殿下文武大臣們各站一列，為首的正是衛禎和太子。衛曙滿臉疲憊，隨意地翻了翻呈上來的卷宗，說道：「朕打算廢后。」

大臣們吃了一驚，原以為姜葦都死了，廢后的事也算是就此打住，哪裡想到竟還會舊事重提。衛曙也不含糊，似乎不上朝的三天裡，他把所有的心思都放在了這樁事上。

「王子犯法與庶民同罪。三公主手上多犯命案，直接處死，以平民憤；皇后羅氏養女不教，朕念在皇后為朕生兒育女，管理後宮多年，廢除皇后之位，遷入冷宮；太子三位側妃與人暗通款曲，賜白綾，通姦者擇日處斬；姜常侍與朕情投意合，朕要封他為……」

如果說衛曙執意廢后一事，已經讓眾人覺得大吃一驚，等聽到要直接處死三公主，並以此為理由，認為皇后不賢，因此要廢后，更是讓眾人難以置信。

眾人下意識地看向太子和睿親王，太子臉色蒼白，似有話要說，可張了張嘴，到底還是沒有說出口。

衛禎看了看太子，出列道：「父皇，此事須從長計議！」

衛曙冷眼。「如何從長計議？」

話音才落，正陽殿外忽然傳來聲音。「佞臣姜葦、熊昊裡通外國，謀害天家子嗣，試圖推翻衛氏江山，此等大罪，理應誅滅九族！」

元鏫幾夜沒有回柳川胡同，今日出現，那些罪證被他依次放到衛曙的面前，不想竟將衛曙刺激得當場昏倒在早朝上。

跟著太子和衛禎到皇帝寢宮的時候，才一腳踏進寢宮，濃濃的藥味就撲面而來。兄弟兩人忍不住皺了皺眉，唯獨元貅面色如常，跟著走了進去。

衛曙身邊的宦官，除了最貼身的那一個，其餘的因為大多是姜葦的人，都已經被皇后撤掉了，新換來的這些從前都待在別的宮裡，光是見著後宮的那些妃嬪都能緊張得直哆嗦，如今見了太子和睿親王，嚇得趕緊跪下了。

元貅掃了他們一眼，跟著往前走。

寢宮的暖閣裡，衛曙躺在榻上，衛禎生母曹賢妃端著藥坐在一旁。從衛禎被封親王起，賢妃便在後宮過起了幾乎隱居的生活，若不是皇后不放心讓別人來照顧皇帝，賢妃也不會來這裡。

「你們來了。」見到三人走近，賢妃沈聲道：「王爺，這藥你來餵吧。」

衛禎上前，躬身接過藥。賢妃看著神魂不知的衛曙，嘆了一聲。「先帝子嗣單薄，這才過繼了陛下。陛下若是不想一輩子只太子和睿親王兩位皇子，便將藥吃下，好生養著。」她頓了頓。「倘若陛下與那姜葦當真要做那生死鴛鴦，臣妾這話陛下便不用搭理，左右這江山有太子繼承，不至於拱手讓給一個外人。」

衛曙雙目赤紅，脖子上的青筋凸起，費力地扭頭看向賢妃，賢妃卻是淡漠地回看了他一眼，頭也不回地走了。衛曙張了張嘴，什麼也沒說出來。

衛禎端著藥送了過去。「聽聞父皇昨日還咳了血，想來是病了，趁熱把藥喝了吧。」

衛曙的視線掃向兄弟兩人，眼中皆是戒備。太子的神色中雖還帶著難過，可這會兒瞧見他這眼神，頓時心底被剮了一下；衛禎倒是不在意，知道這藥到了自己的手上，按著之前自己對姜葦的那種態度，衛曙定然是不願喝他餵的藥，隨手便讓抱春接過。

「如今證據確鑿，父皇仍舊想要包庇姜葦？」熊家的罪名衛曙根本不會去管，如果沒有姜葦，大概他會龍顏大怒，立即將熊家滿門抄斬。所以，那些呈上來的卷宗，能惹得衛曙急火攻心，歸根究柢還是關於姜葦的那一份。

衛曙只覺得心口堵著一股氣，一想到姜葦的死背後定然有這兄弟兩人的設計，越發覺得氣惱。他本就子嗣單薄，為了兄弟兩人日後不會因皇位而起了紛爭，特地將長子早早封王，可沒想到兄弟兩人竟然會容不下一個姜葦。

「涉水對朕，一片真心，你們那些言之鑿鑿的罪證，說到底不過是旁人的佐證。姜家早將他視若無物，一個沒有家族庇護的人，如何能搶奪朕的江山！」

衛曙的聲音嘶啞。「今日，你兄弟兩人容不下一個外人，日後必不會容得下彼此！」

衛禎皺眉。他如今是越發地好奇，那姜葦究竟有怎樣大的本事，竟能讓一個曾經被視為明君的帝王一敗塗地。

姜葦是如何接近衛曙的，如今除了衛曙本人，只怕已經沒幾人知曉了。過去貼身伺候的宦官，已經被皇后替換乾淨，能不能活著出宮都是問題。元貅曾聽說過一些宮中秘聞，但只在前世，同樣是姜葦，不同的是他雌伏的對象是另外一人。姜葦大抵是憑藉一張姣好的面容，和人前柔軟的性子漸漸入了帝王的眼裡。

太子的臉色有些蒼白，似乎不敢相信，自己的父親會拿兄弟反目來恐嚇自己。「父皇。」他張口道：「假若父皇認定，日後為了帝位，必然會禍起蕭牆，那今日兒臣便向父皇說明白一件事，這個太子之位，兒臣已經不想要了。」

太子像是終於卸下一擔子的重任，眼中好不容易帶了笑意。「父皇自過繼到先帝膝下後，兒臣便發覺，身邊的一切都變了。那些阿諛奉承之人如夏日蠅蟲，揮之不去，甚至變本加厲地出現在身側，然而那時候的父皇……意氣風發。先帝過後，初登帝位，儘管受到了各方壓力，父皇卻咬牙堅持，終於熬過了最艱難的時候。」

衛曙似有回憶，就連衛禎和元淼都有些忍不住感嘆。太子又道：「皇兄封王，出宮立府，兒臣也遵照禮法成了太子。然而兒臣這一路走來……見到的是父皇從賢明到昏庸的轉變，甚至於朝中大臣們開始期盼著兒臣能夠早日繼位，卻又擔心兒臣年幼，未得父皇教導，無法成為一代明君。兒臣思來想去，最終決定太子之位，兒臣不想要了。」

「逆子！」衛禎吃了一驚，衛曙幾乎是在瞬間氣得將瓷枕狠狠扔向太子。「太子之位，豈是你說不要就能不要的！你……你……你這麼做，置祖宗禮法於何地？」

「那父皇想要廢除母后，另立一個一心想要混淆天家血脈，甚至根本就想伺機謀害父皇，改朝換代的奸佞小人為皇后，豈不是更加不顧祖宗禮法？」太子淡淡道：「兒臣自認擔不起此重任，更願做個閒散王爺，說不定還能快活一些。」

「你若是不做太子，日後又由誰來繼位?!」

「不是還有皇兄嗎？」太子一笑，轉頭看向衛禎。「兒臣自小就十分敬佩皇兄，在被立為太子後，更是無時無刻不想超越皇兄，那個時候，兒臣身邊的幾個伴讀就開始教唆兒臣與皇兄對立。父皇立兒臣為太子，是為禮法，卻也是高看了兒臣。」

太子閉了閉眼，有些悲憫地看著眼前的衛曙。「父皇遭人蒙蔽，面對罪證卻又不願清醒，兒臣卻不願如此。父皇，兒臣這就告退，去向母后稟明兒臣的打算。」

太子說罷，當真不再留著，乾脆俐落地轉了個身，徑直出了寢宮。

衛曙難以置信地看著太子離開的背影，回過神來，看著衛禎，問道：「如今，你可滿意？」

元貅望著眼前衛曙。這人已經再無半分前世光風霽月的樣子，更是再也找不到初登帝位時想要開創盛世江山的風姿。

「須彌你呢？」見衛禎一直閉口不言，衛曙又將目光投向元貅。「當年你連發密信，助朕入主東宮，登基稱帝，朕從不疑心你，更是將你視作恩人；可如今，就連你也與朕對立，你的手上也沾了朕心愛之人的血……」

「父皇忘了嗎？姜葦是重傷難癒，熬不過去才死的；而他之所以會受傷，全是因為被三妹妹撞破了和太子妃熊氏的姦情。」衛禎將元貅當作自己的兄長，如何願意看到他被人怨恨。「太子之位，兒臣從來不曾奢望過。母妃賢良，一心只盼著兒臣能夠成人，日後得一塊封地，便帶著母妃出宮去住；可如今，父皇昏庸無道，二弟既甘願退讓，兒臣自不會客氣！

「兒臣會牢記，做皇帝的，手上握著一把雙刃劍，一面砍向那些奸佞小人，讓那些小人不敢靠近，要讓天下小人不敢肆意妄為；一面砍向自己，要時時刻刻提醒自己，為君者，須頭腦清明，不可為情所迷。只要兒臣登基，不出五年，定能給後人一個不一樣的大邯，一個可以在史冊上找到，稱得上是盛世的大邯！」

衛曙愣了下，從前的那些豪情壯志，早已被他拋卻在九霄雲外，如今聽見衛禎的這一番話，初登基時的豪情彷彿悉數回籠，一時間種種情緒混雜一起，只覺得心口的氣血翻騰，忍不住張口嘔出一灘血。

衛禎站得近些，這血倒是有不少嘔在他的身上。

元貅將衛禎拉開一步，朝衛曙抱拳。「臣從前幫陛下，是因臣認為陛下乃光風霽月之人，不該無端被人陷害。而今臣反對陛下的種種決定，則是認定陛下遭人蒙蔽，看不清事情真相，無論是熊氏裡通外國，還是姜葦心懷鬼胎，抑或是這兩方的聯手，此間種種陛下皆因一葉蔽目，置之不理。」

衛曙越聽心中怒氣越盛，掙扎著就要爬起來下床去扭打元貅，奈何元貅本就長得人高馬大，不說衛曙身材瘦弱不是他的對手，便是如今也已經沒了那個力氣，才走沒兩步，竟直接栽倒在地。

元貅紋絲不動，只不禁嘆了口氣。

晏雉出了趟門，同行的還有晏節和一旁護衛的屠三。天牢那種地方氣味太重，不好帶著孩子去，燕鸖和晏瑾便自告奮勇留在家裡照看孩子；至於先生，已被召進宮去，不知忙活什麼。

牢頭認得晏雉的臉，以為是和之前一樣來見三公主的，便親自將人領了進去，晏節和屠三則在外頭等著。

衛姝仍舊關在分給她的那間牢房裡，已經有些乾瘦的臉龐十分蒼白，看到晏雉站在牢外，眼底才重新又有了點亮色。

「先生。」她一動不動地坐著，只眨了眨眼睛。「如今，也只有先生還會時不時來看看我了。」她低頭。「果然是從前錯事做得太多了，如今遭到報應。先生，妳說，我可是會死？一想到我說不定就要被砍頭了，說不定下到陰曹地府馬上就會碰到駙馬。妳說，他死得那麼不甘心，會不會一直等著報復我？」

衛姝的神智有些不大對，渾渾噩噩的，像是中邪。晏雉知道，這是思慮過重，快崩潰了，急忙讓獄卒去請大夫。她又站在門外看衛姝絮絮叨叨地自言自語了一會兒，這才搖頭嘆氣，讓牢頭帶去另一邊。

天牢深處有間大牢房，最角落只有一扇高高的氣窗透著些微的光亮。牢房裡關著不少人，女眷們圍攏著哭泣，男子們則坐在另一邊垂頭喪氣。當牢頭大步走來，捶了捶牢門，喊道：「有人來看你們了！」眾人驀地抬頭。

因為害怕跟著受牽連，如今在奉元城與熊家交好的那些人家大多都已斷絕了聯繫。等看清來人的臉後，女眷們頓時爆出尖叫，甄氏當場站了起來，撲過去，試圖抓住晏雉，一邊伸手一邊大喊。「都是你們害的！都是你們害的！」

晏雉後退一步，冷冷道：「熊家勾結外敵，意圖謀反，難道這還是我栽贓不成？」

甄氏那年被熊昊說動了心思，一想到事成之後，自己就能戴上鳳冠，做那一人之下、萬人之上的皇后，心裡頭便美得不行，哪裡想到，事情竟會敗露。她此刻的心裡自然是懊悔萬分，可面對熊氏一家老小的圍攻，和夫君的漠視，她積壓在心裡頭的悔意在看見晏雉出現的那一刻，徹底轉變為遷怒。

「你們如今得意了？我的兒子被那個雜種殺了，我的女兒被人用鞭子活活抽死，現在連一家老小，都被你們害得掉腦袋！四娘，你們好狠的心！」

甄氏還在哭號，熊昊卻再也忍不住，站起來一把將她拽了過去，抬手便是狠狠一巴掌。甄氏捂著臉，摔倒在地，那些女眷誰也不願上前扶她一把，更有人啐了一口別過臉去。

「事到如今，已經沒什麼好說的了。」熊昊看著面前的晏雉，突然笑了起來。「生在晏家，有晏暹這樣的爹，你們兄妹四人能有今天，是你們自己的造化。當年，是舅舅小看你們了。」

晏雉舒展開眉頭，說道：「如今，再喊一聲舅舅，是尊敬你的身分。舅舅究竟是從何時開始起了心思，竟不惜和姜葦勾結，又裡通外國……熊家好不容易有今天的地位，舅舅何必冒這個險。」

熊昊低聲道：「如果不冒險，又何來榮華與富貴。我只是想問，四娘又是從何時知道這些事的，妳那個胡人夫君告訴妳的？」

晏雉自嘲一笑。「說來怕是你們也不信。」她忽地正色。「我也曾嫁進熊家，也曾在熊家吃盡苦頭，最後落得一身是病，無奈過世的下場。好在老天保佑，佑我重生，若非如此，我又如何知道今生種種。」

她這話，說出來誰人能信。熊昊只當她是胡言亂語，仰頭大笑，身後的甄氏哭喊著跪行到門前，竟一改態度，搓著手求晏雉救她出去。熊昊低頭，目露凶光，狠狠一腳踹在甄氏心口。「死便死了，大郎和二娘可都在下面等著呢！」

「元將軍……」離晏雉所站的牢房不遠處，有個獄卒忍不住輕聲提醒，元貅帶了聖旨已經站在這兒好一會兒了，也不往前再進一步，也不准他去通報，光是這麼站著能幹什麼？沒瞧見鄰近幾間牢房的犯人，都嚇得縮在角落發抖了嗎？

元貅回過神來，搖了搖頭。「不必了……」

獄卒聽不見前頭說話的聲音，反倒是元貅，走到這個位置的時候，正好聽見了小妻子的那一番話。一時間，心裡可謂是五味陳雜，原來他一心所愛的人竟也是重生，這一世她為了能改變宿命，必然付出了很多很多。

從宣完旨，到一同出來，元貅都一直沈默著，沒有說話。直到晏節要扶晏雉上馬車回府，一轉頭卻見元貅翻身上馬，連帶著一把將晏雉攔腰抱起，放到了身前。

屠三瞪圓了眼睛，看著這對夫妻跑遠。「阿郎，不管管嗎？」

晏節哭笑不得地轉回頭，彎腰鑽進馬車。「管什麼？看他倆的樣子，我倒是更想回東籬了。」

奔馳的馬，一路從天牢奔向奉元城外的田野。晏雉被牢牢地鎖在懷中，有些疑惑元貅的情緒為什麼會突然有些失控。

這個男人一向自制，哪怕是在洞房那日，人前依然是那張冷冰冰的臉。可這會兒，不過是宣了一道聖旨，不過是判了熊家滿門抄斬，不過是將與熊家有勾結的那些官家流放千里，不過是三公主衛姝被貶為庶民，即將流放到千里之外的貧瘠之地，他的情緒卻似乎從宣旨開始便有些失去了控制。

沒有了奉元城內喧鬧的人聲，除了被馬顛簸得有些反胃，晏雉倒是覺得這田野間的空氣都是清爽宜人的。

直到元貅跑夠了，在一處人煙稀少的山野間停下，晏雉終於能夠稍稍坐直身子，抬起頭，盯著男人的臉看個仔細。

「你怎麼……」了字還沒說出口，晏雉只覺得後腦勺被人扣住，然後嘴上便被重重地親了一口。元貅從來都不是那麼莽撞的人，晏雉嚇得都快從馬背上跳起來了，堪堪揪著男人的衣襟，好久大口喘氣道：「你今日是怎麼了？」

元貅張了張嘴，良久卻只說了兩字。「無事。」

他很想說，他曾經錯過她一世。

到死，都不過只能在戎馬一生中經過的所有寺廟裡，分別為她點上一盞長明燈，明知道只能期盼佛祖和菩薩保佑，卻依舊到處點燈，以至於每到年關，王府裡總會有一大筆的支出，是要讓下人到處去添香油錢。

他很想說，他甚至因為得知她的死訊，一時不慎受了傷，無奈離世。

可如果他沒死，這從頭再來過的機會便不會出現。也許這個時候的他，仍是那個孤孤單單的東海王；也許會在家裡偷偷擺上她的牌位，每日對著牌位說兩句話；也許會大著膽子找到她的墳堆，哪怕只是遠遠看上一眼，心裡頭都能好受一些。

可當話就要脫口而出的一瞬，望著懷中因為方才他的莽撞，被吻得臉頰通紅的小妻子，元貅忽然覺得，從前的一切都不重要了。

最重要的，是他這一世，能夠就這樣緊緊地抱著他最心愛的人。

如此足矣。

晏雉搖搖頭，有些搞不懂元貅，這會兒嘴唇還有些發燙，她忍不住抬手在他的腰上重重地擰了一下。

「太子打算讓位，不久陛下就會改立太子，我也會被調離奉元，到東南一帶，鎮守沿海諸城。」元貅的眉頭也沒皺一下，只一邊摩挲著晏雉的臉龐，一邊說道。

晏雉愣了愣。「太子若是讓位，可是改立睿親王？」

元貅挑眉。「為何不問我的事？」

晏雉笑。「你能有何事，左右你往哪兒跑，我在後頭追著你就是了。」

元貅哈哈大笑，忍不住又往她唇上重重啃了幾口，直啃到晏雉拿起拳頭捶他肩膀，這才鬆了手。

他不知道這一世，還會不會成為東海王，也不知假以時日等衛禎登基後，又能否如他自己所言，做一個明君。這些他都不知道，也暫時不會去想，如今他更想做的，只有抱著他最心愛的人直到天荒地老。

「太子讓位，皇后……同意了？」想起皇后的期盼，晏雉難免有些不放心。

元貅安撫道：「太子勸說了很久，皇后終究還是點了頭。如今太子已經在做準備，他要去的地方，正是三公主即將流放的地方。」

「如此，倒也能照顧三公主。」以衛姝所犯的罪孽，斬首示眾也並非太過，可到底是天之驕女，又生生抽死了姜葦，在滿朝文武眼裡，多半都認為立了一功，到最後只判了個流放。

元貅將人攬著，親暱地吻了吻她的髮頂。「朝中的事已了，如今我也得空，終於可以陪陪妳和兒子了。」他想了想，說道：「不如我陪你們回東籬，也好讓阿娘看看外孫。」

晏雉抬頭望著他，終於有些忍不住，張嘴在他冒出鬍渣的下巴上咬了一口，氣道：「兒子兒子的，你倒是連兒子如今取了什麼名兒都不知道。」

元貅緊緊將人攬著，滿目笑意。「嗯，我錯了。先生給孩子取了什麼名？」

「元驍，驍勇善戰的驍。」

「元驍……」

元貅聽著懷中妻子輕輕柔柔的聲音，反覆咀嚼。他低頭，看著懷中妻子嬌美恬淡的容顏，心中滿滿都是幸福。

這一世，我窮盡一切，不畏艱險，只為了求得妳。

他下意識地將雙臂收緊，晏雉有些疑惑地拍了拍他的手臂，而後便聽得男人低沈的聲音，說著這世間最美麗的情話。

我今生所求唯妳。

——全書完

番外　日暖風微南陌頭

治平六年，廢太子衛瑣封平津王，立睿親王衛禛為太子，封松壽先生為太子少傅。

治平七年，皇帝重病，命太子監國。

治平八年，皇帝因病駕崩於麒麟殿，享年四十六歲，謚號憲文肅武宣孝皇帝。同年，太子衛禛登基，改年號熙寧。

熙寧元年冬，東南沿海一帶，倭患四起，懷化大將軍元貅奉命領兵前往東南沿海，與歸德將軍晏節率兵與賊鬥敵，殺敵千人，斬倭首，後軍前招撫。

熙寧二年，封懷化大將軍為東海王，轄東南沿海三州一府，封歸德將軍安平伯。

這一年，晏雉已是桃李之齡。

新皇冊封東海王時，曾問這位古往今來第一人的異姓王，王府要建在何處。

東海王想了想，便選在明州治所蔚山縣。蔚山縣靠海，之前年年都有倭患，當地的百姓靠著這一方大海，過著捕魚的生活。初時還不懂東海王為何選這麼個地方，以為這是一心記掛著百姓，擔心再遭倭患，後來才知，從蔚山縣乘馬車去東籬城，實在是方便得很。

東籬是哪兒？

東海王妃的娘家便在那裡。

東海王妃又是什麼人？

那是個巾幗奇女子，小小年紀師從如今已任尚書令的松壽先生，十餘歲的時候便跟著當官的長兄四處奔波，十三歲的時候已經能夠上陣殺敵。之後，更是一手協助如今的陛下扳倒佞臣姜葦和熊昊。

如今還幹了一件奇事。

王妃在東籬及蔚山兩地開了私塾，不只收有錢人家的孩子，還免費教窮人家的孩子讀書識字。

這私塾的先生呢，有那幾個固定的舉人做著先生，每月還有那麼幾天，學生們能見著安平伯身邊的兩位通議大夫來私塾給他們上上課，自然也是少不了咱們的東海王和王妃。

「阿爹！」

元貅方才勒馬停下，就見從王府大門內的照壁後，鯽溜跑出一個粉裝玉琢的小娃娃。

元貅翻身下馬，一把將人抱起，抬頭詢問跟著後頭出來的慈姑。「今日可有調皮？」

慈姑掩唇。「清晨起來的時候倒是調皮了，被娘子按倒好生教訓了一頓。」

眼見元貅扭頭要看自己，那小娃娃倒是機靈，身子一扭，掙扎著就落了地，跑到馬屁股後躲著。「烏蹄，你幫我擋著些，莫讓阿爹抓著我，回頭我給你送松子糖吃！」

名叫烏蹄的高頭大馬噴了個響鼻，踱了幾步像是聽懂了一般，果真把人擋了起來。

元貅頗有些哭笑不得。這孩子也不知究竟像誰，人前乖巧有禮，到了人後頗為調皮，若是能長出一雙翅膀，只怕早早就飛上了天。一想起宮裡來信，希望過幾年能讓他進宮給皇子做伴讀，元銤就沒來由地有些擔心。

「你阿娘呢？」

從馬屁股後緩緩探出一顆小腦袋。「阿娘一早就去了私塾。」

看著眼前調皮的半大小子，元銤忍不住瞇了瞇眼。

其實這幾年的變化很大。

晏瑾和蘇寶珠如願完婚，育有一雙兒女。

燕鸛自斷臂後，一封放妻書，成了孤家寡人。

先生留在宮中，仔細輔佐衛禎。

晏筠也在官場漸漸混得風生水起。

晏畈成了江南一帶有名的商賈，將晏家的名聲再度打響出去。

兩年前管姨娘大病一場，最後沒能救回。晏暹自此也失了魂魄，終於老實了，再折騰不起。

殷氏年紀大了，見晏雉留不住她，元銤便給了她一筆錢，送她回鄉下老家養老，又特地買了丫鬟在鄉下服侍她。

因為姜葦和熊昊的事受了牽連的姜家和熊家，躲過了株連九族，卻十代之內再不能出仕為官。

還有屠三，在蔚山安頓好後，離開了一段時間，之後再回來，帶回了很多從前道上的兄弟，如今一併都成了元貅手底下的兵，做得好的已經成了百夫長。

這些年，陸陸續續的發生了那麼多事，身旁的人死的死，走的走，活著的各自踏上了不同的路，留著的還在身旁觸手可及的地方，但不變的，應當是那從一開始就存在的初心。

他的初心是什麼？

元貅想，大概是找到心愛的那個女人，然後一輩子緊緊抱著她，再也不鬆手。

望著遠處掛在山頭昏黃的夕陽，元貅一把撈起兒子，牽過烏蹄，翻身上馬。「走，去私塾接你阿娘回家。」

——全篇完

2015年8月出版

閒婦好逑

文創風 319～321

貴為國公府的嫡長孫女，
雙親卻是公認的「重量級」廢柴組合，怎不悲劇？
即使眾人都看衰他們大房，但她相信天助自助者，
來自現代的她還是有信心能幫襯爹娘，讓爹娘帶她上道……

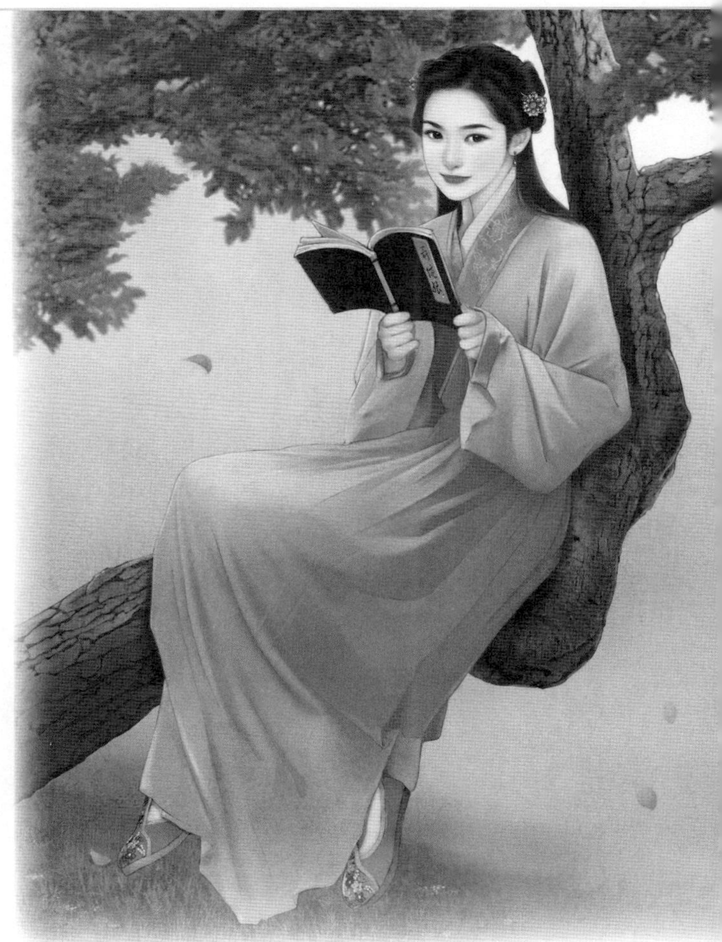

寧負京華，許卿天涯／花月薰

親爹高富帥、親娘白富美……這都跟她穿越投胎沾不上邊，
想她蔣夢瑤一出世，雙親就是「重量級的廢柴雙絕」，
親爹雖是大房子孫，卻在國公府中受盡苦待，還遭逐出府。
好在這看似不靠譜的雙親很是給力，
親爹繼承國公爺的衣缽從戎去，親娘經商賺得盆滿缽滿。
好不容易他們一家人熬出頭，
不料，她的婚事卻被老太君和嬸娘們給惦記上，
她剛機智地化解一場烏龍逼婚、相看親事的戲碼，
受盡榮寵的祁王高博後腳就登門來求娶，
猶記兩人初見是不打不相識，之後竟還越看越順眼……
怎知才提親不久，高博就被聖上褫奪祁王封號、流放關外？!
也罷，既嫁之則隨之，脫離這繁華拘束的安京，
只要夫妻同心，哪怕是粗茶淡飯也是幸福的……

2015年7月出版

相公換人做

文創風 314～318

美人尚未遲暮，夫君已然棄之，
多年來的萬千寵愛，到頭來更顯諷刺，
良人啊良人，原來亦不過是個涼薄之人……

莫問前程凶吉　但求落幕無悔／麥大悟

上一世，她嫁予三皇子李奕，隨著他登基後被封為妃，極受聖寵，
然而，數年的恩愛，最後換來的竟是抄家滅族的下場，
而她這個萬千寵愛的一品貴妃，則是加恩賜令自盡！
如今能再活一遭，她定不會聽天由命，再向著前世不得善終的結局走去，
雖然前世最後那幾年到底發生了什麼事，她一概不知，
但有一點她很明白──此生她不想再和三皇子有交集，她的相公絕不能是他！
她看得出娘親有意讓她嫁給舅家表哥，令兩家親上加親，
正好她也想趁此斷了三皇子對她的一切念想，
豈料，兩家正在議親之際，表哥竟突然被賜婚成了駙馬，
更沒料到的是，與三皇子兄弟情深的五皇子竟向聖上請旨賜婚，欲娶她為妃！
這……究竟是哪個環節出了錯？五皇子是何時喜歡上她的？
她此生最不想的便是與三皇子有交集，無奈防來防去卻沒防到五皇子，
而另一方面，三皇子對她竟是異常執著，不甘放手，
她向來知曉三皇子表面看似無害，實則城府極深，
卻不想仍是著了他的道，一腳踩入他設下的陷阱中……

2015年7月出版

生財棄婦

文創風 312～313

穿越到古代就算了，還得背負剋夫、被休棄的名聲？
不過誰說棄婦就只能悲慘度日？那可不一定。
且看她如何巧用前世知識，生財致富，逆轉悲劇人生！

清閒淡雅 耐人尋味 ／半生閑

這也太倒楣了吧？! 被陌生人撞下樓昏過去的秦曼，
一睜開眼竟成了剋死丈夫、被趕出門無家可歸的棄婦，
前途茫茫的她，聽從好心大嬸的話，想去大戶人家找份幫傭活計，
還沒尋到差事，竟先餓昏在姜府大門旁，幸好蒙姜府小少爺搭救入府，
而後藉著前世的幼教知識，成為小少爺的西席，總算有了安身之處。
但在姜府裡雖然吃得好、住得好，卻非久留之地，
除了姜家主人姜承宣懷疑她想圖謀家產，總對她冷言冷語外，
更有視她如情敵的李琳姑娘，想盡辦法欲攆她出姜府。
原本待西席合約到期，她便打算離開姜府，隨著商隊四處看看，
不料在離開前，卻誤陷李琳設下的圈套，引起了姜承宣天大的誤會。
心碎的她不想辯解，手裡捏著他羞辱人般撒在地上的銀票，
決意遠走他鄉，反正靠著製茶、釀酒的技術，她必有活路可走！

閨女好辛苦 下

國家圖書館出版品預行編目資料

閨女好辛苦 / 畫淺眉著. --
初版. -- 臺北市 : 狗屋, 2015.09
冊 ; 公分. --（文創風）
ISBN 978-986-328-503-8（下冊：平裝）. --

857.7　　104013463

著作者　畫淺眉
編輯　黃暄尹
校對　沈毓萍　周貝桂
發行所　狗屋出版社有限公司
地址　台北市104中山區龍江路71巷15號1樓
電話　02-2776-5889～0
發行字號　局版台業字845號
法律顧問　蕭雄淋律師
總經銷　知遠文化事業有限公司
電話　02-2664-8800
初版　2015年9月
國際書碼　ISBN-13　978-986-328-503-8
原著書名　**《重生之梁上燕》**，由北京晉江原創網絡科技有限公司授權出版

定價250元
狗屋劃撥帳號：19001626
網址：love.doghouse.com.tw　E-mail：love@doghouse.com.tw